Temblor

Novela

Rosa Montero
Temblor

Seix Barral

El papel utilizado para la impresión de este libro es cien por cien libre de cloro y está calificado como **papel ecológico**.

© Rosa Montero, 1990
Derechos exclusivos de edición en español reservados para todo el mundo:
© Editorial Seix Barral, S. A., 2011
   Avinguda Diagonal, 662, 6.ª planta. 08034 Barcelona (España)
   www.seix-barral.es
   www.planetadelibros.com

Diseño e ilustración de la cubierta: Opalworks
Fotografía de la autora: © Asís G. Ayerbe
Primera edición en esta presentación en Colección Booket: marzo de 2010
Segunda impresión: junio de 2011

Depósito legal: B. 25.649-2011
ISBN: 978-84-322-5069-9
Composición: Víctor Igual, S. L.
Impreso y encuadernado en Barcelona por: **black**print
Printed in Spain - Impreso en España   A CPI COMPANY

Biografía

Rosa Montero nació en Madrid. Estudió Periodismo y Psicología, y trabajó como periodista para diversos medios de comunicación (*Pueblo*, *Arriba*, *Mundo Diario*, *Hermano Lobo*, *Posible*, *Fotogramas*, etc.). Actualmente colabora en el diario *El País*. En 1978 ganó el Premio Mundo de entrevistas, en 1980 el Nacional de Periodismo de reportajes y artículos literarios, y en 2005 obtuvo el Rodríguez Santamaría de Periodismo en reconocimiento a toda una vida profesional. Recientemente se le ha otorgado el Doctor Honoris Causa por la Universidad de Puerto Rico. Es autora de las novelas *Crónica del desamor* (1979), *La función Delta* (1981), *Te trataré como a una reina* (Seix Barral, 1983 y 2007), *Amado amo* (1988), *Bella y oscura* (Seix Barral, 1993 y 2007), *La hija del caníbal* (1997, Premio Primavera), *El corazón del tártaro* (2001), *La loca de la casa* (2003, Premio Grinzane Cavour 2005 de literatura extranjera y Premio Qué Leer 2003 al mejor libro en español), *Historia del Rey Transparente* (2005, Premio Qué Leer 2005 al mejor libro en español), *Instrucciones para salvar el mundo* (2008) y *Lágrimas en la lluvia* (Seix Barral, 2011). También es autora del libro de relatos *Amantes y enemigos* (1998), de las obras relacionadas con el periodismo *España para ti para siempre* (1976), *Cinco años de país* (1982), *La vida desnuda* (1994), *Historias de mujeres* (1995), *Entrevistas* (1996), *Pasiones* (1999), *Estampas bostonianas y otros viajes* (2002) y *Lo mejor de Rosa Montero* (2006), y de diversos libros dirigidos al público infantil. Su obra está traducida a más de veinte idiomas.

A mis padres

PARTE I

TIEMPO DE FE

Agua Fría entró corriendo en el recinto de los Grandes; era un atardecer de otoño tan hermoso que se había entretenido en el camino y ahora el corazón le brincaba dentro del pecho, alborotado no sólo por la fatiga sino también por el temor a llegar tarde. Sus pasos resonaron en la vacía penumbra de los corredores; el sudor de sus sienes se enfrió desagradablemente. Tiritó un poco y añoró el cálido exterior del edificio. Generalmente la Casa de los Grandes le parecía un lugar hermoso, con sus paredes blancas, sus suelos de colores brillantes, sus patios llenos de frutales y flores. Pero hoy se le antojaba insoportablemente desolado, con todas esas puertas siempre cerradas y esos interminables e inútiles pasillos por los que nadie deambulaba. Ya se lo había oído decir a algunos chicos, en la escuela. Es un lugar terrible, bisbiseaba por ejemplo Tuma, que tenía el privilegio de contar con una hermana mayor y presumía siempre de saberlo todo. Pero ella no le creyó. Dónde estaría ahora Tuma, cómo se llamaría, con quién le habría tocado. Ahora Agua Fría corría por los pasillos, atravesaba las salas vacías, intentaba no mirar las sombras y tenía miedo.

Cuando llegó a la puerta de sus dependencias se detuvo en seco. Escuchó durante unos instantes a través de la hoja, pero sólo pudo oír su propio jadeo. Y si todo hubiera acabado ya, y si se hubiera muerto... ¡Sin estar ella! Gimió para sí, horrorizada. Abrió con repentina decisión y entró de un salto. La habitación, la más grande de las dos que componían la vivienda, resplandecía con una luz suave y dorada. El sol se deslizaba mansamente por entre las tablillas de las contraventanas y pintaba un sutil dibujo rayado en las paredes. Era como encontrarse dentro de un fanal, de un farolillo de verbena. Agua Fría se apresuró a cerrar la puerta a sus espaldas, dejando fuera la penumbra, la inquietud y el frío; y sintió cómo sus miedos se deshacían en ese aire tan alegre y liviano.

—Te estaba esperando.

—Lo siento —balbuceó ella—. Me distraje.

—No importa. No necesitas disculparte. Has llegado justo a tiempo. Acércate, Agua Fría.

La muchacha obedeció. Su Anterior estaba sentado en la pequeña cama, apuntalado por unos cuantos cojines de colores. Era muy viejo. Tan viejo que, por su aspecto físico, no se podía distinguir su sexo con certeza. Una confusión común en muchos Anteriores, había oído decir Agua Fría. El suyo, en cualquier caso, era mujer, una anciana pulcra y frágil. Estaba muy delgada y llevaba el cabello, que era completamente blanco, trenzado en la larga coleta tradicional de los norteños. Se llamaba Corcho Quemado. Cuando empezaron la iniciación, dos años atrás, lo primero que Corcho Quemado le enseñó fue el contenido de su propio nombre, tal y como ordenaba el ritual. El Anterior de Corcho Quemado había sido también una mujer; vivió en la época de la gran peste y su único hijo cayó enfermo. Durante semanas asistió impotente a su agonía, hasta que una tarde parecieron remitir las fiebres y el niño recuperó en parte su vivacidad. Entonces la madre le contó cuentos, le cantó nanas, se fingió león para distraerle y, en el transcurso de los juegos, se pintó y pintó al niño unos grandes bigotes con un corcho quemado. Se trataba de la mejoría que precede al fin y la criatura murió al día siguiente, pero el Anterior de Corcho Quemado escogió ése de entre todos los recuerdos de su vida. Bautizó así a su alumna y le hizo grabar en su memoria la palpitación de esa tarde perfecta, del mismo modo que luego Corcho Quemado se la pasaría íntegra e intacta a Agua Fría al comienzo de su iniciación. Ahora Agua Fría podía revivir la emoción maternal, y se sabía las nanas, conocía los cuentos, recordaba la carita emaciada del pequeño, el suave tacto de su frente o el olor a animalillo febril que despedía su cuerpo. Ése fue su primer conocimiento, el primer fragmento del mundo que recibió.

Y, ahora, Agua Fría intuía que estaban cerca del fin. Corcho Quemado menguaba por momentos y su piel era un pergamino plisado y reseco, como si la húmeda sustancia de la vida se hubiera evaporado totalmente. La anciana estiró el brazo derecho: en la palma de su mano huesuda y transparente centelleó el Cristal.

—Ha llegado el momento de explicarte por qué te llamas Agua Fría.

La chica se estremeció; así pues, sus presunciones eran ciertas, la iniciación estaba a punto de acabarse. Recordaba ahora Agua Fría el día en que llegó al recinto de los Grandes; por entonces aún se llamaba Talika, que era el nombre infantil y materno, y apenas si tenía diez años. Era una niña. Pequeña, muy pequeña. Ahora, en cambio, había cumplido ya los doce. Había crecido mucho, y su cuerpo era un tumulto de pechos nacientes y caderas redondeadas; un organismo rebelde empeñado en convertirse en otro ser; un extraño que la invadía desde dentro. Pero, con todo, el cambio mayor era el mental. Ahora Agua Fría poseía los recuerdos de Corcho Quemado. La vida de su Anterior era ya parte de su vida y el mundo de la anciana perduraría gracias a ella. O gran parte de ese mundo, por lo menos.

—Me quedan demasiadas cosas por enseñarte. Es imposible transmitirlo todo. Cuando una muere, siempre se pierde algo —solía decir Corcho Quemado.

Quizá fuera por eso por lo que el mundo se borraba. El porqué de la niebla y de los huecos grises. Esa misma tarde, por ejemplo. Cuando Agua Fría venía corriendo campo a través hacia el recinto de los Grandes, súbitamente una pizca del mundo se desvaneció. Sucedió en el horizonte, hacia la derecha, en una esquina de su campo visual; Agua Fría registró el cambio con el rabillo del ojo y se paró a mirar. Allí, a lo lejos, había un jirón de bruma gris, un pequeño parche, una nada pastosa en donde antes, Agua Fría estaba casi segura, se levantaba un árbol. Un álamo, quizá. O un eucalipto. Un árbol perteneciente a un recuerdo perdido. Como decía su Anterior, era imposible contarlo todo.

—Pero no te confundas, Agua Fría; el mundo se borra por todos los que mueren de muerte verdadera, sin aprendices a los que poder entregar su memoria —le explicaba en ocasiones Corcho Quemado.

Sí, sí. Por supuesto. Era la Ley. En el imperio no había suficientes niños, suficientes adolescentes para todos. De modo que sólo los más aptos disponían de aprendices; los demás morían de verdad, para siempre, de muerte verdadera. Era duro pero era la Ley, Que Su Sabiduría Sea Alabada.

—Esta tarde he visto borrarse un árbol —dijo abruptamente Agua Fría.

—¿Sí? ¿Dónde?

—Cerca de aquí. Junto a la fuente.

Corcho Quemado cerró el puño sobre el Cristal y entornó los ojos con expresión de fatiga.

—Tan cerca. Queda menos de lo que yo pensaba. El mundo se está acabando, Agua Fría.

La chica se inquietó.

—El mundo no tiene fin. Sólo se borra lo que carece de importancia, lo defectuoso y lo impío —recitó aplicadamente.

—Eso es lo que dicen los sacerdotes —gruñó Corcho Quemado.

—Eso es lo que dice la Ley.

—La Ley es un invento de los sacerdotes.

Anatema, herejía. La muchacha se quedó sin aliento: ¡su Anterior diciendo una atrocidad semejante! No podía dar crédito a sus oídos. Juntó automáticamente sus dedos índice y pulgar componiendo la forma del Cristal para combatir el sacrilegio. Pero el signo no bastaba. Debía discutir públicamente la desviación y enfrentarse al errado, aunque éste fuera su Anterior. Por no mencionar la obligación de denunciar al hereje, espantoso deber en el que Agua Fría ni siquiera quiso detenerse a pensar por el momento.

—Pero Corcho Quemado, eso es...

—Oh, déjalo, déjalo... —musitó la anciana con voz débil—. Concéntrate en el Cristal. Todavía tengo que explicarte tu nombre.

Qué tarde tan extraña. El sol crepuscular llenaba la habitación con una luz incandescente. Luz de prodigios. El Cristal temblaba en la palma de Corcho Quemado y la muchacha clavó la mirada en el brillante interior de esa nuez de agua sólida. Cuando empezó la iniciación, y según la costumbre, su Anterior le había otorgado un nombre. Ese nombre le había acompañado durante dos años; la muchacha había crecido con él, hasta sentirlo como suyo. Y ahora, al fin, iba a comprenderlo, a poseerlo. Era el rito final, la culminación del aprendizaje. El Cristal centelleó. Agua Fría pestañeó cansinamente. Los párpados le pesaban, los ojos se le cerraban.

—Fue una tarde de primavera y yo acababa de entrar en la década cuarta de mi vida —comenzó Corcho Quemado lentamente—. Era un día muy caluroso, una avanzadilla del verano. Algodón y yo estábamos en la cama, encima de las sábanas. Acabábamos de hacer el amor y él dormitaba. Estaba a mi lado, despidiendo su tibieza de animal conocido. El sol entraba por la ventana. Como ahora. Yo contemplaba el dibujo de sus rayos en el muro y percibí, súbitamente, la perfecta geometría de esas líneas. Miré a mi alrededor: todo en la habitación había adquirido una definición extraordinaria. La cama, las arrugas de las sábanas, el ángulo de la pared, la piel sudada de Algodón, el exacto contorno de mis manos: todo era sustancial, eterno, necesario. Todo parecía estar cargado de existencia. Como si, por unos instantes, hubiera atinado a ver el oculto diseño de las cosas. Y pensé: este momento pasará, y pasarán los años, y un día moriré. Pero sabía que ese recuerdo me iba a acompañar hasta el fin de mi tiempo. Que cuando mis días se acabaran añoraría ese instante. Como ciertamente ha sucedido. Y pensé: estoy en la plenitud de mi edad y quizá ya nunca vuelva a ser tan feliz como ahora soy. El mundo se había detenido y los objetos estaban impregnados de vida. Tan sólidos, tan pesados. El mismo Algodón parecía haberse quedado en suspenso entre dos resoplidos y su pecho era el torso quieto de una estatua. Tuve miedo. Me asustó tanta belleza, porque la belleza es la mezcla de lo hermoso y lo terrible. Extendí el brazo y cogí una jarra de agua helada que había sobre la mesa. Bebí un poco. El agua me entumecía la garganta, de tan fría. Empecé a serenarme; fui perdiendo la clarividencia del momento y retornando mi humanidad banal. Los rayos de sol de la pared dejaron de ser la esencia del sol para ser simples rayos, y en las arrugas de las sábanas ya no cabía el mundo. Algodón rebulló a mi lado y suspiró entre sueños. Y pensé: cada vez que beba un trago de agua helada, procuraré recordar que hubo una tarde en la que fui capaz de detener el tiempo.

Agua Fría cabeceó sin fuerzas, abrumada por la invasión de la memoria, con los ojos clavados en el Cristal chisporroteante y todas las células de su cuerpo *recordando* ese pasado ajeno: el sofoco de la tarde, el olor a tierra fermentada, la lánguida laxitud que sigue al coito. Y experimentó una vez más la melancolía del tiempo; tuvo a Algodón y lo perdió en el mismo instante; percibió el estallido de la plenitud y adivinó la decadencia. En la pauta genética de Agua Fría se inscribió el conocimiento de lo ido, la suma de una existencia entera. Sólo tenía doce años y un cuerpo aún virgen e intacto, pero el Cristal la abrasó en la nostalgia de lo no vivido, nostalgia del pasado de Corcho Quemado y de las intuiciones de su propia carne. Entonces el vidrio se apagó y se hizo el silencio.

Agua Fría parpadeó, recuperando la conciencia del presente. Como siempre, tenía los músculos entumecidos, como si hubiera permanecido inmóvil durante horas. Y, sin embargo, el sol apenas estaba un poco más bajo, sus rayos algo más rosados y más oblicuos. Agua Fría sabía que sólo habían transcurrido unos instantes; lo sabía con la razón y con la fe, porque así se lo había explicado su Anterior. Pero su cuerpo agarrotado se negaba a aceptar la evidencia. Salía Agua Fría de un sueño de siglos que había durado lo que dura un suspiro, y ése era uno de los milagros de la Ley, Que Su Poder Sea Temido. La muchacha se estiró voluptuosamente, escuchando el chasquido de las articulaciones.

Corcho Quemado había cerrado los ojos y yacía, exangüe y diminuta, sobre el revoltijo de cojines. El Cris-

17

tal había rodado de su mano y ahora estaba detenido entre los pliegues de la manta, opaco y anodino. Agua Fría se inclinó cautelosamente a contemplar el rostro de la anciana: su piel estaba gris y había adquirido una textura mineral. Más que un ser vivo, parecía una escultura tallada en la piedra oscura del desierto. Quizá esto sea todo, quizá ya se haya muerto, pensó la desconcertada Agua Fría. Pero en ese momento Corcho Quemado abrió los ojos, como el lagarto al que hemos confundido con una roca y que, súbitamente, nos sobrecoge con su presencia animal al levantar los párpados. La muchacha dio un respingo. Su Anterior sonrió cansinamente.

—Ya no nos queda tiempo —susurró—. He intentado darte lo mejor de mí misma. Ahora eres Agua Fría y a través de tu vida vivirá el mundo.

La muchacha asintió, emocionada. Había imaginado algo así: unas palabras solemnes, que subrayaran la importancia del momento. Era una chica amante de las formas. Estaba nerviosa, porque temía no saber comportarse a la altura de las circunstancias. En sus oídos comenzó a retumbar un latido sordo, un fragor marino, el sonido de los remolinos de la sangre en su cabeza. No era desagradable: era excitante. Jamás se había sentido tan excitada como en esos momentos.

—No, ya no queda tiempo —repitió la anciana, incorporándose en la cama—. No queda tiempo para nadie. Escucha, Agua Fría, yo soy la última. Lo sé. Soy la última. Todos los demás son sacerdotes. Yo soy la última y por lo tanto también lo eres. Tienes que hacer algo.

—¿Algo de qué? No comprendo. ¿Qué quieres que haga? ¿En qué somos las últimas?

Pero la mujer parecía haberse agotado en el esfuerzo y se había derrumbado otra vez sobre los almohadones, los párpados cerrados, petrificada en su muerte nuevamente.

—Corcho Quemado, por favor...

La muchacha cogió la mano de su Anterior. Una mano de escarcha, suave y fría. La habitación iba ganando densidad luminosa por momentos. El sol poniente estaba ahora justo frente a la ventana, inundándolo todo con su luz escarlata. Corcho Quemado abrió los ojos con esfuerzo.

—Es una tarde hermosa... Agua Fría, no permitas que te lleven al Talapot.

—¿Al palacio del Talapot? Pero ¿por qué?

—He intentado darte lo mejor —musitó—. Espero que el peso de mi vida te sea útil... Lucha contra ellos, Agua Fría...

Corcho Quemado dejó caer la cabeza. Su cuerpo se estremeció ligeramente y después se distendió hasta alcanzar una quietud relajada y perfecta. Eso fue todo. Qué fácil, pensó Agua Fría, contemplando el diminuto y sereno cadáver. Qué fácil era morir cuando no se trataba de la muerte verdadera. Algo húmedo y áspero le rozó la pierna; bajo la cama, asomando el morro negro y tembloroso, estaba la perra, un cachorro que Corcho Quemado le había regalado el día que cumplió los doce años.

—¡Bruna! Me había olvidado de ti. ¿Qué pasa, Bruna?

La perra gimió y se arrastró sobre la barriga fuera del refugio de la cama. Ahí se quedó, aplastada contra el suelo entre las piernas de Agua Fría, contemplándola con ojos sumisos y meneando el rabo esperanzadamente.

—Pues claro, Bruna —dijo la muchacha, palmeando su cabeza peluda—. Te llevaré conmigo.

Y la perra jadeó de placer y le lamió los dedos.

Te llevaré conmigo, había dicho Agua Fría. Y ahora empezaba a darse cuenta de todo lo que ello significaba. Tenía que abandonar el edificio de los Grandes y regresar a Magenta, a su casa, a la atareada vida cotidiana. Su Anterior había muerto. La iniciación había acabado.

Agua Fría se levantó, mareada de excitación. En sus oídos vibraba el zumbido del mundo, el ruido del entrechocar de los milenios. Se quedó ahí de pie, en medio del aire fulgurante, en el oro rojo de un sol casi acabado. Todo estaba bien, todo era apropiado: el principio y el fin fundidos de este instante único, el lento girar de la Rueda Eterna. Y entonces sucedió: su vientre floreció y comenzó a sangrar sus sangres primeras, finos regueros de flujo menstrual cayendo por sus muslos, por sus piernas, dejando en las baldosas un goteo de rubíes que *Bruna* empezó a lamer con mansedumbre. En el hechizo de esa luz muriente, Agua Fría permanecía de pie sintiendo manar entre sus ingles la sustancia roja de la vida. Después el sol se hundió en las tinieblas de un horizonte líquido y descendieron las tinieblas.

Agua Fría había procurado cumplir con el ritual con pulcritud y diligencia, como correspondía a su nueva condición de persona adulta. Avisó al sacerdote-guardián que vivía en la Casa de los Grandes del fallecimiento de su Anterior, y luego permaneció toda la noche rezando jaculatorias y velando el cadáver, como era preceptivo. Al filo del amanecer llegaron los Servidores Fúnebres y se llevaron el Cristal y el cuerpo de Corcho Quemado. El primero sería devuelto al Pozo Sagrado, junto con los demás cristales, mientras que el cadáver sería transportado a la colina de los muertos y colocado al aire libre sobre una gran rueda de madera, para que los buitres pudieran acabar con los despojos. Los pobres infelices que morían de muerte verdadera eran enterrados sin pompa y con premura, como si sus cuerpos fueran un residuo vergonzoso que hubiera que borrar cuanto antes de la faz del planeta. Pero los Anteriores tenían derecho al ritual de difuntos;

sus restos alimentaban a los buitres y surcaban así los limpios cielos. Convertirse en la sustancia de un ave formidable era un final hermoso.

Cumplidas ya sus obligaciones, desfallecida de hambre y aturdida por la vigilia y la emoción, Agua Fría se dirigía ahora hacia la ciudad, que distaba una media hora de camino a paso vivo. Era una mañana nublada y otoñal, *Bruna* trotaba alegremente a sus espaldas y la muchacha respiraba con delectación el aire fresco, disfrutando del paseo y de la vida.

Atajó por los campos y llegó ante la Puerta de Poniente, que era la más cercana a su barrio. A los pies de la muralla, los artesanos empezaban a levantar sus tenderetes, y los taberneros, que siempre abrían antes que nadie, voceaban sus productos entre el humo de las frituras y el vapor de los grandes calderos. Agua Fría se acercó a uno de ellos y compró una torta de arroz y un tazón de leche con manteca. Se sentó a desayunar en el camino, compartiendo la comida con la perra, y pensó con satisfacción en su regreso a casa. Hacía una semana que no veía a su madre y disfrutaba imaginando la cara que pondría cuando le dijese que venía para quedarse, que la iniciación había acabado, que al fin poseía su nombre y era adulta. El orgullo caldeó su cuerpo con más eficacia que el cuenco de leche humeante. Adulta. Ahora empezaba lo importante: ante ella se extendía un futuro de gloria. Estaba segura de convertirse en una mujer tan sabia y tan notable que los sacerdotes le concederían el privilegio de acudir a la Casa de los Grandes: sería elegida Anterior y se salvaría de la muerte verdadera.

—Es gracioso, tu perro. Feo pero simpático.

Agua Fría levantó la cabeza, sacada de sus ensoñaciones. Ante ella estaba un muchacho alto y esmirriado, de brazos y piernas como alambres. Llevaba la túnica marrón

21

de los mercaderes, un oficio inferior, al fin y al cabo. Agua Fría alzó la barbilla y enarcó las cejas, en un gesto que pretendía ser digno y elegante.

—Es una perra, y se llama *Bruna*. Me la regaló mi Anterior... Que, por cierto, ha muerto —se apresuró a añadir—. Mi Anterior murió anoche. Así es que ésta es la última vez que llevo la túnica blanca de la niñez. Ahora estoy regresando a casa y pienso ponerme a estudiar. Ingeniería, como mi madre. O quizá matemáticas.

—Qué bien... —dijo el chico, sin mostrarse en absoluto impresionado.

En realidad parecía incluso un poco burlón, con esa sonrisilla pretenciosa bailándole en la cara blandamente. Qué se habría creído el muy estúpido, se irritó Agua Fría. Desde luego el chico era algo mayor que ella, pero a fin de cuentas no era más que un varón.

—¿Me puedo sentar contigo?

Agua Fría dudó unos instantes: no había decidido aún si el recién llegado le desagradaba o le caía simpático. Pero, antes de que pudiera contestar, el chico ya se había dejado caer junto a ella con un resoplido de satisfacción. Agua Fría se decidió: el muchacho no le gustaba en absoluto. Ahora que le tenía a su misma altura observó que era mayor de lo que había calculado en un principio: debía de haber cumplido ya los veinte años, aunque su delgadez le hacía parecer adolescente. El chico estaba bebiendo de un tazón que, a juzgar por lo turbio del color, debía de contener leche con cerveza. ¡Leche con cerveza a esas horas de la mañana! Agua Fría arrugó la nariz con desagrado. Desde luego, esas gentes de los oficios inferiores no sabían lo que era el autocontrol y la disciplina.

—¿Cómo te llamas? —preguntó el muchacho.

—Agua Fría —contestó ella.

Y después hizo solemnemente el saludo ceremonial y explicó el contenido de su nombre lo mejor que pudo: habló del calor de aquella tarde, de la espalda desnuda de Algodón, de la frialdad de la cántara de agua. Estaba emocionada: era la primera vez que celebraba un ritual de salutación. La Ley ordenaba que, cada vez que dos adultos se conocían formalmente, se explicaran mutuamente el contenido de sus nombres. Y Agua Fría no había poseído el contenido del suyo hasta el día anterior. El chico escuchó atentamente, pero con una expresión más de curiosidad que de auténtico recogimiento religioso. Tenía una cara extraña, estrecha y larga, con la nariz demasiado grande y la boca demasiado fina. Era un rostro nervioso e inestable, propenso a tics y contracciones.

—¿Y tú, cómo te llamas? —preguntó a su vez la muchacha, cumplimentando el rito.

Pero el joven no ejecutó el saludo ceremonial. Simplemente sonrió y se encogió de hombros.

—Bueno, yo me llamo Respetuoso Orgullo De La Ley.

—¿Respetuoso Orgullo De...?

—Sí, sí, sí —interrumpió el chico—. Es un nombre feísimo, ya lo sé. Por desgracia, mi Anterior fue un sacerdote, y además un sacerdote particularmente estúpido...

Agua Fría se quedó atónita.

—Los sacerdotes *no pueden* ser estúpidos. La Ley escoge a sus servidores de entre los mejores de los mejores y sólo...

—... Y sólo aquellos a quienes el Cristal ha otorgado ese nivel de perfección pueden aspirar a entrar en la Orden —terminó de recitar el chico con sonsonete irónico—. Como ves, yo también me sé las Grandes Verdades. Pero te puedo asegurar que hay sacerdotes estúpidos... Y también malvados.

—Pero...

—Mi Anterior, por ejemplo, era un completo asno. Un fanático. Imagínate, un hombre que, de entre todos los recuerdos de su vida, escoge algo denominado Respetuoso Orgullo De La Ley. Tremendo, ¿no? Siempre he pensado —añadió el chico reflexivamente— que debe de ser muy difícil escoger un solo momento de entre todas las experiencias de tu vida. Seleccionar un recuerdo supremo con el que nombrar a tu aprendiz. Si tú fueras un Anterior, ¿qué escogerías?

Agua Fría se encogió de hombros, desconcertada.

—No sé...

Pero en realidad sí lo sabía: Sol de Sangre, pensó, rememorando el éxtasis de la tarde precedente. Claro que ella era muy joven y le faltaba aún toda la vida por vivir.

—He comprobado que casi todos los nombres evocan un recuerdo de inocencia —prosiguió el chico—. Es decir, los Anteriores suelen escoger un momento de felicidad inmediatamente previo a una desgracia, o un instante en que fueron dichosos precisamente porque no sabían aún los dolores que les acechaban. De modo que casi todos los nombres están empapados de autoconmiseración y son un grito de duelo a la inocencia perdida. ¿No te parece que es así?

Agua Fría tragó saliva sin saber qué decir. Acababa de realizar su primer ritual de salutación y los únicos nombres que le habían sido explicados hasta el momento habían sido el del Corcho Quemado y el suyo propio. Así es que no tenía elementos de juicio, pero desde luego no estaba dispuesta a confesar su ignorancia ante un muchacho. Además, ni tan siquiera entendía bien de lo que estaba hablando. Pero le parecía que decía cosas tremendas, incluso peligrosas. Herejías. Agua Fría cruzó y descruzó las piernas, inquieta. Debería marcharse, pero no se atrevía a interrumpir el ritual de salutación. Tendría que esperar a que el chico le explicara ese nombre tan raro que le habían puesto.

—Hablas como un estudiante —dijo Agua Fría para evitar tener que responder a su pregunta.

—¿Ah, sí? ¿Y cómo se supone que hablan los estudiantes? —preguntó el muchacho con su tonillo impertinente. Pero luego se relajó y añadió con sencillez—: Aunque sí, en realidad estudio mucho.

—Pero esa túnica...

—Estudio, pero no de manera oficial. Estudio por mi cuenta. Soy mercader, sí. Me gusta mi trabajo. Me gusta viajar en las grandes caravanas y recorrer el mundo... —Su ceño se ensombreció—: Aunque el mundo se va desvaneciendo poco a poco y los confines están cada día más borrosos...

Agitó la cabeza como quien espanta un moscardón y su movible rostro cambió una vez más de expresión rápidamente. Sonrió:

—En los viajes se aprende mucho y se conoce a mucha gente. He participado en innumerables ceremonias de salutación y de ahí es de donde he sacado el conocimiento empírico para sostener mi teoría. Claro que no todos los nombres son lamentos por la inocencia perdida. El mío, por ejemplo, no es ni eso. Respetuoso Orgullo De La Ley... Horrible. En fin, puedes llamarme Respy. Todo el mundo me conoce de ese modo.

Y, tras guiñarle un ojo a Agua Fría, apuró su tazón de leche con cerveza.

—Pero, cómo, ¿no me vas a explicar tu nombre? —exclamó ella.

—¿Quién, yo? ¡Por supuesto que no! —contestó Respy enérgicamente.

—Pero eso... ¡eso es un pecado!

—Tonterías. El rito de las salutaciones no es más que

una ceremonia en honor de los que ya se han muerto. Admito que lo de revivir a nuestros Anteriores a través del recuerdo es una costumbre hermosa, pero se da la circunstancia de que yo odio y desprecio a mi Anterior, y no deseo revivirlo en modo alguno. Mira... —y se aplastó con la mano la larga y deformada nariz, que se torció sobre la cara como si no la sustentara ningún hueso—. ¿Te das cuenta? Me la rompió mi Anterior. Me pegó con su vara sagrada.

Agua Fría se puso en pie de un salto, escandalizada y furiosa:

—¡Te lo merecerías, te lo merecerías...! —gritó.

Y escapó corriendo hacia la Puerta de Poniente con *Bruna* ladrando detrás de ella.

Agua Fría aflojó el paso al entrar en su calle, jadeando audiblemente por la carrera. El encuentro con Respy le había dejado un mal sabor de boca, una inquietud indefinible. Una sensación de precariedad y de desgracia. El no haber completado su primer ritual de salutación se le antojaba un presagio funesto, un desorden que quizá atrajese sobre ella el furor de la Ley, Que Su Misericordia Sea Cantada. Ese muchacho estúpido: merecería que le denunciara por blasfemo. Agua Fría resopló, indignada, y decidió recapacitar sobre ello algo más tarde, porque había llegado ya frente a su casa y no deseaba enturbiar el placer del regreso. Se quedó unos instantes contemplando con deleite el pequeño porche, los muros de ladrillo, el banco corrido en el que, en su niñez, su madre y ella habían tomado tantas veces el sol en los inviernos. Observó, con extrañeza, que las puertas y las contraventanas permanecían cerradas; y, sin embargo, a esas horas su madre debería estar ya levantada y preparándose para ir al trabajo. Súbitamente Agua Fría sintió que alguien la observaba; alzó la cabeza y tuvo el tiempo justo de advertir que una sombra se retiraba de una ventana abierta, dos edificios más abajo. Un latigazo de temor recorrió su cuerpo; pero se desvaneció de inmediato en la quietud de la agradable callejuela. Era una zona residencial, de profesionales con buenos ingresos; uno de los mejores barrios de Magenta. Agua Fría empuñó el pomo de la puerta y entró en casa.

En un primer momento no supo discernir qué era lo que no marchaba bien, dónde estaba el problema. Pero era evidente que sucedía algo, algo nefasto. Se quedó muy quieta en el vestíbulo, el corazón de plomo y la boca reseca, contemplando el entorno con cautela. A su lado, *Bruna* gemía lastimeramente aplastando su barriga contra el suelo. La casa estaba silenciosa y oscura y Agua Fría necesitó unos segundos para acostumbrar sus ojos a la penumbra.

—¿Madre? ¡Madre!...

No recibió respuesta. Poco a poco, los familiares contornos de la habitación empezaron a emerger de entre las sombras. Pero en los perfiles de las cosas había una palpitación confusa, una indefinición material, una levedad abominable. El cuarto carecía de solidez, como si se tratara de una imagen reflejada sobre el agua. Y, como contagiados de esa cualidad líquida, los objetos temblaban levemente. ¡Su casa temblaba, su hogar se deslizaba hacia el vacío! Agua Fría se tambaleó, golpeada por la enormidad de su descubrimiento, y apoyó la mano contra el muro: la pared estaba helada y tenía un tacto blando e inestable. Sintió náuseas. Pero, entonces, eso significaba que... Y sin embargo, no, no era posible. La muchacha echó a correr por la casa, negándose a la evidencia. Entró en la cocina y contempló horrorizada la evanescente chimenea, las sillas gelatinosas, los pequeños jirones de bruma que habían borrado ya algunos objetos. Abrió la puerta del cuarto de su madre de un empujón desesperado... y se dejó resbalar al suelo, sin fuerzas para seguir de pie. La habitación no era más que un cúmulo de niebla, una sustancia gris y aterradora. La cama, la mesa y la pequeña butaca en donde solía trabajar su madre, las estanterías con los libros... Todo había desaparecido en el olvido que todo lo devora. Tan sólo perduraba aún la mitad del armario, un armario fantasmal del que sólo quedaban los perfiles, como dibujados en el aire a tinta china.

Agua Fría se echó a llorar. Esto sólo podía significar que su madre había muerto. ¡Que había muerto de muerte verdadera! Su madre había fallecido y su mundo se esfumaba detrás de ella. Y, sin embargo, ¿cómo era posible? Era una mujer todavía joven... y reunía todas las condiciones para llegar a la Casa de los Grandes, para ser designada Anterior. Agua Fría podía entender lo de su padre; entendía que se le hubiera llevado la muerte verdadera muchos años atrás, porque a fin de cuentas poseía un oficio inferior y no era más que un hombre. Pero su madre era doctora en ingeniería, era una persona inteligente y cultivada, poseía prestigio social y un buen trabajo, ¡era fértil! ¿Por qué no la habían escogido? Recordaba ahora Agua Fría, con dolor lacerante, la creciente preocupación de su madre. Los años pasaban, estaba ya próxima a entrar en la década cuarta de su vida y aún no había sido elegida Anterior. Era un tema del que jamás se hablaba en casa, aunque Agua Fría sabía bien la angustia que producía en su madre. Alguna vez la había descubierto atisbando a través de las ventanas, en el atardecer, por ver si llegaba un guardia púrpura con el sobre lacrado de su designación. Pero nunca llegó. Agua Fría sollozó y *Bruna* contestó con un largo gemido.

Ahora ya era todo irreversible y Agua Fría tenía que

enfrentarse a la crueldad de la muerte verdadera, que era simple destrucción, sinrazón pura. Alzó los ojos temerosa y lentamente: oh, no, también el techo. El bonito techo del dormitorio, con molduras y dibujos de escayola: ahora no era más que una temblorosa superficie grisácea, una opaca lámina de bruma. La chica se estremeció de frío, de ese profundo frío interior que confiere el olvido de las cosas. Tantas veces; en tantas ocasiones, durante los años de su infancia, se había tumbado Agua Fría en la cama de su madre, entre sus brazos tibios y amorosos. Sucedía cuando estaba enferma y la fiebre hacía bailar el aire ante sus ojos. O simplemente en los días de fiesta, cuando Agua Fría, que se llamaba aún Talika, iba a despertar a su madre y las dos se demoraban un buen rato entre las sábanas, apurando la voluptuosa pereza matinal. E incluso mucho antes, cuando su padre aún vivía y Agua Fría se levantaba de puntillas al amanecer y se deslizaba en la cama con ellos, bajo la manta de pelo de camello, con el invierno al otro lado de la ventana y ella reinando en ese hueco de calor y protección suprema. En aquellas ocasiones Agua Fría solía contemplar el techo durante horas, imaginando figuras en los rizos de escayola y jugando con el avance de los rayos del sol por las paredes, ese naciente sol que iba cambiando el contorno y la dimensión de las molduras con su dedo de luces y de sombras. Pero ahora todo era un magma gris y Agua Fría no podía recordar con precisión los dibujos del techo: ¿era una doble cenefa de hojas? ¿Había o no había una orla biselada en el estuco? ¿Cuántas flores se agrupaban en las esquinas, hacia dónde se abrían las volutas? Agua Fría había pasado los dos últimos años viviendo en la Casa de los Grandes y no se había fijado en el techo en mucho tiempo. Además, acababa de terminar su iniciación y aún no le habían enseñado la Manera de Mirar Preservativa. La última vez que contempló el techo, por lo tanto, lo hizo de ese modo descuidado en el que solemos desperdiciarnos los humanos, mirando como si el mundo que vemos fuera a perdurar para siempre, como si fuéramos eternos. Y ahora Agua Fría no se acordaba, ¡no conseguía acordarse! No podía rememorar el diseño de la escayola, esos dibujos que habían formado la sustancia de muchas de sus horas infantiles y que ahora se habían perdido para siempre.

La muchacha cerró los ojos y gritó. Gritó mientras a su alrededor toda la materia de la casa se estremecía y palpitaba, inmersa en el combate entre el ser y la nada. Gritó porque se sentía incapaz de aguantar el dolor de la amputación, de esa mutilación de su existencia. La muerte sin sentido de su madre y la desaparición del mundo. Ella lo lograría, ella tenía que conseguirlo: ella se convertiría en un Anterior. Porque no podía soportar el peso de la pérdida.

—Agua Fría...

La chica abrió los ojos, sobresaltada. Ante ella se encontraba un personaje singular, una mujer enormemente gruesa y enormemente vieja, envuelta en una túnica harapienta de un oscuro color indefinido. Era una mendiga, la mendiga más gorda y más anciana que jamás había podido imaginar. Pero su vocecilla era tan aguda y meliflua como la de una niña.

—¿Qué haces aquí? ¿Qué quieres? —le increpó Agua Fría, repentinamente celosa de su propio dolor.

Las mejillas descomunales de la mujer retemblaron y se replegaron en lo que parecía una sonrisa.

—Yo no quiero nada, Agua Fría. Eres tú la que quieres; yo, la que ofrezco.

Y diciendo esto, suspiró y se acuclilló un poco, como instalándose más cómoda, de tal manera que parecía estar apoyada sobre su inmenso vientre. Sus mejillas eran unas bolsas blandas y colgantes relativamente tersas; pero el pozo de su boca y sus ojos, sumidos entre montículos de grasa, estaban circundados por la más movible y repugnante red de arrugas. Yo no deseo nada tuyo, vieja inmunda, pensó Agua Fría. Pero se sorprendió a sí misma diciendo con voz temblorosa:

—Quiero recuperar a mi madre.

La vieja chascó la lengua y se hamacó sobre la tripa.

—No, no, no. Eso es imposible. Pero te puedo contar, en cambio, cómo ha muerto.

Agua Fría calló.

—Sucedió ayer por la tarde y fue todo muy simple. Ayer fue día de mercado y a unos vaqueros se les escapó el semental. El toro corrió por la ciudad enceguecido, perseguido por sus dueños; y entró en esta calle al mismo tiempo que tu madre. No la corneó: simplemente la aplastó contra el muro. Murió a la hora del crepúsculo, justo al ponerse el sol.

En el mismo momento en que murió Corcho Quemado, pensó Agua Fría. Y comenzó a llorar.

—Entonces murió en el acto... —hipó.

—Oh no, no —sonrió la vieja—. El semental le hundió las costillas y le destrozó los pulmones, pero vivió todavía un buen rato. Se ahogaba, ¿sabes? No podía respirar. Cada brizna de aire era un dolor.

La muchacha se tapó los oídos con las manos:

—¡Calla! ¡Cállate!

—Luchaba con todas sus fuerzas por respirar. Se incorporaba espasmódicamente en busca de aire, abría la boca y dilataba ávidamente las narices, pero sus pulmones rotos la asfixiaban. Luego empezó a toser y a escupir sangre, con los ojos desorbitados por el pánico. No fue nada agradable, te lo aseguro. La muerte verdadera no tiene la placidez de la muerte en la Casa de los Grandes.

La vieja guardó silencio. Agua Fría sollozaba, doblada sobre sí misma.

—Por qué me lo has contado... Yo no quería saberlo, no quería saberlo...

—Pero es la verdad. El desconocimiento de los hechos no impide que éstos existan.

—Y el conocimiento tampoco... y duele mucho.

—Sin embargo, el saber la verdad puede serte muy útil... aunque ahora no lo comprendas. A la larga, siempre resulta más dolorosa la ignorancia.

Callaron unos instantes mientras la casa zumbaba en torno a ellas, deshaciéndose.

—Por lo menos sé que, si yo hubiera estado aquí, tampoco hubiera podido hacer nada. Siendo tan graves sus heridas, su muerte era inevitable —susurró Agua Fría.

—No, no, no. Vuelves a equivocarte nuevamente. Su muerte era perfectamente evitable —rió la vieja.

—Pero...

—Tú eres muy joven, Agua Fría. Y sumamente ignorante. ¿No te has preguntado nunca por qué la inmensa mayoría de los Anteriores alcanza esa edad tan avanzada?

También Corcho Quemado había mencionado alguna vez esa cuestión. Pero ella nunca consiguió entender sus insinuaciones.

—Porque son los más apropiados, los mejores... —contestó vagamente.

—Pse, pse, pse... Eres una niña muy boba... —dijo la mendiga, hamacándose y chascando la lengua nuevamente—. No. Escucha, en el interior del Talapot hay maneras de curar los más extraños y terribles males... Un saber antiguo que sólo conocen unos cuantos.

—Magia... —musitó Agua Fría.

—Oh, no. No es magia. Es ciencia. Pero es imposible que tú comprendas la diferencia. Sea como fuere, cuando un Anterior enferma o resulta herido es curado por medio de esa sabiduría milenaria. Es un poder creado por el ser humano y, por lo tanto, es limitado. Pero aun así se consiguen logros muy notables. Las heridas de tu madre, por ejemplo, hubieran sido fácilmente sanadas con el saber del Talapot.

—Pero eso es imposible...

—No, no, no. ¿Por qué te empeñas en decir tonterías todo el rato? Es perfectamente posible. Yo misma he sido cortada, cosida y reconstruida allí dentro muchas veces. ¿Cómo crees, si no, que he podido alcanzar esta edad repugnante?

—¿Quién eres? —dijo Agua Fría, súbitamente amedrentada.

—Esa pregunta no tiene una respuesta fácil y además carece de la menor importancia... por el momento —replicó la anciana con su chirriante vocecilla—. Ahora escúchame: apréndete bien lo que voy a decirte y no lo olvides nunca. Primero, las aguas de un mismo río son siempre distintas. Segundo, no entres en el corazón de las tinieblas sin haber salido antes. Y tercero, te convertirás en Dios si no cierras los ojos de tu mente.

—¿Y para qué tengo que aprenderme todo eso? No entiendo su sentido ni de qué puede servirme...

—Naturalmente. De eso se trata. Mira, querida, podría haberte explicado todo esto de una manera perfectamente clara, pero me llevaría un tiempo del que no dispongo y además no serviría de nada. Porque lo importante en estos momentos es que pongas a trabajar tu cabecita hueca. Así es que he pensado que el viejo sistema de los enigmas podría resultarte provechoso.

—Pero...

—Basta ya de cháchara. Recuerda que tu madre ha muerto injusta e innecesariamente... y guarda ese conocimiento en el fondo de tu corazón, para que ahí se pudra y fermente. La venganza puede ser un buen acicate para la reflexión, al menos en un primer momento. Confío en que después descubras razones de más peso para mantener la mente vigilante. Y ahora tengo que irme.

La vieja mole se irguió y alcanzó la puerta con agilidad pasmosa.

—¡Espera! —gritó Agua Fría poniéndose en pie de un salto.

—No te molestes, ya conozco el camino. Tan sólo una cosa más: si quieres encontrarme, vete al Norte.

Y desapareció en las penumbras del vestíbulo. ¿Había sido real?, se preguntó la perpleja y mareada Agua Fría; ¿había estado en verdad allí ese monstruo? Le dolía la cabeza y tenía los ojos escocidos de tanto llorar. Miró en torno suyo: las líneas fantasmales del armario habían desaparecido ya por completo y la bruma estaba empezando a devorar la espasmódica puerta. Pero, un momento: al otro lado del umbral había una sombra, un bulto, una persona. El visitante atravesó los jirones de niebla y se detuvo frente a ella.

—Que la Ley nos acompañe.

—Y nos haga comprender la eternidad —balbució ella, completando el saludo ritual.

Era un sacerdote, un hombre alto y de aspecto imponente dentro de su larga túnica morada. Bajo la capucha se adivinaba su pelado cráneo y en la mano llevaba la vara sagrada, cuyo pomo de bronce dio a besar a Agua Fría. Hecho lo cual, cruzó los brazos, entrecerró los ojos y dijo con una amedrentante voz de bajo:

—He venido a llevarte.

—¿A mí? ¿Por qué? —se espantó la muchacha.

—El Cristal te ha escogido. Serás sacerdotisa. Has de acompañarme al Talapot para comenzar tu aprendizaje.

Agua Fría se quedó sin aliento. ¡Sacerdotisa! Jamás se le había pasado por la cabeza semejante posibilidad. Y no era una opción que le resultara especialmente placentera.

—¿Y qué pasaría si me negara? —aventuró tímidamente.

—No *puedes* negarte. Todo está escrito. No es posible cambiar el destino.

Sí, así era, eso decía la Ley, y Agua Fría era una muchacha piadosa y obediente. Pero, con todo, sentía dentro de sí un rechazo confuso y visceral, una sorda repugnancia ante la idea. No dejes que te lleven al Talapot, había dicho Corcho Quemado. No dejes que te lleven. Agua Fría miró a su alrededor: los restos de la casa crepitaban de decadencia, estremeciéndose en sus últimos estertores materiales. A fin de cuentas, ¿qué podía hacer ella? No poseía a nadie en el mundo y tan sólo tenía doce años. ¿Cómo osaba siquiera imaginarse que podía escapar a los designios de la Ley? Que el Cristal la perdonase por sus impías dudas. Además, los sacerdotes, por el mero hecho de serlo, tenían asegurado el acceso a la Casa de los Grandes. De modo que lo había conseguido: no moriría de muerte verdadera, se libraría de la pérdida y el olvido. Agua Fría suspiró:

—¿Y qué pasará con mi perra? Fue mi Anterior quien me la confió.

El sacerdote inclinó ceremoniosamente la cabeza:

—Si es un legado de tu Anterior, conviene respetar su memoria. Puedes llevarla contigo.

—¡Gracias, señor! —exclamó la muchacha con efusividad sincera.

Y llamando a la amedrentada *Bruna*, Agua Fría se fue con el sacerdote. Casi contenta.

Magenta, la capital del imperio, era una ciudad extensa y baja situada en un llano arenoso, con una chata muralla de adobe abrazando todo su perímetro. Justo en el centro de Magenta se alzaba una roca singular, como una inmensa muela reposando en mitad de la planicie; y sobre este capricho geológico estaba construido el Talapot, el palacio-fortaleza de la Ley. Mientras recorría las callejuelas de Magenta en pos del sacerdote, Agua Fría sentía cernirse sobre ella la tremenda mole de la roca y el palacio, visible desde todos los rincones de la ciudad. Tan omnipresente como la Ley, Que Su Poder Sea Temido.

A medida que avanzaban hacia el Talapot el gentío se iba haciendo más espeso, como si todos los habitantes de la ciudad se hubieran puesto de acuerdo para subir a la roca. Llegó un momento en que la muchedumbre era tal que Agua Fría hubo de agarrarse a la túnica del hombre para no perderse, pues el sacerdote se abría paso fácilmente amparado en el temor que suscitaba su presencia. Hundida y zarandeada en ese sudoroso mar de cuerpos, la muchacha creyó desmayar. Llevaba dos años viviendo en la calma de la Casa de los Grandes, enclavada en la frondosa y serena vega de un pequeño río, en las afueras de Magenta, y este torbellino frenético le hacía sentirse enferma y sofocada. Observó que la mayoría de las gentes llevaban la frente ceñida con el cordoncillo morado de las grandes celebraciones, y buscó en vano en su memoria qué fiesta podría caer en esas fechas. Miró al sacerdote, que, silencioso y ceñudo, apartaba desdeñosamente a los viandantes con su vara de puño metálico; no parecía ser, precisamente, un interlocutor locuaz, de modo que Agua Fría decidió guardarse sus preguntas para mejor momento.

Habían llegado ya al pie de la roca y entraron en la calzada serpenteante que era el único camino para alcanzar la cima. Subieron casi en volandas, transportados por el maloliente y risueño río humano. Banderines malva flameaban ruidosamente en los delgados mástiles que flanqueaban el camino y un doble cordón de guardias púrpura, situados en ambos laterales, se esforzaban en mantener la posición bajo el empuje del gentío. Al fin entraron en la explanada del palacio y, como todos los que estaban alrededor, la muchacha miró hacia las alturas, sobrecogida.

Agua Fría había estado sobre la roca muchas veces, pero su asombro siempre se renovaba. La fortaleza-palacio del Talapot era un edificio megalítico, el único de su especie en la ciudad. Era un monstruoso cubo de más de trescientos metros de lado y otros tantos de altura. La base estaba compuesta por formidables bloques de piedra, pulidos pero de forma irregular, que le conferían un aspecto de muralla gigantesca. Luego, mucho más arriba, comenzaba el palacio en sí: hileras e hileras de pequeñas ventanas empotradas en un muro de piedra parda, ahora ya cortada en simétricos bloques. Desde donde terminaba la base hasta el tejado, erizado de tejas triangulares, había cien pisos. Y desde los pies del edificio resultaba prácticamente imposible ver la cúspide.

Junto al Talapot, en la zona Norte de la explanada, se levantaba el templo, un recinto circular de piedra y madera ricamente labrada. Su forma era una representación de la Rueda Eterna y el interior estaba dividido en dos zonas concéntricas. La periférica albergaba la escuela sacra para adultos, que era donde el pueblo llano aprendía los secretos del Mirar Preservativo, y la zona central era el recinto de los rezos y liturgias comunales. Frente al templo, sobre un pequeño montículo artificial, estaba el Pozo Sagrado, en donde se guardaban los Cristales. Ocho guardias púrpura especialmente seleccionados por su imponente aspecto y su fiereza vigilaban el Pozo noche y día, y en una pequeña hornacina ardía perennemente la llama votiva, quemando una constante ofrenda del más valioso incienso. Palacio, templo y pozo formaban un conjunto arquitectónico monumental, majestuoso.

Agua Fría quedó absorta una vez más, abrumada por la contemplación de tal grandeza. Qué pequeña, qué insignificante era ella comparada con el misterio omnipotente de la Ley. Miró la explanada, cuyos laterales tenían una suave pendiente para permitir que los ciudadanos pudieran observar cómodamente lo que sucedía en la zona central. La ceremonia, fuera la que fuese, ya había comenzado. Un batallón de guardias púrpura desfilaba con las corazas resplandecientes y las banderas desplegadas. Más allá venían los palafreneros con los caballos y las mulas, con cintas moradas trenzadas a sus crines, y después los camellos de andar bamboleante, con bridas doradas y las grandes uñas pintadas de purpurina. Y aún luego estaban las legiones de los confines: hombretones rudos de melena rojiza que llevaban osos sujetos por narigueras de plata, los pequeños *simoh* en sus carros tintineantes arrastrados por traíllas de perros, los elefantes con pinturas geométricas en las ancas.

En el estrado de honor, un solemne grupo de ancianas contemplaban el festejo con la impasibilidad propia de su dignidad. Eran el Consejo de la Edad de Magenta, la máxima autoridad de la ciudad, después, naturalmente, del poder supremo e infalible de los sacerdotes. Se mantenían muy erguidas en los sillones de marfil de alto respaldo, vestidas con sus túnicas negras con vueltas de plata, y el sol sacaba chispas de los pomos de ámbar de sus varas de mando. Junto a ellas, un grupo de sacerdotes-músicos tocaban los instrumentos rituales: las caracolas de ulular desolado, las trompas de tres metros de largo cuyo gravísimo sonido parecía repercutir en las entrañas, los reverberantes gongs, los gigantescos tambores de tripa de cabra. Otros sacerdotes alimentaban cuatro enormes braseros con esencia de benjuí y corteza de canela, produciendo una humareda embriagante y aromática. Y al fondo de la explanada danzaba la hermandad de los Kalinin, los hermafroditas, los homosexuales, que abandonaban sus familias en cuanto advertían sus tendencias y se integraban en esta orden menor, cuya función consistía en bailar y cantar en los actos religiosos y las celebraciones públicas. Ahí estaban ahora, girando vertiginosamente sobre sí mismos, con sus túnicas satinadas y multicolores, tañendo los pequeños crótalos que llevaban atados a los dedos con cintas de cuero.

Agua Fría se emocionó, arrebatada por el esplendor del espectáculo. Tanta belleza, tanta magnificencia, sólo podía ser producto de un poder supremo. Ahí, frente a la mole eterna del Talapot, acunada por la dulzura del incienso y enardecida por los sonidos ancestrales y profundos de la música sagrada, Agua Fría se sintió parte de la gran Rueda, humilde sierva de la Ley, ínfima y obediente pieza de un Todo omnisciente. La muchacha miró a su alrededor: en los rostros de todos se apreciaba ese mismo embelesamiento, idéntica comunión mística. Cómo había podido siquiera escuchar a Respy, a la vieja mendiga, a esos maledicentes, esos blasfemos. La Ley era la Ley, y fuera de la Ley no existía nada. Agua Fría compuso con sus dedos la forma del Cristal y rogó fervorosamente porque se le concediera la entereza necesaria para convertirse en una buena sacerdotisa. Tenía los ojos llenos de lágrimas y el corazón ligero.

La música cesó bruscamente y el silencio comenzó a extenderse por la explanada como la sombra de una nube sobre los campos. Del Talapot salió una figura alta y delgada. Iba envuelta en una larga túnica color azul cobalto y llevaba una gruesa cadena de oro sobre el pecho.

—Es Su Eminencia Piel de Azúcar —musitó el sacerdote a su lado reverencialmente—. Sacerdotisa del Círculo Interior.

Agua Fría desconocía lo que era el Círculo Interior, pero sabía que las sacerdotisas vestidas de color cobalto, a las que raramente se veía, eran la máxima jerarquía de la Orden, inmediatamente después de la Gran Sacerdotisa, de la Madre Suprema, que se llamaba Océano y a la que jamás nadie había visto, o al menos nadie a quien la muchacha conociera.

Su Eminencia recorrió lentamente la explanada y se encaramó al estrado de honor. Era tal el silencio reinante que Agua Fría creyó poder oír el roce de la pesada tela azul cobalto. Entonces los tambores comenzaron a sonar una vez más con un redoble bárbaro y solemne. Cuatro guardias púrpura entraron en la explanada conduciendo a una mujer mayor y regordeta. El color de su túnica, que era el gris de la niebla y de la nada, indicó a la muchacha que se trataba de una convicta, y un súbito estremecimiento atravesó su espalda como una corriente de aire frío. El grupo avanzó lentamente, al ritmo de los redobles funerales, hasta situarse frente al estrado y junto a un voluminoso bulto, cubierto con un lienzo de seda morada, al que Agua Fría, embebida en el esplendor de las celebraciones, no había prestado mayor atención. Dos sacerdotes retiraron entonces la satinada cubierta, dejando a la vista dos grandes ruedas ceremoniales de madera labrada con refuerzos de metal bruñido. Las sagradas ruedas estaban instaladas verticalmente en un complejo y extraño bastidor metálico, provisto de ejes, poleas, grandes pesas en suspensión y una pequeña plataforma a la que se encaramaron ágilmente los dos sacerdotes. Los guardias púrpura ataron los tobillos y las muñecas de la mujer con gruesas correas de cuero y luego, situándola en mitad del ingenio mecánico, engancharon los extremos de los correajes a los ejes de las ruedas, un brazo y una pierna en cada una de ellas. Entonces los tambores callaron y el mundo pareció detenerse unos instantes: los sacerdotes trepados al alero del extraño artefacto; la muchedumbre conteniendo el aliento y contemplando unánimemente a Su Eminencia; la convicta de pie, la cabeza baja, perfectamente quieta, con las cintas de sus ataduras enroscándose blandamente a sus pies como serpientes. Hasta los penachos de gala de los guardias parecían haberse petrificado en la ausencia de viento. Piel de Azúcar levantó su largo brazo lentamente; lo mantuvo en alto durante un segundo interminable y luego lo bajó con violencia, como si hiciera restallar un látigo. En ese momento, los sacerdotes manipularon una palanca, las pesas se desplomaron hacia el suelo con un siseo pavoroso y las grandes ruedas empezaron a rotar vertiginosamente en sentido contrario la una de la otra. La mujer quedó descuartizada en un instante, con un sordo crujido de carnes desgarradas y un único grito. Ya desmembrada, su cabeza aún se agitó en el suelo brevemente sobre el charco de sangre, antes de inmovilizarse para siempre. En el aire estalló un inmenso suspiro exhalado por miles de bocas. Recomenzó el parsimonioso tronar de los tambores y Su Eminencia descendió rápidamente del estrado y regresó al Talapot. Pero Agua Fría aún permanecía paralizada, con los ojos fijos en los sangrientos despojos. Era la primera ejecución pública a la que asistía; no eran sucesos habituales, porque éste era un mundo apacible. ¿O quizá no lo era? Se dobló sobre sí misma, sacudida por imparables náuseas, y vomitó sobre la tierra parda y pisoteada. El sacerdote la observó impasible.

—Y eso... —balbució la muchacha—, ¿*eso* es sólo por haber dicho una herejía?

—¿Qué pretendes insinuar? ¿Consideras quizá que la herejía no es pecado suficiente? —contestó el sacerdote con sequedad.

Agua Fría se encogió sobre sí misma.

—Pero no, no es sólo por herejía —continuó el hombre en tono más calmado—. Los pasquines de la sentencia han estado clavados en todas las esquinas de la ciudad, pero tú, claro está, te encontrabas en la Casa de los Grandes. Esa mujer no sólo era una hereje, sino también una conspiradora. En su necedad soñaba con cambiar el mundo, cuando el mundo es, como de todos es sabido, un continuo inmutable.

—Entonces, ¿por qué castigarla así? Si sus sueños eran imposibles, si no podía hacer ningún daño, ¿por qué no dejarla en paz, como a los otros locos?

Los ojos del sacerdote relampaguearon.

—Agua Fría, eres una muchacha inteligente, pero te equivoca la ignorancia. Es cierto que esa mujer insignificante no podía hacer ningún daño ni a los sacerdotes ni a la Ley. Pero el pueblo mortal está lleno de almas primitivas que podrían haberse dejado confundir por su nefasto ejemplo. Escrito está en nuestro destino, como guardianes del Cristal, que castiguemos rigurosamente las desviaciones de la norma. Porque, si no lo hiciéramos, estaríamos incumpliendo los designios, y semejante desorden acarrearía consecuencias muy graves; otros seres inferiores se contaminarían de la doctrina herética y al cabo habría que descuartizar no a uno, sino a mil infelices. Las personas inteligentes como tú, Agua Fría, necesitan más que nadie de la sabiduría de la Ley. En el Talapot disciplinarán tu mente y te enseñarán todas las respuestas. Y entonces comprenderás que todo lo que hacemos, absolutamente todo, es por amor.

Dicho lo cual, el sacerdote tiró de su capucha hacia

adelante y, dando media vuelta, se dirigió con decisión hacia el palacio. Agua Fría le siguió, recapacitando en las palabras del hombre e intentando extraer de ellas algún alivio para su ánimo confuso y aterido. La muchedumbre se estaba dispersando y en los rostros de las gentes no quedaban huellas del risueño talante con que subieron a la roca. Se marchaban rápidamente y en silencio, con la mirada huidiza, como si no pudieran soportar el verse mutuamente. El sacerdote sorteó con habilidad los taciturnos grupos, cruzó la explanada y llegó a la gran puerta de bronce empotrada en la base ciclópea del Talapot, única entrada con que contaba el palacio. Empuñó con ambas manos la pesada aldaba y la dejó caer, produciendo un estruendo reverberante. Aún no se habían extinguido los ecos que el golpe había despertado en el metal cuando la hoja derecha de la puerta se abrió con un suave chasquido. Comparado con la luz solar del mediodía, el interior del edificio era un túnel negro y sin perfiles. Agua Fría se detuvo en el umbral, sobrecogida; el sacerdote le señaló que entrara y la muchacha avanzó unos pasos, zambulléndose en las sombras. La puerta se cerró pesadamente detrás de ella, mientras en la explanada los tambores seguían atronando el aire con su pausado latido de duelo.

Debían de llevar cerca de una hora subiendo, primero por la estrecha y húmeda escalera tallada en los inmensos bloques de piedra y después a través de los pisos del palacio. Agua Fría aún no había visto a nadie en el interior del Talapot: la gran puerta de bronce parecía haberse abierto por sí sola. A la entrada, y a la débil luz del candil que encendió el sacerdote, la muchacha creyó ver el comienzo de una vasta sala polvorienta y en apariencia abandonada.

—Ésas son las dependencias en donde aquellos del vulgo que han sido designados Anteriores son instruidos en el uso del Cristal —explicó el hombre—. Pero sólo los sacerdotes o los novicios, como tú, pueden usar estas escaleras.

Fue una subida agotadora y amedrentante, sobre todo el primer tramo, cuando atravesaban la base megalítica, las oscuras entrañas de la piedra; el candil apenas si iluminaba más allá de lo que abarca un brazo, y por encima y por debajo de ellos sólo se veían los muros resbaladizos y un tramo de escalones siempre iguales. Hasta que al fin alcanzaron el nivel de las ventanas y el sacerdote pudo apagar el candil. Ahora la escalera era un poco más ancha y ya no estaba compuesta por toscos peldaños de roca, sino por escalones bien tallados. Iban atravesando los pisos sin pararse y las grandes salas por las que ascendían eran un desolador paisaje en ruinas.

—De los cien pisos que posee el Talapot, sólo están habitados los tres últimos; los anteriores no se utilizan —explicó el sacerdote.

—¿Por qué?

—Siempre ha sido así, ésa es la norma.

Y, sin embargo, las salas parecían alimentar la ilusión de un pasado mejor. Ahora estaban vacías y devastadas, con los cristales de las ventanas rajados, invadidas por las telarañas y con grandes remolinos de polvo inmemorial danzando ciegamente por las baldosas rotas. Pero aquí y allá se veían pequeños detalles inquietantes: un fragmento de espejo con el azogue podrido, el brillo sucio y mortecino de una columna que quizá alguna vez estuvo recubierta de oro, unos frescos descascarillados y apenas apreciables, de tan borrosos, sobre un muro llagado por el tiempo. Los pisos iban quedando atrás y ellos seguían subiendo en la sucia y triste luz que dejaban pasar los ventanucos.

Al fin llegaron a un punto en el que el vano de la escalera estaba cerrado por una gruesa cadena de hierro. Al otro lado de la cadena había dos ancianas consumidas y venerables, con sus precarios cuerpecillos perdidos entre los pliegues de las túnicas moradas.

—Son las guardianas de la puerta —explicó el hombre; y luego se inclinó ante ellas respetuosamente y musitó el saludo ritual—: Que la Ley nos acompañe.

Y Agua Fría pensó que eran unas guardianas pintorescas: cómo podrían defender la entrada esos dos seres lamentables que parecían estar al borde del colapso. Pero *Bruna* se había aplastado contra el suelo, con el morro hundido entre las patas, y se negaba a pasar junto a las viejas. Agua Fría hubo de coger al animal en brazos para poder moverlo.

El piso en el que habían entrado, que era el nonagésimo octavo, esto es, el primero habitado del palacio, parecía estructuralmente idéntico a los de abajo: una sucesión de salas enormes y pasillos rectos. Pero aquí las ventanas conservaban los vidrios y las habitaciones estaban más limpias. De cuando en cuando se veían algunos muebles, tan escasos y diseminados en la vastedad de los aposentos que parecía que los moradores del edificio se encontraban en trance de mudarse. Había salas con grandes alfombras descoloridas y agujereadas por la polilla; otras, con el suelo desnudo, mostraban el caprichoso dibujo de sus baldosas. En una habitación se veían dos recios sillones de madera labrada, renegrida y vetusta; en otra brillaba ostentosamente un arpa sobredorada e intacta. Agua Fría seguía a la carrera las elásticas zancadas del sacerdote, sin tiempo para estudiar con detenimiento su nuevo hogar. Atravesaron múltiples estancias, dejando siempre las ventanas a su izquierda, hasta llegar a una habitación más pequeña con armarios empotrados en las paredes. Un sacerdote joven, que parecía dormitar en una banca, se puso en pie de un salto cuando ellos entraron.

—Que la Ley nos acompañe.

—Y nos haga comprender la eternidad.

Sin añadir palabra, y como sabiendo perfectamente lo que tenía que hacer, el sacerdote joven señaló a Agua Fría un sillón que había en el centro del cuarto. La muchacha se sentó y el hombre colocó un lienzo en torno a su cuello. Sus movimientos era rápidos y diestros, aunque le faltaban dos dedos de la mano izquierda. Sacó unas tijeras del interior de su túnica y agarró la espesa coleta trigueña de Agua Fría. Me van a rapar, se dijo la muchacha con desmayo. Naturalmente, cómo no había pensado en eso antes.

—Agua Fría —dijo solemnemente el sacerdote con el que había venido—, yo me llamo Humo de Leña.

E hizo el saludo ceremonial, intercambiando con la muchacha el contenido de su nombre.

—Soy el tutor de los noveles, tu primer maestro —prosiguió después Humo de Leña, mientras los rizos de Agua Fría iban cayendo blandamente sobre el suelo—. Ahora estamos en el Círculo Exterior, que es la primera estación del aprendizaje. El Círculo Exterior comprende todo el perímetro de las ventanas del palacio. Pasarás algún tiempo en este piso y luego, a medida que tu enseñanza progrese, subirás a la planta superior, y después a la tercera y última. Ahí acaba el Círculo Exterior y yo habré terminado mis funciones. Entonces entrarás en el Círculo de Sombras, que es la segunda estación. Ese Círculo es el anillo inmediatamente interior, hacia el corazón del palacio. Se llama así porque la única luz que recibe proviene de unas celosías abiertas al Círculo Exterior, de modo que allí dentro se vive una penumbra eterna. Nuevamente habrás de recorrer los tres niveles, empezando esta vez por el piso más elevado y acabando en éste. Entonces entrarás, al fin, en el Círculo de Tinieblas, última etapa del aprendizaje, que es el anillo adyacente, siempre internándote en el edificio. Cuando culmines el ciclo del Círculo de Tinieblas y hayas ascendido nuevamente al último piso, habrás terminado tus estudios... salvo que, siendo mujer como eres, el Cristal te conceda el privilegio de designarte sacerdotisa cobalto. En ese caso, y sólo en ése, pasarías al Círculo Interior, que ocupa el centro mismo del palacio y es el *sancta sanctorum* en donde habita nuestra Madre Océano, la Gran Sacerdotisa de la Orden.

Humo de Leña y el sacerdote joven compusieron la forma del Cristal con sus dedos y se inclinaron tres veces ceremoniosamente ante la mención del santo nombre. Después el peluquero prosiguió su labor; Agua Fría sentía el desagradable raspar de la cuchilla en su cabeza.

—Eso es todo cuanto necesitas saber por el momento —continuó Humo de Leña—. El Círculo Exterior no es un Círculo de conocimientos, sino disciplinario; aquí educaremos tu voluntad y tus sentidos, base fundamental para alcanzar un sacerdocio impecable. Abandona, pues, toda curiosidad, porque tus preguntas no serán contestadas. Y abreviemos, que ya es tarde y la cena comenzará en unos instantes.

¡La cena! Agua Fría advirtió súbitamente todo el hambre y el cansancio que arrastraba. Le pareció que llevaba siglos sin comer, milenios sin echarse en una cama. En las últimas horas había vivido una existencia entera.

—Ya está —dijo el sacerdote joven, retirando el lienzo.

En la habitación no había espejos y Agua Fría se llevó las manos a la cabeza intentando adivinar su aspecto: el cráneo, pelado y suave, le escocía un poco. El sacerdote de la mano mutilada había abierto un armario y le tendía ahora una túnica rosa.

—Póntela —ordenó Humo de Leña.

Un poco cohibida, Agua Fría se despojó de la túnica de la niñez y se vistió con el ropón rosado. Era largo y tenía capucha, como los hábitos de los sacerdotes. El hombre joven le dio una manta de pelo de camello, una escudilla y una cuchara de madera, un vaso de latón, una pastilla de jabón, una toalla, un atado de compresas, una túnica de repuesto, dos calzones y un pedazo de raíz de albéndula para limpiarse los dientes.

—Vamos —dijo Humo de Leña con impaciencia.

Y Agua Fría le siguió, con la torre de sus pertenencias haciendo equilibrios entre los brazos.

Atravesaron nuevas estancias vacías a la luz moribunda del crepúsculo, hasta arribar a una gran sala con hachones en las paredes. En el medio había una enorme mesa de madera basta; los cinco novicios que se apretujaban en una esquina hacían parecer aún más colosales las dimensiones de la mesa. Eran tres chicos y dos chicas, todos de la edad de Agua Fría; vestían túnicas rosadas y sus cráneos, recientemente rasurados, mostraban diversas tonalidades dentro de una gama gris lechosa. Cuando entraron en la estancia los muchachos se pusieron en pie, con los brazos a la espalda y los ojos bajos.

—Éstos son tus compañeros —explicó el maestro.

Agua Fría les contempló con curiosidad. Y entonces le descubrió: a pesar de la falta de pelo, a pesar de lo que había crecido. Pero eran sus mismas pestañas largas y rizadas, su nariz respingona, las cejas alborotadas y rotundas.

—¿Tuma, eres tú? ¡Tuma! —exclamó feliz y excitada. Tuma, su amigo de la infancia.

El muchacho alzó los ojos un instante y los volvió a bajar sin dar muestras de reconocimiento alguno. Agua Fría, que se disponía ya a abrazarle, se quedó quieta y confundida.

—Ya no soy Tuma —explicó el chico en tono impersonal—. Ahora me llamo Pedernal.

Entonces hicieron las salutaciones de rigor y se explicaron sus respectivos nombres, si bien de forma abreviada, pues el sacerdote se mostraba impaciente.

—¡Oh, Tuma, cuánto me alegro de que estés aquí! —insistió Agua Fría al terminar la ceremonia.

Pero el muchacho seguía cabizbajo y mudo.

—Acabas de llegar, Agua Fría, y aún no sabes que una de las normas de este Círculo es el silencio —explicó Humo de Leña con voz cortante—. Pero ahora ya estás advertida y confío en que te atengas a la regla. Comamos; es tarde.

Se sentaron todos a la mesa; ante ellos había leche con manteca batida, higos y una gran fuente de harina de avena tostada. Agua Fría estaba dolorida y desorientada por la reacción de Pedernal, pero sobre todo estaba hambrienta, así que dio buena cuenta de la comida y alimentó con discreción a su perra, que se había instalado precavidamente entre sus piernas. Después siguió en silencio a sus compañeros hasta los baños, y luego al dormitorio, que era una vasta sala ocupada por varios cientos de camastros. Pero la inmensa mayoría de ellos estaban rotos y carecían de colchón, y en sus desvencijados esqueletos de madera las arañas habían tendido sus primorosos velos. Tan sólo una decena de camas permanecían intactas, en un extremo de la sala, y hacia ellas se dirigieron los muchachos. Agua Fría ocupó una libre y colocó sus pertenencias en la estantería que había a la cabecera. Se desnudaron calladamente y se metieron bajo las mantas.

—Que la Ley nos acompañe —recitó Humo de Leña.

—Y nos haga comprender la eternidad —contestaron los chicos.

Y el sacerdote se marchó llevándose el candil consigo.

Tumbada boca arriba en la cama, Agua Fría contempló la oscuridad que se abatía sobre ella, colgando del alto techo como un enorme murciélago de alas negras. Estaba sola, sola en la inmensidad del Talapot; y la vida se le antojó un lugar terrible. Súbitamente una voz resonó junto a su oído:

—¡Agua Fría!

—¿Qué...?

—¡Shhhhh! ¡Calla, habla bajo o nos castigarán! Soy Pedernal...

—¡Oh, Pedernal! —gimió la muchacha.

Y durante unos momentos se abrazaron, se besaron, se acariciaron en la oscuridad las peladas cabezas.

—Estoy tan contento de que estés aquí —dijo Pedernal con un murmullo enronquecido—. Antes no pude decirte nada, no se nos permite hacer nada, este sitio es horrible... ¡Yo no quería ser sacerdote!

—Yo tampoco... —musitó Agua Fría—. Pero es el Destino.

—Yo no creo en el Destino —barbotó Pedernal con fiereza—. Bueno... No lo sé, que el Cristal me perdone... Pero no quiero estar aquí, no quiero... —añadió plañideramente.

—¿Cuándo has llegado?

—Hace una semana... ¡Shhhh!... Me parece que oigo algo... Escucha, Talika, tengo que irme... Esto que estamos haciendo es muy peligroso.

Y Pedernal le acarició torpemente la cara y desapareció sin hacer ruido entre las sombras. Talika, le había llamado Talika, que era el nombre de antes, de la infancia; un nombre que despertaba el eco de antiguas tardes soleadas, del olor a pan recién horneado, del cálido regazo de su madre. Agua Fría se encogió bajo la manta, estremecida de dolor. Se sentía repleta de lágrimas, capaz de comenzar un llanto interminable. Pero estaba tan cansada que, cuando iba a ponerse a llorar, cayó dormida.

Llevaban largo rato sin hacer nada y Agua Fría empezaba a ponerse nerviosa. Estaban en una de las aulas, una habitación de dimensiones regulares con media docena de bancos corridos. La luz lechosa de la mañana se colaba por las ventanas y, desde esta distancia, a la muchacha le era imposible discernir si fuera hacía sol o era un día nublado. Bajó de nuevo la cabeza, intentando comportarse modosamente. Sus compañeros permanecían quietos como estatuas, con los ojos fijos en el suelo. Frente a ellos, sentado en un sillón de desgastado terciopelo rojo, Humo de Leña parecía absorto en sus meditaciones, con los brazos cruzados y la barbilla hundida en el pecho. El aire del Talapot olía a rancio y en el silencio parecía escucharse el latido de los segundos. Qué aburrimiento. Con el rabillo del ojo, Agua Fría curioseó a los demás alumnos. Junto a ella estaba Tuma, esto es, Pedernal, y más allá una chica de cara redonda como una luna. En el banco de delante se sentaba un muchacho flaco y alto que parecía mayor que los demás; a su derecha estaba una criatura de espaldas anchas, mandíbula robusta y aspecto embrutecido que Agua Fría había tomado en un primer momento por un chico, pero que luego había resultado ser una muchacha; y en el extremo, por último, estaba Opio, una jovencita de rostro amarillento y enfermizo que también había sido compañera suya en la escuela y que llevaba un cuervo encaramado al hombro, regalo de su Anterior. Agua Fría se volvió con disimulo: allí, obedientemente sentada junto a la puerta, se encontraba la despeluchada y jadeante *Bruna*, con las orejas tiesas y toda su atención concentrada en su ama.

—Está bien, Agua Fría. Parece que te encuentras algo inquieta esta mañana —dijo suavemente Humo de Leña.

Agua Fría dio un respingo y se enderezó inmediatamente.

—Por lo tanto, creo que debemos empezar por ti. Ven aquí.

La muchacha salió de la fila y se acercó al maestro. Humo de Leña hundió la mano en el interior de su amplia túnica y sacó un puñado de varillas de madera.

—Ahora escúchame con atención, Agua Fría, y fíjate bien en todas mis palabras, porque nada de lo que digo es gratuito. Voy a escoger dos de estas varillas...

Rebuscó el sacerdote unos instantes y luego extendió el brazo mostrando tres palitroques.

—¿Cuántas varillas hay aquí, Agua Fría?

—Tres, señor.

Humo de Leña volvió el rostro hacia las ventanas y permaneció así unos instantes, aparentemente embebido, apacible y sereno, en la contemplación de la luz aguada y triste. La aburrida Agua Fría basculó el peso de su cuerpo de un pie a otro, pensando distraídamente si faltaría aún mucho tiempo para la hora de la comida. Y en ese momento el maestro se enderezó con la celeridad de un resorte tensado y golpeó la cabeza de la muchacha con el puño de bronce de su vara. Agua Fría gritó y cayó de rodillas, aturdida. El mundo giraba y zumbaba en torno a ella y, cuando abrió los ojos, vio que sobre las nubladas baldosas goteaba parsimoniosamente una sustancia roja. Se echó la mano a la frente y la retiró llena de sangre: tenía la ceja rota. Gimió.

—Veamos, Opio, dile a Agua Fría cuántos palos tengo en la mano... —dijo Humo de Leña, blandiendo las tres varillas.

—Dos, maestro —contestó la chica poniéndose en pie, más amarilla que nunca.

—Eso es, dos. Agua Fría, querida, ¿cuántos son?

Aún de rodillas, la muchacha contestó con un hilo de voz:

—Dos, señor.

—¿Estás segura?

—Ssssí, señor...

—¿Y si yo te dijera que son tres?

—Entonces son tres, señor.

—¿Pero no ves que son dos?

—¡Sí! Dos, dos...

—¡¿Por qué mientes?! —tronó Humo de Leña—. Estás viendo claramente que son tres... ¡Míralo! Son tres, ¿no es así?

—¡Oh, señor...! —Agua Fría se echó a llorar—. Son tres, señor, sí, veo tres.

—Pero yo te digo que son dos. ¿Cuántos hay, Agua Fría?

La muchacha calló, hipando desconsoladamente.

—¡¿Cuántos hay?!

—¡Dos!

—¿Estás segura?

—¡Sí! ¡No!... No sé...

—¿Cuántos hay, Agua Fría?

—¡Tres! ¡Dos! Oh, maestro, por favor, no lo sé... Los que vos digáis...

La muchacha se arrojó a los pies del sacerdote y durante unos momentos en la habitación sólo se escucharon sus sollozos.

—Está bien, Agua Fría —dijo Humo de Leña con suavidad—. Levántate.

La muchacha se puso en pie. El sacerdote le acarició levemente la cabeza, pasando un dedo por el perfil de su ceja tumefacta.

—Ve al Hermano Intendente para que te cure esa herida. Y recuerda —añadió el sacerdote, levantando una mano en la que sólo había ahora dos varillas—. Son dos. ¿Lo ves? Y siempre han sido dos, desde el comienzo de los tiempos.

Pasaron los días, pasaron las semanas y los meses, consumidos por una rutina embrutecedora que no dejaba huella en la memoria y convertía la cuenta de los días en una misma y confusa pesadilla. En ocasiones, los novicios se veían obligados a caminar de espaldas o a permanecer en cuclillas durante horas, con severos castigos para aquellos que cayesen al suelo por el entumecimiento de los músculos. En otras debían trasladar el contenido de un enorme tonel de harina a otro tonel situado en el extremo opuesto de una gran sala, sirviéndose para ello del cuenco de sus propias manos y procurando no derramar ni ensuciar nada; para luego recomenzar de nuevo y volver a transportar la harina al tonel primero. Hacía mucho que Agua Fría había dejado de preguntarse por el sentido de las cosas y ahora vivía tan sólo aferrada a un simple código de supervivencia, a la esperanza de llegar cada noche a la cama sin haber sufrido demasiado durante la larga travesía diurna. La noche, y las dos horas libres que disfrutaban cada jornada antes de la cena, eran el único respiro. Sus compañeros solían usar el tiempo libre para tumbarse sobre las camas e intentar perder la conciencia con un sopor agitado de espasmos. Pero Agua Fría acostumbraba perderse por los desolados salones del palacio, con sus pasos resonando en el aire estancado y la pobre *Bruna* brincando excitadamente en torno a ella en un simulacro de felicidad. Entonces, cuando se había alejado lo suficiente de las zonas habitadas, la muchacha se asomaba a la ventana y contemplaba la caída del atardecer sobre Magenta, abajo, muy abajo, una confusa mancha de adobe rojizo apenas reconocible y que, sin embargo, Agua Fría lo sabía muy bien, era una ciudad, una ciudad auténtica, con sus casas, sus calles y sus tiendas, con sus habitantes regresando plácidamente al hogar tras la jornada de trabajo. Era la vida, la vida real, apenas atisbada desde el encierro del Talapot, desde sus muros indescifrables y remotos. Y a Agua Fría le asombraba pensar que también ella había paseado alguna vez por esas calles de juguete, y que quizá entonces alguna sombra cautiva y rosa, como ella ahora, envidiaba su libertad desde los cielos.

Los alumnos tenían terminantemente prohibido conversar entre ellos incluso en las horas libres, y no servía de nada el perderse en los solitarios salones para hablar, porque de algún modo el maestro siempre se enteraba. Pero Pedernal y ella se las arreglaban para robar alguna palabra al silencio, apresurados y breves cuchicheos musitados de cuando en cuando y a escondidas. Y, sobre todo, permanecían siempre juntos; se sentaban al lado, comían codo con codo y, en la vecindad constante, sus cuerpos hallaban el modo de tocarse: leves roces al servir el agua, un rápido apretón de manos al cruzar una puerta. Eran contactos balsámicos.

Pero Humo de Leña debió de advertir algo. Un día les llamó y puso ante ellos un cuenco repleto de bolas de vidrio:

—¿Veis esta fuente con cuentas? Pues bien, voy a arrojarlas al suelo y vosotros deberéis recogerlas. Coged tantas como podáis y procurad hacerlo muy de prisa. Porque aquel de vosotros que, al final, posea menos, recibirá tres latigazos.

Dicho esto, el maestro desparramó las cuentas sobre las baldosas. Agua Fría se estremeció: ya había visto aplicar el látigo... y se sentía incapaz de soportarlo. El pánico extendió ante sus ojos un velo rojizo; se arrojó al suelo, gateó, mordió, arañó y empujó para conseguir las bolas de vidrio. Al final hicieron el recuento y ella tenía cinco más. El maestro desnudó a Pedernal de cintura para arriba, atándole boca abajo sobre un banco. El látigo de colas anudadas silbó tres veces en la mano de Humo de Leña y la fina espalda del chico se rajó y se pintó de sangre. Agua Fría no lloró. El muchacho tampoco.

Aquel día, más tarde, en las horas libres, Agua Fría se marchó al extremo más lejano del palacio. Entró en una gran sala rectangular con las paredes revestidas de un mármol sucio y roto y se dejó caer en una esquina. La cabeza le ardía; sospechaba que Pedernal se había dejado ganar, que no había luchado hasta el final. Se sentía indigna, culpable y desdichada; pero ella, ¿qué podía haber hecho? Ella era una mujer, y las mujeres no soportan la violencia. Se apretó las sienes con las manos, como si así pudiera aplastar el recuerdo que martilleaba dolorosamente en su cabeza.

Entonces escuchó un ruido, un leve roce. Alzó los ojos y descubrió que Pedernal estaba allí. Se miraron unos instantes en silencio y luego el muchacho se dirigió lentamente al otro extremo de la estancia, sentándose con dificultad en el suelo frente a ella. Se quedaron contemplando en la distancia, a través de la vasta y desolada sala. No movieron un músculo, no hicieron ni un gesto: sólo se miraron durante un tiempo que pareció infinito, mientras el sol caía y la noche comenzaba a reunir un rebaño de sombras bajo el alto techo del palacio.

Después de aquel día volvieron a encontrarse muchas más veces en esa misma habitación. Se sentaban en paredes opuestas, sin decir nada. Y se acariciaban con la mirada a través del aire marchito y del crepúsculo.

Estaban ya en el tercer piso, el último nivel del Círculo Exterior, y todavía no habían visto más sacerdotes que el implacable Humo de Leña y el Hermano Intendente de la mano mutilada, que les rapaba el cráneo una vez cada tres semanas, les proveía de jabón y raíz de albéndula, servía las comidas y curaba las heridas disciplinarias sin decir jamás una palabra. Aparte de las ancianas guardianas de la puerta, que se alimentaban y dormían junto a las cadenas para no abandonar jamás su puesto. Al poco de llegar al palacio, la muchacha robusta que parecía un muchacho intentó escaparse del Talapot. Las ancianas la detuvieron en seco con sólo mirarla. La chica, que se llamaba Viruta de Hierro, permaneció paralizada en el umbral como una estatua hasta que Humo de Leña fue a buscarla.

—Nadie puede cambiar su destino y, por lo tanto, nadie puede escapar del Talapot —sentenció el maestro.

Y castigó a la muchacha con diez azotes. Fueron los primeros latigazos que vio Agua Fría.

A medida que pasaba el tiempo los castigos eran más severos, aunque también menos frecuentes, porque todos ellos habían aprendido a obedecer automáticamente al sacerdote. Desde que habían ascendido al último piso no se había azotado a nadie; Humo de Leña parecía contento y los novicios creían dominar ya los simples secretos de su austera rutina cotidiana. Pero una noche el maestro irrumpió intempestivamente en el dormitorio.

—¡Arriba todos! Es muy tarde ya y el desayuno está esperando.

Los novicios contemplaron con estupor los negros rectángulos de noche que enmarcaban las ventanas, pero se vistieron de inmediato sin decir palabra, torpes y somnolientos, buscando sus túnicas a tientas y tropezando con los picos de las camas.

—Hace un hermoso día, ¿no es así, Agua Fría? —dijo Humo de Leña con tono casual y ligero.

La muchacha miró a través de la ventana: la última luna del verano brillaba en el cielo en todo su esplendor.

—Sí, maestro, muy hermoso.

Durante cinco jornadas, Humo de Leña les hizo vivir de noche y dormir de día. Se movían, trabajaban y comían al menguado resplandor de la luna llena, porque no se les permitía prender los candiles. Al despuntar el sol, en cambio, encendían las velas, y el maestro se comportaba como si en verdad le rodeara la oscuridad. Era una situación sin duda chocante, pero a los disciplinados novicios no les resultó demasiado difícil el adaptarse a ella: al poco, Agua Fría llegó a convencerse de que siempre había vivido así, entre tinieblas. Sólo Opio parecía tener problemas con la oscuridad. Opio, que era una muchacha de naturaleza enfermiza y no veía bien, se pasaba los días tropezando, tirando objetos y tanteando temerosamente las paredes. Una noche, a la hora del desayuno, se arrojó encima un hirviente tazón de leche con manteca. Soltó un agudo chillido y comenzó a llorar.

—Opio —dijo Humo de Leña.

La muchacha arreció en sus lágrimas.

—Opio, ven aquí.

Amedrentada y sollozante, la chica se aproximó al maestro.

—Opio, he intentado educarte —suspiró Humo de Leña con tristeza—. He intentado enseñarte, pero no has aprendido nada. Tú te consideras físicamente débil y estás llena de compasión hacia ti misma. Pero el cuerpo no es sino un instrumento de nuestra voluntad. No hay cuerpos débiles: hay mentes desordenadas y confusas. Tú estás convencida de que ahora mismo es de noche y te sientes perdida y ciega. Si hubieras comprendido que es de día no tendrías dificultad alguna para ver. Tu mente te está cegando, no tus ojos. Desdichada, ¿cómo vas a poder sobrevivir en el Círculo de Sombras si no eres capaz de ver con los ojos del espíritu? Amas tu propia miseria física con amor enfermizo, y estás atrapada en la cárcel de tu autocompasión. Está bien, Opio. Alimentaremos esa compasión hasta romperla. Venid todos aquí.

Los novicios se pusieron en pie de un solo salto.

—Id pasando de uno en uno delante de ella y escupidla.

Lo hicieron. Desde luego que lo hicieron. Primero la chica de cara redonda como una luna, y luego Pedernal, y después Agua Fría. Mientras Agua Fría se llenaba la boca de saliva, mientras escupía sobre Opio, no sentía nada dentro de sí. Sólo la llamada de la obediencia, el alivio de la orden ya cumplida. Pero la robusta Viruta de Hierro, que se había quedado la última, se plantó ante Opio y comenzó a mover su pesada cabezota de un lado a otro.

—Escupe —ordenó el sacerdote.

Y Viruta de Hierro permanecía inmóvil.

—¡Escupe!

Entonces la muchacha hizo algo descomunal, insólito: levantó su rostro embrutecido, miró a Humo de Leña y dijo:

—No.

Recibió veinte latigazos y quedó ensangrentada y sin sentido sobre el banco. Después Humo de Leña se pasó una mano temblorosa por la cara y dijo:

—Llevadla al Hermano Intendente. Procurad que la cure bien.

La recogieron con delicadeza. Llorosos y llenos de

agradecimiento hacia Humo de Leña por haberles permitido cuidar de ella.

Cuatro semanas más tarde sucedió la desgracia. Habían vuelto a recuperar el habitual ciclo diurno y una noche, a la hora del sueño más profundo, la puerta del dormitorio se abrió violentamente con un batir de trueno. Era Humo de Leña; a la danzante luz del candil, su túnica parecía flamear en torno a él y su sombra resultaba gigantesca. O eso pensó Agua Fría en su sobresaltada somnolencia. El sacerdote cruzó la habitación a grandes zancadas y levantó la lámpara con el mismo ademán con que el verdugo levantaría el hacha. Entonces todos pudieron verlas claramente: ahí estaban Opio y Viruta de Hierro, cobijadas en la misma cama, demudadas, sorprendidas en su dormido abrazo. Durante unos brevísimos instantes nadie pronunció una palabra. Y después el silencio se quebró con un chillido lastimero. Era Opio, quien, como impulsada por su propio grito, se arrancó bruscamente de los brazos de su amiga, corrió hasta la ventana más próxima y se arrojó por ella. Horas más tarde, cuando el alba comenzaba a despuntar, aún se podía ver al cuervo de Opio volando ciegamente sobre el cuerpo despeñado de su ama y dibujando en el aire desolados e inacabables círculos.

Avanzado ya el día, Agua Fría recibió el encargo de recoger las pertenencias de Opio y devolverlas al almacén. Encontró al Hermano Intendente sentado sobre el banco, con la cabeza hundida entre las manos. Murmuraba para sí una monótona salmodia que, en un principio, la muchacha tomó por un recitado de jaculatorias.

—Hermano, vengo a traeros las cosas de Opio... —dijo ella.

Pero el joven sacerdote no dio señales de haber advertido su presencia.

—Hermano...

Se detuvo, sin saber qué hacer. «Noesverdadnoesverdad», le pareció entender entonces en el obsesivo bisbiseo del hombre. Agua Fría se inquietó. Depositó su carga sobre el banco y se volvió, dispuesta a marcharse cuanto antes. La mutilada mano del sacerdote se aferró súbitamente a su muñeca: sus tres dedos parecían de hierro.

—Esto se acaba... —murmuró el hombre roncamente—. Después de vosotros sólo llegaron tres novicios más y hace ya mucho que no ha venido nadie...

Agua Fría le miró con espanto: el sacerdote tenía los ojos enrojecidos y febriles.

—Cuidado —susurró él con expresión enloquecida, poniendo un dedo ante sus labios—. Tienen un sistema de escucha, las paredes oyen... Todo es mentira, ¡todo! La Ley no existe. ¡Me persiguen! Nos matarán a todos...

No permitas que te lleven al Talapot. Eso había dicho Corcho Quemado en su último día. Era la primera vez que Agua Fría pensaba en su Anterior en muchos meses. En realidad era la primera vez que pensaba, sin más, en mucho tiempo. La muchacha sintió que un destello de razón se abría paso trabajosamente entre las tinieblas de su cabeza entumecida. Tuvo miedo. Pero el pequeño pensamiento fructificaba dentro de ella, creciendo con un latido doloroso. Un torrente de sensaciones y recuerdos confusos comenzó a invadirla: la memoria cristalizada de su Anterior se despertaba. No permitas que te lleven al Talapot. ¿Y si el Hermano Intendente estuviera expresando, en su delirio, una verdad fundamental? Amedrentada, Agua Fría intentó detener sus pensamientos y regresar al cómodo embrutecimiento de la disciplina. Pero no pudo. Su madre asfixiándose, muriendo dolorosa y lentamente.

Su casa desapareciendo en el vacío. La sonrisa de la vieja mendiga. El grito enloquecido de Opio. Súbitamente la realidad del Talapot se deshacía en torno a la muchacha y entre las ruinas parecía abrirse paso una intuición terrible.

—Agua Fría...

Era Humo de Leña, que acababa de entrar en la habitación. El sacerdote joven se puso en pie inmediatamente y se retiró unos pasos, hurtando la mirada y ocultando la mano mutilada tras la espalda.

—Agua Fría —retumbó la voz de Humo de Leña—, recoge tus cosas. Ha llegado el momento de que pases al Círculo de Sombras.

A través de las ventanas de la sala se distinguían pequeños rectángulos de un cielo gris y desvaído que Agua Fría contempló con añoranza. Porque no volvería a ver el cielo en mucho tiempo.

Tiritaba Agua Fría en el almacén del primer nivel del Círculo de Sombras, cambiando sus ropas rosadas por otras que, la muchacha se esforzó en escudriñarlas en la penumbra, parecían poseer un color rojo vivo. De los seis novicios, esto es, cinco, si se descuenta a Opio, sólo habían pasado tres al Círculo siguiente: el muchacho alto, Pedernal y ella. Aquí estaban, a su lado, desnudándose en el aire frío y mohoso. El nuevo Hermano Intendente, un hombre rechoncho de ojillos brillantes y cara de mono, daba afanosos y solícitos saltitos en torno a ellos. Los Intendentes, ahora lo sabía Agua Fría, eran sacerdotes de ínfima categoría y carrera fracasada que ni siquiera tenían el derecho de poder usar sus propios nombres.

En el muro, las espesas celosías que comunicaban con el Círculo Exterior dejaban pasar una claridad insustancial, una brizna de luz empobrecida. Los rincones del cuarto eran oquedades tenebrosas, imprecisos nidos de tinieblas. De una de esas sombras salió una figura menuda envuelta en la morada túnica sacerdotal.

—Que la Ley nos acompañe.

—Y nos haga comprender la eternidad.

—Hijos míos, soy Duermevela, la tutora del Círculo de Sombras.

Y todos hicieron los saludos rituales y se explicaron los respectivos nombres.

—Aquí comienza vuestra verdadera iniciación —explicó la mujer—. Estáis, pues, en un territorio fronterizo. Y, del mismo modo que aquí reina un crepúsculo eterno, ni luz ni oscuridad, así vuestras almas se encuentran ahora en el tránsito hacia la perfección, a medio camino entre la ignorancia y la sabiduría.

La sacerdotisa hizo una pausa y luego sonrió agradablemente. Era una mujer ya entrada en edad, regordeta, de mejillas suaves y limpios ojos azules.

—Aquí sólo encendemos los candiles cuando se hace de noche y, aun así, utilizamos las menos lámparas posibles. Pero no debe preocuparos la oscuridad: aprenderéis en seguida que la luz se lleva dentro y en poco tiempo lograréis sentiros confortables. Éste, hijos míos, es un Círculo de Conocimiento: vais a vivir volcados hacia el mundo interior y es conveniente que el engañoso mundo exterior permanezca sepultado en la penumbra. Ahora podéis preguntarme todo lo que queráis; estoy aquí para resolver vuestras dudas.

Los muchachos callaron, nerviosos y envarados, manteniendo con humildad los ojos bajos.

—No tengáis miedo —insistió ella—. Aquí no rige la regla del silencio. Podéis hablar cuanto queráis.

Pero los novicios permanecieron en silencio.

—Vamos, vamos... Seguro que tenéis algo que preguntar. Rebuscad en vuestras mentes, poned vuestro cerebro en movimiento.

Poned vuestro cerebro en movimiento, se repetía Agua Fría. Pero su cabeza parecía estar paralizada. Su cabeza era un caos de reflexiones truncadas, de razonamientos sepultados bajo la tiranía de la obediencia. Tras haber pasado un año en el Círculo Exterior, la idea de poder recuperar un criterio propio le producía miedo y vértigo. Y, sin embargo, en el fondo de su conciencia se agitaba algo: una insatisfacción, una inquietud indefinida. Y una pregunta remota pugnaba por subir a sus labios.

—¿Por qué? —musitó al fin.

—¿Cómo dices?

—¿Por qué? —repitió la muchacha en tono más audible, levantando la cabeza y contemplando con timidez a Duermevela.

—¿A qué te refieres, Agua Fría?

Y Agua Fría pensó en Opio. Y en su madre, luchando por un doloroso trago de aire. Pensó en la espalda ensangrentada de Viruta de Hierro y en la soledad del Talapot.

—¿Por qué todo esto? ¿Por qué no podíamos hablar entre nosotros? ¿Por qué se nos castigaba a veces sin razón alguna? ¿Por qué hemos pasado tanto miedo? —barbotó la muchacha.

Y, para su gran sorpresa, comenzó a llorar. Hacía mucho tiempo que no lloraba en público. Pero los afectuosos ojos de Duermevela le hacían daño. La sacerdotisa sonrió y cabeceó comprensivamente.

—Todas esas respuestas, Agua Fría, te las proporcionará el conocimiento. Eso es lo que vas a aprender en este Círculo. Por el momento te puedo decir que la disciplina del Círculo Exterior es necesaria para doblegar la voluntad al buen camino. Del mismo modo que los rosales deben ser podados para que crezcan y se fortalezcan, así vuestros espíritus han de ser limpiados de las impurezas de los bajos instintos, para que luego florezcáis en el seno de la Ley. Siempre ha sido así, ésa es la norma —concluyó la sacerdotisa.

Y luego tendió un pañuelo a Agua Fría para que enjugase en él sus lágrimas.

Arquitectónicamente, el Círculo de Sombras era en todo semejante al Círculo Exterior, salvo que su perímetro total era inferior. Pero la diferencia era difícil de apreciar en el interminable anillo de salones inmensos, que parecían aún más grandes en la indefinición de la penumbra. Las dependencias habitables eran idénticas: el mismo comedor de enorme mesa, el vasto dormitorio repleto de camas en desuso, los baños de suelo de piedra rajada y siempre húmeda. En las umbrías salas, el silencio adquiría un matiz especial, una resonancia rumorosa y líquida, como la que se produce bajo el agua. Y el aire, estancado desde el principio de los tiempos, tenía un olor metálico y era frío.

Por lo demás, la vida transcurría con apacible lentitud. Los muchachos se acostumbraron con facilidad a las tinieblas y al poco tiempo descubrieron que las sombras poseían matices infinitos. Tan sólo *Bruna* permanecía durante horas tumbada junto a las celosías, con el morro ávidamente aplastado contra la madera perforada. Agua Fría, compadecida del animal, había confeccionado unas rudimentarias pelotas con trapos viejos y se las lanzaba a la perra para distraerla. Pero *Bruna*, tras juguetear unos instantes con desganada cortesía, volvía a tumbarse tristemente a soñar con la luz.

Las mañanas se empleaban para el debate. Duermevela proponía un tema, ellos opinaban y discutían, y al cabo la sacerdotisa les explicaba la sustancia de las cosas, la realidad eterna. Aprendieron así que el mundo era uno y mismo, un absoluto. Y que la noción de cambio no era sino un engaño sensorial.

—Imaginad una pequeña gota de agua que, sometida a bajas temperaturas, se congela. Un alma simple que nunca hubiera conocido el hielo pensaría que el agua había desaparecido en el espacio y que en su lugar había surgido una brizna de materia sólida, una limadura de mármol blanco, un cristal de azúcar. Y, sin embargo, esa lágrima de hielo sigue siendo exactamente lo mismo que era antes. Sigue guardando dentro de sí el inmutable espíritu del agua, sólo que nuestros ojos no son capaces de ver su aliento sustancial, su identidad eterna. Pues bien, del mismo modo caemos a veces, al contemplar el mundo, en heréticos espejismos de evolución y diferencia. Porque nuestra mirada es limitada y no alcanza a comprender el todo, el girar impasible de la Rueda Eterna —decía, por ejemplo, Duermevela.

Y sus palabras caían como plomo derretido en los oídos de los estudiantes.

Por la tarde aprendían el Modo de Mirar Preservativo y pronto comenzaron a recorrer los salones del palacio para fijarlos de modo perdurable en su memoria. Para mirar preservativamente, explicaba la sacerdotisa, había que saber ver la esencia eterna de las cosas, el alma del agua que se escondía en el hielo de su ejemplo. Había que superar el tiempo y el espacio, la carnalidad limitadora; y comprender, en un destello de energía inteligente, que uno formaba parte de la totalidad, de lo que será, lo que es y lo que ha sido. Para alcanzar ese estado de gracia, ese arrebato místico, Duermevela les enseñó los antiguos métodos rituales: la concentración; la meditación; el vaciamiento a través de la repetición de las jaculatorias; la visualización mental de figuras complejas; el control del propio cuerpo con la ayuda de una disciplina muscular. Agua Fría progresó rápidamente y cada día tardaba menos en alcanzar el éxtasis. Se retiraba la muchacha a alguna de las salas más remotas y se sentaba en uno de los rincones inundados de sombras. Comenzaba entonces a perderse, a diluirse mentalmente en el entorno. Se dejaba penetrar por la naturaleza de los muros, por la secreta armonía de las baldosas. Poco a poco, Agua Fría sentía dentro de sí la presencia de su Anterior, y luego del Anterior de su Anterior, y de todos los Anteriores que en el mundo fueron. Entonces Agua Fría ya no era más Agua Fría sino una parte del muro y del espacio, la materia misma de la vida. Y en ese momento no existía la muerte, ni el tiempo, ni el dolor.

En ocasiones, la muchacha era inmensamente feliz en el Círculo de Sombras.

Habían descendido ya al segundo nivel del Círculo cuando un día Pedernal le dijo:

—No es justo que tú, por ser mujer, tengas la posibilidad de pasar al Círculo Interior y que yo, sólo por ser hombre, no la tenga.

Agua Fría se echó a reír. Estaban tumbados encima de una raída y vetusta alfombra, en uno de los salones abandonados del palacio.

—Siempre ha sido así, ésa es la norma —respondió cantarinamente.

—¡Tonterías! ¿Qué tienes tú que yo no tenga, en qué eres tú mejor que yo?

Agua Fría se sonrió en la oscuridad calladamente;

pensaba en los muchos ejemplos que podría citarle, pero no deseaba ofender a su compañero.

—Qué quieres que te diga, Pedernal... Desde luego somos diferentes, eso está claro.

—¿Ah, sí? Bueno, nuestros cuerpos son diferentes. Pero nada más.

Agua Fría se volvió boca abajo, divertida y levemente irritada con la discusión. De la alfombra subió una nube de polvo milenario.

—No digas bobadas, Pedernal. Es evidente que tenéis ciertas limitaciones.

—¿De verdad? ¿Como qué?

—Oh, bueno, pues es obvio... Nosotras somos madres, somos las hacedoras de la vida —contestó la muchacha con sonrisa vanidosa y pedante.

—Pero nosotros también tenemos nuestra parte en eso, ¿no es así?

—¡Pero no hay comparación posible, no es lo mismo! Nuestra es la sangre, nuestro es el cuerpo, los hijos son nuestros. Vosotros ni siquiera tenéis la posibilidad de saber si sois los verdaderos padres, a no ser que la mujer quiera y pueda confirmaros vuestra colaboración en el proceso.

—¿Colaboración? ¡Somos fundamentales! Tan importantes como vosotras e incluso yo diría que más. Y, además, casi todas las mujeres sois estériles.

—¡Y vosotros también! Lo que pasa es que vuestra esterilidad importa poco. La nuestra, en cambio, es una cuestión de Estado. Daría igual que todos los hombres fuerais estériles, menos uno, con tal de que hubiera muchas mujeres capaces de ser madres.

—Eso demuestra que somos más importantes. Un solo varón puede dar origen a muchas vidas.

—Eso demuestra que no sois más que un ingrediente

en el proceso. Sin agua no se puede cocer un guiso de carne, pero es la carne lo sustancial del plato, el alimento.

—No estoy de acuerdo.

—Me importa poco que estés o no de acuerdo: las cosas son así. Y siempre han sido así, ésa es la norma.

Callaron unos instantes, enfurruñados. Y luego Agua Fría volvió a hablar:

—Y hay muchas cosas más. La violencia, por ejemplo. Sois seres violentos, agresivos, capaces de matar. Os comportáis en eso como animales. Nosotras, sin embargo, no soportamos la violencia, jamás la ejercemos. Estamos muy por encima de vuestra brutalidad.

—Sí, claro... Vosotras no matáis pero ordenáis matar. Me gustaría saber qué es lo peor —dijo Pedernal amargamente.

Por un instante, Agua Fría creyó ver el brazo de Su Eminencia Piel de Azúcar descendiendo en el aire, como un relámpago azul cobalto, para señalar el comienzo del descuartizamiento. Pero no, de todas formas no era lo mismo.

—No es lo mismo, Pedernal. Cuando una mujer ordena una muerte o un castigo, no lo hace movida por la violencia, como vosotros, sino que ha llegado a ello a través de la reflexión y obedeciendo los designios de la Ley...

—Ya. A mí me parece que los designios de la Ley son muy oscuros y que cada cual los interpreta según su conveniencia.

—Estás diciendo una barbaridad, Pedernal, una blasfemia —explicó Agua Fría con tonillo pacientemente didáctico—. Además, eso da igual. Pongamos que tienes razón. Pues bien, de todas maneras, vosotros los hombres ordenáis ejercer la violencia y además la aplicáis vosotros mismos, mientras que nosotras nos limitamos sólo a ordenarla, que es la parte más intelectual y más noble. Así que, se mire como se mire, seguimos siendo superiores —concluyó triunfalmente.

—¿Que nosotros ordenamos ejercer la violencia? ¿Cuándo? Si no nos dejáis alcanzar ningún puesto de poder...

—¿Cómo que no? Mira a los oficiales de los guardias púrpura. O mira a Humo de Leña. Compara a Humo de Leña con Duermevela, y te darás cuenta de lo que separa a una mujer de un hombre. Mira, Pedernal, a mí me gustáis mucho los hombres, de verdad que me gustáis. Sois más inocentes, más simples, más emocionales. Pero eso, que es lo que os confiere vuestro encanto, se convierte en un peligro cuando pretendéis saliros de vuestro lugar.

—¿Ah, sí? ¿Por qué?

—¡Pues es evidente! No se os puede dejar asumir puestos de gran responsabilidad porque no tenéis la sutileza necesaria. El poder os emborracha; carecéis del sentido de la medida y de dimensión espiritual. Además, sabes bien que biológicamente no estáis capacitados para ejercer los poderes ocultos.

Duermevela les había estado hablando sobre la hipnosis. Un saber secreto que, había explicado, las futuras sacerdotisas recibían en el Círculo de Tinieblas, el próximo y último anillo del aprendizaje. Sólo las mujeres podían adquirir tan elevado conocimiento; los hombres se habían mostrado genéticamente incapaces de desarrollar esa sutilísima dimensión del alma. Desde que Agua Fría tuvo noticia de tal privilegio se había sentido predestinada y poderosa, rozada por el dedo del misterio.

—¡Precisamente! —exclamó con vehemencia Pedernal, sentándose sobre la podrida alfombra—. Ésa es otra de las cosas que me parecen injustas. ¿Quién dice que no somos capaces de recibir el secreto de la hipnosis?

—Siempre ha sido así, ésa es la norma.

—Pues yo creo que es mentira. ¡Es mentira! ¿No te das cuenta? Yo creo que estamos tan capacitados como vosotras, pero no nos permitís el acceso a la hipnosis porque vuestro poder disminuiría. Pero yo no. Yo no me voy a conformar, Agua Fría. Ten por seguro que yo voy a ser distinto... y que voy a llegar a lo más alto —dijo Pedernal con acaloramiento, sus ojos reluciendo en la penumbra.

Qué masculino es, pensó Agua Fría. Ahí estaba, ardiendo de ambición, enceguecido por la violencia animal de sus deseos. El típico comportamiento del varón. Pero las palabras del muchacho habían despertado en ella una vaga inquietud, una melancolía sin sentido. Permaneció callada unos minutos, contemplando con hastío la delicada arquitectura de la sombras.

—Agua Fría...

—Qué.

—No hay más. Lo que te dijo el Hermano Intendente era verdad. El primer nivel del Círculo Exterior está vacío. Ya no hay más novicios.

Agua Fría había contado a Pedernal el extraño comportamiento del sacerdote de los dedos cortados. La muchacha se incorporó sobre un codo, estupefacta.

—¿Qué dices? ¿Cómo lo sabes?

Pedernal sonrió:

—He estado allí.

—¿Allí? ¿En el Círculo Exterior?

—Sí... y no es la primera vez que lo hago.

—Estás loco... Humo de Leña te destrozará...

—Oh, no... Soy más listo que él —fanfarroneó Pedernal—. En realidad es muy fácil. Los accesos no están vigilados. Les pierde su propia confianza: no se les ocurre que pueda haber alguien capaz de regresar al Círculo Exterior. Sólo hay que tener un poco de cuidado... y no hacer ningún ruido. Ya sabes que Humo de Leña es capaz de advertir cualquier sonido.

—¿Y de verdad no hay nadie?

—En los niveles superiores vi a cuatro novicios, tres chicos nuevos y Viruta de Hierro, que todavía sigue en el Círculo Exterior. Eso es todo.

—Pero, entonces...

—No sé qué está pasando, Agua Fría. Pero desde luego está pasando algo. Algo diferente, que el Cristal me perdone. Algo nuevo.

Callaron unos momentos, sobrecogidos ante la inmensidad de sus presentimientos.

—Agua Fría...

—Sí.

—Agua Fría, escucha, te propongo algo. Una prueba, un experimento, un pacto secreto...

—¿Qué?

—Cuando pasemos al Círculo de Tinieblas y tú recibas el entrenamiento de la hipnosis, explícamelo a mí. Enséñame todo lo que te enseñen. Así comprobaremos quién tiene razón. Verás cómo, aunque soy un hombre, también puedo dominar los poderes ocultos. ¿Lo harás?

Eso no es posible, reflexionó Agua Fría. Iba en contra de la Ley, en contra de la costumbre inmemorial; era pecaminoso y era inútil, porque Pedernal nunca conseguiría aprender ese saber supremo; era peligroso, porque, de ser descubiertos, sufrirían un penosísimo castigo. Pensó Agua Fría, en fin, que la propuesta del muchacho era una barbaridad, un sinsentido. Y luego, tumbándose de nuevo boca arriba, lanzó un profundo y resignado suspiro y dijo:

—Sí.

Llevaban ya catorce meses en el Círculo de Sombras cuando un día Duermevela apareció con el Cristal.

—Este vidrio es el principio de todo; y en él se contiene la memoria de todas las cosas.

El Cristal brillaba débilmente en la palma de la sacerdotisa, como una brasa fría entre las sombras.

—Antes de que existiera el tiempo, el Cristal ya existía. Porque el tiempo es una creación del Cristal, un piadoso espejismo que nos ha sido otorgado a los humanos para que nuestras débiles mentes no se destruyan ante la insoportable contemplación de la eternidad.

Agua Fría observó con atención el prisma luminoso; tenía una forma oval y era algo mayor que el de Corcho Quemado, o eso le pareció a la muchacha.

—El Cristal se manifiesta en la Ley, que es el orden profundo y necesario de las cosas. Y, para poder gozar y admirar su perfección, nos ha dotado a los humanos de un conocimiento suficiente. Pero el universo se ordena, con armonía infinita, en organismos que van desde lo más simple a lo más complejo; y, así como la esencia de la hoja de tilo es mucho más sencilla que la de un león, del mismo modo hay seres humanos inferiores y otros superiores, ocupando todos, desde siempre y para siempre, su exacto puesto en la eternidad de la escala jerárquica. A las mentes más desarrolladas se nos ha otorgado el privilegio de pertenecer a la orden sacerdotal, de convertirnos en los guardianes de la norma. Y aun entre nosotros sigue habiendo rangos, desde los humildes Hermanos Intendentes hasta alcanzar la estirpe de las grandes sacerdotisas, de las Madres Supremas, que nos aconsejan y nos guían.

Duermevela se detuvo aquí unos instantes y todos hicieron las tres inclinaciones rituales ante la mención del poder máximo.

—Hay muchos cristales como éste —prosiguió la sacerdotisa—. Pero son todos el Cristal. En la limpieza y exactitud de sus formas geométricas se refleja el orden del universo. El Cristal es la condensación del infinito en una gota.

Callaron todos, sumidos en una ensoñación respetuosa. Duermevela cerró la mano en torno al Cristal y los destellos desaparecieron en su puño.

—Hijos míos, ésta ha sido mi última enseñanza. Vuestra estancia en el Círculo de Sombras ha terminado. Es hora de que paséis al Círculo de Tinieblas, en donde resplandece la sabiduría y la luz jamás penetra. Allí os enseñarán el uso del Cristal, los cantos sagrados, la liturgia y los saberes de los libros secretos. Agua Fría, además, recibirá el poder de la hipnosis. Disponed vuestras cosas, pues, porque ha llegado el momento de partir.

¿Pasar al Círculo de Tinieblas? Pero ¿cómo era posible?, se preguntó la sorprendida Agua Fría. ¡Si todavía se encontraban en el segundo nivel del Círculo de Sombras! La muchacha miró a su alrededor, pero el rostro de sus compañeros permanecía impasible.

—Pero maestra, ¿cómo es que vamos a pasar ya al Círculo de Tinieblas? ¿No tenemos que descender aún al piso inferior?

—Querida niña, ¿de qué estás hablando? —contestó Duermevela, sonriente—. No existe un piso inferior.

Agua Fría abrió la boca, estupefacta.

—Pero Humo de Leña nos explicó que todos los Círculos tenían tres niveles y...

—Hija mía, estás equivocada. Humo de Leña no pudo decir eso. Y no pudo decirlo porque nunca ha habido un tercer nivel. Desde el principio de los tiempos, en el Talapot sólo se han habitado los dos últimos pisos. Siempre ha sido así, ésa es la norma —contestó la mujer con paciente amabilidad.

La muchacha sintió que la habitación giraba en torno a ella y que a sus pies se abría un abismo.

—No puede ser... —arguyó mareada y débilmente—. Yo he estado en el tercer piso del Círculo Exterior...

—No, Agua Fría. Eso es un error. Es imposible. Sólo hay dos niveles. Siempre los ha habido —repuso Duermevela con firmeza.

Sólo hay dos niveles, repitió la voz de la disciplina en los oídos de Agua Fría. Y todas las células de su cuerpo, entrenadas en la obediencia, aceptaron automáticamente las palabras de Duermevela. Sólo hay dos niveles, se repitió embrutecidamente la muchacha; la sacerdotisa tenía razón, ella nunca había estado en el tercer piso. Un extraño sopor invadía su mente y sus recuerdos se desdibujaban y confundían. ¡Pero no! Agua Fría agitó la cabeza. No era cierto. ¡No era cierto! Los tres niveles existían. La muchacha se aferró desesperadamente a esa pequeña certidumbre y poco a poco la memoria volvió a hacerse nítida y el sopor comenzó a desvanecerse.

—Maestra, eso no es verdad, yo estuve allí, yo estuve... —dijo con un hilo de voz, enrojeciendo violentamente.

Duermevela suspiró.

—Hijos míos, decidle a Agua Fría cuántos pisos hay en el palacio.

—Dos, señora —contestaron sus compañeros al unísono.

Agua Fría contempló con indignado asombro a los muchachos.

—Pero, Pedernal, ¿cómo puedes decir eso?

—Porque es la verdad, Agua Fría, y la verdad es una e inmutable —respondió la sacerdotisa—. Sólo hay dos pisos habitados en el Talapot, y siempre han sido dos.

De modo que era cierto, se dijo la muchacha. Ya no llegaban aprendices al Talapot y habían clausurado el tercer nivel. Del mismo modo que debieron ir cerrando antes los noventa y siete pisos anteriores. De ahí las dimensiones de las salas, el tamaño de la mesa del comedor, las decenas de camas inútiles que se pudrían en los dormitorios. Eran los restos de un pasado mejor. ¡El mundo cambiaba! Agua Fría apretó las mandíbulas. Las aguas de un mismo río son siempre distintas, había dicho la vieja mendiga, y la muchacha entendía ahora sus palabras. Porque la realidad no era inmutable, sino, por el contrario, un devenir continuo, una constante diferencia. Agua Fría sintió crecer dentro de ella la fuerza de la certidumbre, el brío de una voluntad inquebrantable. Levantó la cabeza y dijo en tono desafiante:

—Antes había tres, maestra.

—Dos.

—¡Tres!

Duermevela ocultó durante unos instantes su rostro entre las manos. Luego alzó la cara. Tenía una expresión entristecida.

—Venid conmigo, hijos míos.

La siguieron en silencio hasta el almacén. El rechoncho y obsequioso Hermano Intendente se puso en pie, sonriendo y frotándose las manos.

—El camino de la sabiduría es largo y fatigoso —explicó Duermevela haciendo una seña al hombre—. Y en ocasiones nuestro precario cuerpo nos engaña y nos induce a errores.

Mientras la sacerdotisa hablaba, el Hermano Intendente arrastró al centro de la habitación un pesado bloque de madera.

—El error, cuando se apodera de la mente, se convierte en una enfermedad del alma. Queridos niños, Agua

Fría está enferma. Insiste en el error, y con ello comete una falta muy grave.

Llegado este punto, Duermevela se volvió hacia Agua Fría y clavó en ella sus ojos azules e impasibles. La muchacha sintió que todos los músculos de su cuerpo se agarrotaban. Intentó moverse, pero no pudo: estaba completamente paralizada.

—A medida que una persona posee más conocimientos, su responsabilidad y su culpabilidad frente al pecado también es mayor —prosiguió la sacerdotisa—. Por ello, los castigos en los Círculos de Conocimiento son más estrictos que los que se aplican en el Círculo Exterior. Como bien sabéis, yo, al ser mujer, no puedo ejercer la violencia. Pero el Hermano Intendente se ocupará del cumplimiento de la Ley.

El sacerdote sonrió, melifluo, y sacó del armario una gran cuchilla de pesada hoja triangular, Duermevela añadió:

—Escuchad todos: por cada falta grave que cometáis se os cortará un dedo, empezando con el meñique de la mano izquierda, luego el anular, más tarde el corazón y así sucesivamente hasta acabar con esa mano y empezar después con la derecha. Ésta es tu primera falta, Agua Fría. Que La Ley Sea Respetada.

La sacerdotisa volvió a mirar a la muchacha y ésta, para su horror, se sintió impelida a caminar. Sus piernas se movieron contra su voluntad y la situaron junto al bloque de madera. Una vez allí, su brazo izquierdo se alzó automáticamente y su meñique quedó expuesto y paralizado sobre el tajo. El Hermano Intendente se situó junto a ella y alzó la cuchilla lentamente. La muchacha quiso gritar. Pero no pudo.

—Son dos, Agua Fría. Siempre lo han sido —dijo suavemente Duermevela.

Y la hoja cayó, rasgando las sombras con un relámpago metálico.

El Círculo de Tinieblas estaba sumido en una noche eterna. Los gruesos muros de piedra, que carecían aquí del revestimiento de cal, lloraban una humedad viscosa, el frío exudado de los siglos. Agua Fría se dirigía hacia la sala de lectura, recorriendo con ciega seguridad los oscuros pasillos. Había aprendido a contar sus pasos, a memorizar las esquinas y las puertas, a guiarse apoyando el canto de su mano en el muro pegajoso y rezumante. Al doblar el último codo del corredor pudo ver el débil y lejano resplandor de la iluminada biblioteca, brillando como un faro en la distancia. En el Círculo de Tinieblas se usaban regularmente los candiles: en la cocina, en el almacén, durante algunas clases y para estudiar los libros sagrados. Pero la vida cotidiana de los novicios se desarrollaba sin contar con luz alguna. Lo más difícil había sido acostumbrarse a comer así, en la negrura. Mojar la avena tostada en el cuenco de leche con manteca, amasarla en pequeñas bolas, llevárselas a la boca sin saber con exactitud qué se estaba comiendo, dominando la instintiva repugnancia que le dictaba su imaginación.

—Tienes demasiada imaginación, Agua Fría —solía decirle la tutora, Tierra Negra—. La imaginación puede ser una cualidad positiva para los seres inferiores, pero resulta perturbadora para las mentes bien entrenadas que conocen la totalidad de las respuestas. Recuerda que fuera de la Ley no existe nada. ¿Para qué perder el tiempo imaginando peligrosos embelecos? Es un juego arriesgado, Agua Fría.

La muchacha contemplaba entonces el rosado muñón de su dedo perdido, esa cicatriz aún fresca que palpitaba de vez en cuando en su mano recordándole los riesgos de la indisciplina. Y bajaba la cabeza, simulando obedecer humildemente. Pero no podía evitar que su mente se llenara de ensueños, en ocasiones siniestros, como cuando, al almorzar a oscuras, temía advertir deterioros horrendos entre los alimentos, quizá insectos mezclados con la avena, o un queso mordisqueado por las ratas, o una pieza de fruta agusanada. Otras veces, en cambio, Agua Fría se evadía mentalmente del tenebroso entorno y permanecía largas horas imaginando hermosos paisajes de colores. Contra lo que decía Tierra Negra, la oscuridad del Círculo parecía fomentar en la muchacha su capacidad de fabulación, su mundo interior. Cada vez vivía más dentro de sí y más lejos de la realidad sacerdotal, como si, poco a poco, fuera tomando cuerpo en ella la certidumbre de ser una infiltrada, una extraña pasajeramente sometida a la dictadura de la Orden. Así transcurría su existencia, en una dualidad desazonante, bajo el disfraz de una perfecta sumisión.

—Que la Ley nos acompañe.

—Y nos haga comprender la eternidad —respondió la vieja bibliotecaria.

El Círculo de Tinieblas estaba más poblado que los anteriores. Además del Hermano Intendente y la tutora, el Círculo albergaba a la bibliotecaria, a los profesores de los Saberes Antiguos y a una docena de sacerdotisas y sacerdotes que vivían aparte y que, según Agua Fría pudo saber, estudiaban las especialidades más elevadas, desde la música sacra a los más complejos conocimientos médicos o mecánicos. Agua Fría parpadeó, deslumbrada por los candiles de la sala de lectura. Con la luz, el mundo adquirió profundidad, volumen y colores. La muchacha contempló con avidez el brillante morado de la túnica de la bibliotecaria, el rico rojo oscuro de sus propias ropas. Los colores, eso era lo que echaba más en falta en ese mundo sumergido en las sombras. Frunció el ceño melancólicamente; según les habían explicado, en el Círculo Interior, el *sancta sanctorum* de la Madre Suprema, reinaban las tinieblas más absolutas. Ninguna luz, ningún candil alumbraba jamás ese espacio cerrado, ese agujero de negrura infinita. Que el Cristal la librase de semejante destino, se dijo Agua Fría sobrecogida. Que no fuera designada sacerdotisa cobalto, que no la encerraran en esa tumba eterna.

—Creo recordar que estabas estudiando el Segundo Libro de los Saberes Mecánicos, ¿no es así, Agua Fría? —inquirió la bibliotecaria hojeando un enorme cuaderno.

—Sí, Hermana.

—Aquí está —dijo la sacerdotisa, tendiéndole el volumen con reverencia—. Que La Ley Te Ilumine.

Agua Fría cogió una lámpara y se sentó en un pupitre. Abrió el libro sagrado con cuidado exquisito: era muy viejo y sus hojas amarillentas crujían lastimeramente, tan rígidas y frágiles como las hojas secas de un árbol. Las tapas estaban alabeadas y comidas por el moho y de cuando en cuando faltaba alguna página. La muchacha llegó al punto en que se había quedado el día anterior y aguantó el aliento: los libros sagrados la inquietaban. Admiraba y temía el poder de esos saberes ocultos, de ese conocimiento hermético. Hincó los codos en la mesa y comenzó a leer:

«*Motor de explosión.*

La mezcla explosiva, compuesta por gasolina y aire, que se dosifican en el carburador, es inyectada en la cámara de combustión, que constituye la parte superior del cilindro o camisa en que se desplaza el émbolo. Éste, para evitar fugas, se ajusta a la camisa mediante anillos circulares llamados segmentos.»

Era complicado, enormemente complicado. Pero luego los profesores de los Saberes Antiguos le explicarían lo que no había entendido. A veces, cuando Agua Fría alcanzaba a comprender alguno de estos tremendos secretos, dudaba de sí misma y pensaba si no tendrían razón los sacerdotes. Si, en definitiva, estos saberes no serían demasiado poderosos como para dejarlos al alcance de cualquiera. Y era en esos momentos cuando Agua Fría se sentía más cerca de la norma y más conforme con sus hábitos.

Entre los muros del Talapot los meses eran siglos y los años milenios. A Agua Fría le parecía llevar una eternidad en ese encierro; su vida anterior apenas era un recuerdo mortecino, tan irreal y sin sustancia como la huella de un lejano sueño.

—¿Te acuerdas?

—¿De qué?

—De cómo era todo antes... Antes de entrar aquí —explicó Agua Fría—. ¿Te acuerdas?

—No.

Pedernal había crecido mucho; ahora Agua Fría apenas le llegaba a la altura de los hombros. Sus espaldas se habían ensanchado y todos sus huesos habían adquirido una solidez extraordinaria, trasluciéndose y empujando su delicada piel de niño. Tenía un aspecto extraño, a medio hacer; se movía con torpeza, como si no se hubiera acostumbrado aún a las nuevas dimensiones de su esqueleto. Los dos habían cumplido ya los dieciséis años. Viendo a Pedernal, Agua Fría pensó que también ella debía de haber cambiado mucho. Pero en el Talapot no había espejos.

Estaban escondidos en una húmeda y lejana habitación. El humo del candil se elevaba en línea recta en el aire estancado y sin corrientes. Todos los días, Agua Fría se ocultaba con Pedernal en este cuarto para transmitirle el aprendizaje de la hipnosis. Entornaban la puerta para que el resplandor de la lámpara no pudiera delatarles y apostaban a *Bruna* en el extremo del corredor. La muchacha había enseñado a la perra a montar guardia; cuando el animal venteaba la presencia de alguien, acudía a avisarles con el lomo erizado y gimiendo quedamente. Entonces apagaban la llama, ocultaban el candil robado entre las ropas y se ponían a charlar de cualquier cosa. Pero casi nunca venía nadie.

Pedernal progresaba velozmente. Para sorpresa de Agua Fría, no parecía tener ninguna dificultad genética para dominar el secreto de la hipnosis. Las sutilezas infinitas de este arte, y sus misterios apenas intuidos, prendían naturalmente en la mente hambrienta y sensible de Pedernal, quien, ayudado por el poderoso entrenamiento sacerdotal, progresaba al mismo ritmo que Agua Fría por los laberintos de esa turbia y temible disciplina. Los dos habían alcanzado ya un elevado nivel de conocimiento y a veces se entretenían en competiciones de poder, intentando desarrollar corazas mentales para no sucumbir al atractivo hipnótico del otro. Hasta ahora había ganado siempre Agua Fría, pero sus victorias eran cada vez más agotadoras, más difíciles.

—¿Lo dices en serio? ¿De verdad no te acuerdas?

—¡No! —gritó Pedernal.

Y se tapó el rostro con las manos.

—¿Qué te sucede? —se preocupó Agua Fría, inclinándose hacia él.

Entonces el muchacho alzó la cara y la contempló fijamente. Agua Fría sintió llegar su poder como una ola, un ariete arrasador que penetraba en su cabeza. Intentó liberar su mente, concentrarse en el control de su cuerpo, defenderse de la ocupación de Pedernal. Pero no pudo. Sus músculos se endurecieron, su voluntad se extinguió dentro de ella como se extingue una lámpara mal cebada. Y cuando la lucha terminó empezó a ver. Vio un atardecer fresco y luminoso, un grupo de rumorosos chopos, el agua de un río saltando espumeantemente entre las piedras. Vio los conocidos campos que rodeaban la Casa de los Grandes, pintados con las largas sombras de las horas tardías. Olía a heno recién cortado, a lluvia primeriza, y el sol era una suave y cálida presencia sobre su piel. Era un mundo en el que no existía el Talapot, ni la muerte, la pérdida o el miedo. Era el mundo intacto de la niñez y la ignorancia. Luego la imagen tembló y se deshizo. La muchacha se encontró de nuevo en el enrarecido interior del palacio, a la sucia luz del candil, con un frío de siglos metido entre los huesos.

—Esta vez te he ganado... —dijo Pedernal con suavidad.

Agua Fría calló. Una lágrima le resbaló mejilla abajo.

—Escucha, no me acuerdo porque no quiero acordarme. Es demasiado doloroso —musitó él, acariciando tímidamente el rostro mojado de la chica—. Pero ya lo has visto. Está ahí. El recuerdo está ahí, como una llaga. No quise hacerte llorar, Agua Fría. Lo siento. Creí que te gustaría ver el viejo río, los prados, el mundo de antaño...

Se detuvo, inseguro. Y luego se inclinó y la besó torpemente en los labios.

Entonces en el interior de Agua Fría se declaró un incendio y la naturaleza reclamó por vez primera sus derechos. La memoria cristalizada de Corcho Quemado se abrió paso con el recuerdo de otras pieles, de humedades secretas, de antiguos abrazos. Pedernal y Agua Fría rodaron por el suelo con un revuelo de túnicas rojizas, embriagados por la sorpresa del deseo. El candil se volcó y su llama se extinguió sobre el vertido aceite. Pero ellos siguieron jugando, entre tinieblas, el misterioso juego de los cuerpos.

—Ya casi has terminado tu instrucción, Agua Fría —dijo la tutora, Tierra Negra—. Dentro de poco recibirás la túnica morada sacerdotal.

Acababan de finalizar una sesión de entrenamiento hipnótico y la mujer parecía satisfecha con el rendimiento de su alumna. Agua Fría se removió con inquietud en el asiento: no le gustaba la idea de convertirse en sacerdotisa. Últimamente la muchacha había alimentado unos imprecisos y confusos deseos de escaparse, y el recibir la túnica morada le parecía la frustración de esos deseos, una condena a perpetuidad.

—¿Y entonces qué sucederá, maestra?

—La congregación de sacerdotisas cobalto estudia el rendimiento de los novicios y, de acuerdo con sus capacidades, los nuevos sacerdotes son asignados a una u otra tarea. Algunos son inmediatamente enviados a las diócesis de las provincias y confines. Otros, de mayor complejidad intelectual, permanecen en el Círculo de Tinieblas especializándose en la materia que deseen. De ellos saldrán los tutores de los novicios, los profesores de los Saberes Antiguos... Pero tu caso es especial, Agua Fría. Se me ha comunicado que pasarás al Círculo Interior. Te convertirás en sacerdotisa cobalto.

Y, diciendo esto, Tierra Negra se inclinó solemnemente ante la chica.

—¡Oh, no, el Círculo Interior no! —gimió Agua Fría sin poder disimular su angustia y su disgusto.

—¿Qué te pasa? ¿Por qué dices eso? —preguntó Tierra Negra enarcando una ceja.

Agua Fría se dejó caer de rodillas:

—¡Por favor, maestra, por favor, no quiero pasar al Círculo Interior!

Tierra Negra retrocedió, apartando bruscamente los implorantes brazos de la muchacha.

—Ser sacerdotisa cobalto es la mayor dignidad posible, un privilegio —dijo con sequedad—. Deberías estar infinitamente agradecida. Tendré que dar cuenta de tu extraño comportamiento.

Agua Fría apoyó la cabeza en el suelo y sintió el helado y viscoso tacto de la baldosa en su frente. El Círculo Interior, con su oscuridad eterna. Enterrada en el corazón de la piedra de por vida. No volvería a ver la luz. Ni a Pedernal. Jadeó, doblada sobre sí misma, intentando controlar el pánico. El muñón de su dedo ardía y palpitaba dolorosamente, recomendándole cordura y disimulo.

—Perdón, maestra —musitó—. Ha sido la sorpresa, la emoción. El miedo a no merecer tal privilegio. Temo fracasar y no estar a la altura de una responsabilidad tan elevada.

Tierra Negra la contempló escrutadoramente, como sopesando la veracidad de sus palabras.

—No te preocupes por eso —dijo al fin con cautela—. Todo está escrito en tu destino y el Cristal no puede equivocarse. Ten fe y poseerás la fuerza necesaria.

—Sí, maestra.

La exquisita mansedumbre de la muchacha terminó de convencer a Tierra Negra, que añadió con una sonrisa de aliento, casi amable:

—Serás una buena sacerdotisa cobalto, estoy segura.

Y se marchó del cuarto, llevándose, por fortuna, el candil con ella. Por vez primera, Agua Fría agradecía el cobijo impenetrable de las tinieblas, ese disfraz de sombras con el que ocultar su desesperación. Caminó a tientas por el dédalo de habitaciones en busca de Pedernal, a quien esperaba encontrar en la biblioteca. Huir. Sus pasos despertaban susurrantes ecos en las salas vacías. ¡Tenía que escapar del Talapot! Pero Agua Fría sabía que ése era un sueño imposible. A su alrededor se apretaba una oscuridad enloquecedora, irrespirable. Ése sería su mundo a partir de ahora.

Junto a ella, la invisible *Bruna* gruñó amenazadoramente.

—¿Qué pasa, *Bruna*?

El animal bufaba y se removía inquieto: se podía escuchar con claridad el rasguñar de sus patas contra el suelo.

—¿Qué te sucede? —insistió Agua Fría.

Y se agachó, tanteando el aire en busca del cuerpo de la perra. Súbitamente una mano se aferró a su muñeca. La muchacha gritó y otra mano buscó su boca y se la tapó con brusquedad. Agua Fría se encontró aplastada contra el viscoso muro por la presión de un cuerpo más alto y más fuerte que el suyo.

—¡Agua Fría! Tú eres Agua Fría, te he reconocido al hablar con el perro... —bisbiseó una voz ansiosa junto a su oído—. No grites, no hagas ruido, no voy a hacerte ningún daño... Tienes que ayudarme, Agua Fría. Estoy atrapado, ¡estoy acorralado!

Esa voz crispada, ese murmullo enfebrecido... El atacante la arrastró hacia una esquina y aflojó la presión de su mano. Agua Fría palpó esa mano con cuidado: le faltaban los dedos meñique y anular. Era el Hermano Intendente del Círculo Exterior.

—¡Hermano! ¿Qué hacéis aquí? —susurró la muchacha.

—Me persiguen, me han descubierto, me están dando caza como a un perro... Tienes que ayudarme. ¡Me van a matar! —gimió el hombre.

—¿Quién? ¿Quién os persigue?

—Ellas. Las sacerdotisas cobalto. Piel de Azúcar. Me descuartizarán como a Relámpago.

Agua Fría recordó el día de la gran ceremonia, el batir de los tambores, el estallido de los músculos de la mujer al desgarrarse.

—No podemos quedarnos aquí —bisbiseó—. Venid conmigo.

Agarró la temblorosa mano del sacerdote y le arrastró detrás de ella. Sabía a donde llevarle: a veces Agua Fría se entretenía imaginando dónde podría esconderse de resultarle necesario. Atravesaron sigilosamente los oscuros corredores y salvaron sin ser vistos la puerta de la cocina, en donde el Hermano Intendente se afanaba en preparar la cena a la luz de un candil. Se escurrieron en el cuarto adyacente, una vasta y destartalada despensa. Cestas de fruta y grandes tinajas de manteca y harina se alineaban contra el muro, levemente iluminado por el resplandor de la cocina cercana. Agua Fría destapó varias tinajas hasta que encontró una vacía; ayudó al sacerdote a introducirse en ella y colocó la tapa nuevamente. Luego se marchó a la biblioteca y esperó la llegada de la noche mientras fingía estudiar atentamente el extraño y terrible secreto del microscopio electrónico.

Cuando todos dormían, en las horas pequeñas, Agua Fría y Pedernal se levantaron cautelosamente y se deslizaron en la más completa oscuridad hacia la cocina. Cada paso, cada susurro de sus flotantes túnicas parecían magnificarse en los oídos de Agua Fría y adquirir una reverberación atronadora. Estaba muy asustada. Tanto, que fue Pedernal quien insistió en que acudieran a ver al sacerdote. Y ahora el miedo secaba su boca y ponía torbellinos de sangre en su cabeza.

La cocina estaba vacía y silenciosa, pero un resplandor de brasas iluminaba la chimenea. Pedernal encendió el candil y entraron en la despensa, cerrando la puerta detrás de ellos. Destaparon la tinaja y de ella emergió un hombre desfallecido y aterrado que contempló a Pedernal con ojos de loco.

—No os preocupéis, Pedernal no va a delataros. Podéis estar tranquilo.

El joven sacerdote hundió la cabeza entre las manos. Tenía la túnica sucia y desgarrada y en su pómulo derecho había marcas de sangre seca.

—¡Qué va a ser de mí! —gimió. Y luego, autoritario, amenazante—: ¡Tenéis que ayudarme, tenéis que ayudarme!

—Si queréis ayuda tendréis que explicarnos primero qué sucede —respondió Pedernal con sequedad.

El sacerdote se desmoronó.

—Me han descubierto... —lloriqueó—. Saben que soy uno de ellos...

—¿De quiénes?

—De los rebeldes. Somos muchos. Dentro y fuera del palacio. ¡Han cerrado el segundo nivel! —exclamó de pronto, incoherentemente—. Ya no hay más que un piso habitado en el Talapot.

—¿Sólo queda este piso? —se asombró Agua Fría.

Pero el hombre no parecía escucharla. Susurró agitadamente:

—¡Hace dos años que no nace ningún niño en el imperio! El mundo se extingue, esto se acaba...

—Pero ¿quiénes sois los rebeldes, qué queréis? —preguntó Pedernal.

—Queremos derrocar el imperio. Acabar con la dictadura de la Orden antes de que sea demasiado tarde. Queremos la verdad. Relámpago sabía la verdad. Era nuestra líder. La descuartizaron en la explanada del palacio.

—¿Y cuál es la verdad? —insistió Pedernal.

—No sé. Yo no lo sé, pero sé que la despótica tiranía del imperio y la codicia sin freno de los sacerdotes está acabando con el mundo —proclamó el hombre con el sonsonete de quien recita una lección—. Relámpago decía que había que ir al Norte, siempre al Norte. Y que allí, más allá de los marjales, en las tierras altas, se encuentra la Gran Hermana, poseedora de todas las respuestas. Ella sabe. Ella puede decirnos cómo evitar la destrucción del mundo.

Al Norte, siempre al Norte. Como la vieja mendiga, reflexionó Agua Fría.

—Escuchad —bisbiseó el sacerdote, algo más sereno—, conozco una manera de salir del Talapot. Por eso estoy aquí, en el Círculo de Tinieblas. Hay una escalera secreta cuya puerta está simulada en uno de los armarios del almacén. Pero se necesita una llave especial para poder abrirla, y esa llave la guarda el Hermano Intendente. Agua Fría, tú eres una mujer. Te han enseñado los poderes de la hipnosis y podrías obligar al Hermano Intendente a que te diga dónde oculta la llave.

Huir. ¡Entonces era posible huir, después de todo! Pero, un momento, se dijo Agua Fría. Un momento. ¿Por qué confiar en este hombre, a fin de cuentas un sacerdote? ¿Por qué mezclarse, en cualquier caso, en su arriesgado juego, en su destino? Si ella volvía ahora al dormitorio; si se metía en su cama y lo olvidaba todo, no tenía nada que temer. Ella era una buena alumna. Tan buena que había sido designada para el Círculo Interior, para el corazón de las tinieblas. Súbitamente, la nuca se le empapó en sudor frío y el aliento se le detuvo en la garganta: su cuerpo había adivinado la respuesta antes de que pudiera hacerlo su cabeza. La certeza se abrió paso en la mente de Agua Fría como la luz de un faro. Sí, eso era, ¡eso era! No entres en el corazón de las tinieblas sin haber salido antes, había dicho la vieja mendiga. Y tenía razón. Tenía razón. No iría al Círculo Interior: se escaparía. Se lo debía a Corcho Quemado, y a su madre bárbaramente muerta. Se lo debía a sí misma. Agua Fría suspiró, sintiendo el alivio de quien ha tomado una resolución extrema.

—Conseguiré la llave. Y escaparé con vos —declaró, con la voz ronca y la boca seca.

—Y conmigo —dijo Pedernal—. También conmigo.

A la hora en que cantan los gallos el Hermano Intendente, que se levantaba antes que nadie, se presentó en la cocina para encender el fuego. Venía bostezando y arrebujando su destemplanza en la amplia túnica, y dio un respingo al descubrir a Agua Fría acuclillada frente a las agonizantes brasas del hogar.

—¿Qué haces aquí?

—Perdón, Hermano, pero no me encuentro bien. Me siento enferma —respondió la muchacha humildemente.

—¿Y por qué no has avisado a tu tutora, como es tu obligación?

—Pensé que, como era ya casi la hora de levantarse... Y tampoco es importante, sólo un dolor de estómago. Pensé que podríais darme una infusión balsámica. No quería molestar a Tierra Negra.

—Pensaste que, pensaste que... —rezongó el hombre, dando nerviosos paseos por la habitación—. Aquí no hay que pensar, sino sólo obedecer. Has cometido una falta contra las reglas. No creo que a tu tutora le guste lo que has hecho.

Que encienda el candil. Que prenda la lámpara, se

dijo ansiosamente Agua Fría, porque precisaba de luz para ejercer su poder hipnótico. Pero el sacerdote seguía dando vueltas en torno a ella en la rojiza penumbra de las brasas, manteniendo la distancia y contemplándola desconfiadamente. El Hermano Intendente sabía bien que Agua Fría estaba a punto de terminar su aprendizaje y sentía hacia ella el sordo temor que todos los varones experimentaban ante las sacerdotisas, un recelo nacido del saberse en inferioridad de condiciones. Pedernal hubiera podido hipnotizarle con más facilidad, sorprendiéndole con su poder. Pero el muchacho no quería revelar su sacrílego dominio de esa ciencia.

—Habrá que ir a avisar a Tierra Negra... —dijo el hombre enfurruñadamente.

Agua Fría se estremeció y por un momento se sintió tentada a salir corriendo. Pero hubiera sido una fuga hacia la nada. Se controló con esfuerzo y bajó la cabeza fingiendo una perfecta sumisión.

—Sí, Hermano, tenéis razón. He obrado mal. Lo siento. Supongo que Tierra Negra debe de estar a punto de llegar. Pero quizá sea conveniente que vayamos a buscarla...

Y, diciendo esto, Agua Fría se puso en pie con aire resuelto.

—Bueno... —masculló el hombre, aún dubitativo pero más tranquilo—. Después de todo, creo que podemos esperar a que venga. Ya no puede tardar.

Agua Fría se acuclilló en silencio nuevamente. Luz, luz. Que prendiera una lámpara antes de que llegara la tutora. Las piernas le temblaban y tenía las mandíbulas encajadas por la tensión. Es un sueño, se dijo la muchacha: nada de esto es real, no es más que una extraña pesadilla. A su alrededor, las tinieblas se encendían con el aliento rojizo de las ascuas y la habitación resultaba imprecisa y fantasmal, con la inestable arquitectura del delirio. *Tenía* que ser una pesadilla. Seguramente ella no había cometido la locura de intentar escaparse, no se había complicado en ningún acto irregular. No, ella debía de estar en su cama, en el dormitorio comunal, obediente novicia de la Orden, soñando esta escena terrible. E incluso eso podía formar parte de la misma y desesperante pesadilla; quizá, ¿cómo no lo había pensado antes?, quizá se encontrara en realidad en su lecho infantil, en la acogedora casa de su madre, soñando ser una novicia del Talapot que a su vez sueña con escaparse del palacio. Se clavó las uñas en la muñeca, intentando despertar, por medio del dolor, de ese trance angustioso. Despertar y recuperar la paz y la seguridad del cuarto de su niñez, con el amanecer filtrándose dulcemente a través de las ventanas entornadas. Y de la habitación contigua llegaría el rítmico y apacible siseo de la respiración materna.

Pero las uñas se hincaron, la piel se rasgó, aparecieron unas gotas de sangre y el mundo seguía siendo el mismo, un territorio horrible. No había escapatoria de la angustiosa realidad que estaba viviendo. Gimió y se tapó el rostro con las manos.

—¿Te sigue doliendo el estómago? —preguntó el Hermano Intendente.

—Sí...

—Está bien, te iré preparando una infusión...

El corazón de Agua Fría se paralizó entre dos latidos cuando comprobó, por el resplandor que se colaba entre sus dedos, que el sacerdote había encendido al fin un candil. Permaneció quieta, sin retirar las manos de su rostro; no quería asustar al Hermano Intendente. Le oyó trastear con el cazo del agua, correr tarros de las repisas, moverse de un lado a otro de la sala. Escuchó el hervor del agua, el tintinear de una cuchara. Y rogó al Cristal que no apareciera Tierra Negra.

—Aquí tienes.

Agua Fría entreabrió los dedos; contempló, justo ante ella, los sucios pliegues de la túnica del sacerdote, sus pies asomando bajo el vuelo. Tiene que ser ahora, ahora o nunca. Alzó la cara bruscamente y clavó sus ojos en los ojos del Hermano. El hombre se echó hacia atrás como si hubiera sido golpeado por una piedra; el tazón resbaló de sus manos y se hizo añicos contra el suelo. Estaba atrapado. El Poder funcionaba, ¡funcionaba! Agua Fría se puso en pie; el sacerdote permanecía paralizado y sólo sus ojos desencajados daban cuenta de su lucha interior.

—¡Lo has conseguido! —exclamó Pedernal, saliendo junto con el joven sacerdote de la despensa en donde se habían escondido—. Démonos prisa, Tierra Negra debe de estar a punto de llegar.

Agua Fría apenas le oyó: contemplaba a su víctima y se sentía embriagada de poder. Era una emoción nueva, extraña, casi maligna.

—¡Vamos! ¡De prisa! —urgió Pedernal.

—Dame la llave de la escalera secreta —dijo la muchacha con voz temblorosa.

El sacerdote se movió como un autómata, con gestos pausados y precisos. Apartó las brasas del hogar con la badila y luego, con ayuda de un cuchillo, levantó uno de los ladrillos refractarios. Metió la mano en el agujero y sacó un objeto pequeño que tendió a Agua Fría. Era la llave, una barra metálica aplastada de complicado perfil.

—¿Y ahora qué hacemos con él? —susurró Agua Fría.

—Mátale —barbotó el sacerdote joven.

La muchacha sintió agitarse dentro de ella el emponzoñado embeleso de su fuerza. Si yo quisiera, se dijo, podría ordenarle que metiera la cabeza entre las brasas y él se vería obligado a obedecerme. Pero este pensamiento le produjo náuseas y un rechazo inmediato y violento.

—¡No, no! Le podemos dejar en la despensa. Cuando le descubran, ya nos habremos ido.

Escondieron al hombre en una de las tinajas vacías y luego cruzaron el Talapot entre tinieblas, tensos y sigilosos: era ya muy tarde y debían de estar todos levantados. Volvieron a encender el candil al entrar en el almacén; resultaba arriesgado, pero necesitaban la luz para descubrir la puerta secreta. Con la lámpara en la mano, el joven sacerdote comenzó a escudriñar los paneles de madera de los armarios. En seguida pareció dar con el que buscaba: hurgó en las molduras y una de ellas giró, dejando al descubierto el ojo negro de una cerradura.

—¡Éste es! —exclamó el sacerdote triunfalmente—. Dame la llave.

En ese momento *Bruna* empezó a gruñir: en el recodo del pasillo se advertía el resplandor de una lámpara. Pedernal y el sacerdote se ocultaron en el interior de un armario; pero Agua Fría, que se había quedado a vigilar junto a la puerta, no tuvo tiempo de esconderse. Se volvió para enfrentarse al visitante.

—¿Qué haces aquí? ¿Dónde está Pedernal? —preguntó Tierra Negra, con gesto adusto, al entrar en la habitación.

—Debe de estar en el comedor, maestra. ¿No es la hora del desayuno?

—Vengo de allí y faltabais los dos. ¿Qué estás haciendo aquí?

—He venido a pedir raíz de albéndula, porque se me ha acabado. Pero no encuentro al Hermano Intendente.

—Yo tampoco... —dijo Tierra Negra en tono preocupado—. ¿Qué hace ese candil encendido en el suelo, junto al muro?

—Lo ignoro, maestra. Cuando yo he llegado estaba ahí. Precisamente al ver la luz creí que encontraría aquí al Hermano Intendente.

Tierra Negra contempló a la muchacha con ojos recelosos.

—No sé qué es lo que está pasando. Pero no me gusta.

En ese momento, una figura pareció materializarse en la puerta del pasillo, salida de las sombras y del silencio, con sus ropajes color cobalto agitándose como una llama fría en torno al cuerpo.

—¡Su Eminencia! —exclamó Tierra Negra, inclinándose servilmente frente a la recién llegada.

También Agua Fría se inclinó; las piernas le temblaban con tal violencia que apenas podía mantener el equilibrio. Era Su Eminencia Piel de Azúcar, la sacerdotisa del Círculo Interior que dirigió el descuartizamiento público. Habían transcurrido más de cuatro años desde entonces, pero Agua Fría no había podido olvidar ese perfil aguileño, esa frente abombada y carente de cejas, esos ojos hundidos y penetrantes. *Bruna* aplastó la barriga contra el suelo, gruñendo sordamente a la sacerdotisa como si también ella hubiera venteado su esencia cruel y amenazante.

—¿Puedo preguntaros a qué debemos el honor de vuestra visita, Su Eminencia? —inquirió Tierra Negra.

—No, no puedes —contestó con desdén la sacerdotisa.

Y se dirigió hacia la muchacha, observándola con aire pensativo.

—Así que tú eres Agua Fría... Y has sido designada para el Círculo Interior.

Entonces la muchacha advirtió el ataque. Sintió llegar la fuerza como un latigazo de corriente eléctrica; se contempló a sí misma reflejada en las negras pupilas de Piel de Azúcar y se supo atrapada por la hipnosis. Con un esfuerzo sobrehumano, y mientras sentía cómo todos sus músculos se iban agarrotando, Agua Fría se concentró intentando levantar una coraza defensiva, como tantas veces había ensayado con Pedernal. Dirigió su voluntad al dedo índice de la mano derecha y consiguió moverlo unos milímetros. Todo su cuerpo estaba paralizado, pero ese dedo se agitaba imperceptiblemente. Y ese mínimo y espasmódico temblor constituía una gesta colosal, un doloroso esfuerzo. Cráneo-cuello-hombro-antebrazo-codo-brazo-muñeca-palma-falanges-nudillos-uña, se repetía mentalmente Agua Fría, enviando desesperadamente el impulso nervioso del movimiento cuerpo abajo, sintiendo recorrer la orden a través de los entumecidos músculos como un abrasador río de lava. Cráneo-cuello-hombro-antebrazo-codo... mueve el dedo... brazo-muñeca-palma... ¡muévelo!... falanges-nudillos-uña, y el índice se estremecía penosamente, liberado por su concentración y su deseo.

Pero Piel de Azúcar no había advertido nada. Sonreía ahora Su Eminencia con un gesto rígido y extraño que le torcía la boca.

—Muy bien, Agua Fría... Futura compañera del Círculo Interior... —dijo en tono sardónico—. Vamos a ver si te mereces ese honor. Estoy buscando a un renegado. ¿Sabes algo del Hermano Intendente del Círculo Exterior?

Cráneo-cuello-hombro. No escuchar a Piel de Azúcar. Antebrazo-codo. Concentrarse en el movimiento infinitesimal de ese dedo rebelde.

Su Eminencia contempló a Agua Fría con expresión sorprendida:

—¿Qué te sucede? ¿No me has oído?

—Codo, brazo, muñeca... —gimió Agua Fría lastimeramente.

—¡Qué es esto! —rugió Piel de Azúcar, volviéndose airadamente hacia la tutora—. ¿¡Quién le ha enseñado técnicas de obstrucción hipnótica!?

Tierra Negra cayó de rodillas, empavorecida.

—¡Yo no, Su Eminencia, yo no he sido, yo no sé nada!

Piel de Azúcar sujetó a Agua Fría por los hombros y hundió en sus ojos una mirada terrible.

—Pero no te van a servir de nada, pequeña idiota. No eres lo suficientemente fuerte. Dímelo todo. Dónde está el Hermano Intendente.

—Uña, uña, ¡uña!...

—¡Dímelo!

—Está escondido con Pedernal en el tercer armario de la derecha.

La sacerdotisa cobalto sonrió y soltó a la muchacha. Se volvió hacia una escolta de cuatro jóvenes y musculosos sacerdotes que la esperaban en la puerta del almacén y les hizo un imperativo gesto con la mano.

—Ya habéis oído. Prendedles.

Los sacerdotes se dirigieron al armario indicado y sacaron a Pedernal y al joven Intendente. Pedernal, lívido y desencajado, no se defendió. Pero el Intendente pataleaba y se retorcía desesperadamente.

—¡No quiero morir! ¡No me hagáis daño! ¡No quiero morir! —gritaba, llorando y babeando como un animal mientras los sacerdotes le arrastraban.

Piel de Azúcar sonrió fríamente:

—Me alegra verte de nuevo, Hilo Blanco. Y, en recuerdo de nuestra antigua amistad, prometo que me ocuparé de ti personalmente. Pero ahora acabemos de una vez con esto.

Sujetó a la paralizada Agua Fría por el brazo y la sacudió con violencia.

—Cuéntamelo todo: qué pretendíais, por qué...

Y en ese justo instante sucedió algo imposible, insospechado: la siempre dócil *Bruna* se abalanzó sobre la sacerdotisa cobalto y hundió los colmillos en su pierna. Todo ocurrió en fracciones de segundo, apenas en lo que dura un parpadeo. Piel de Azúcar chilló y cayó al suelo, liberando a la muchacha de su poder hipnótico. Pedernal y el joven sacerdote intentaron escapar de sus captores. Tierra Negra pateó a la perra y la estrelló contra el cercano muro. Y Agua Fría corrió hacia el pasadizo secreto, sacó la llave y abrió la puerta. Ante ella se extendía una estrecha y empinada escalera tallada en la piedra. Dudó un instante.

—¡Huye, Agua Fría, huye! —oyó gritar a Pedernal, reducido de nuevo por los sacerdotes.

Bruna, cojeando y gimiendo, entró en el pasadizo delante de ella. Agua Fría se decidió: saltó al interior de la escalera y cerró tras de sí, con llave, la gruesa y pesada hoja metálica. El silencio y la oscuridad cayeron súbitamente sobre ella como un ceñido manto. Descendió, amedrentada y cautelosa, los primeros peldaños, palpando con lentitud su camino entre las sombras. Pero después comprendió que la velocidad era su única esperanza, porque podría existir una segunda llave y porque, en cualquier caso, procurarían capturarla a la salida. Y entonces se lanzó ciegamente escaleras abajo, resbalando, saltando los peldaños de tres en tres, rodando a veces largos tramos del tortuoso y húmedo túnel. Se lanzó, aguantando el miedo, por ese abismo de piedra, volando hacia la libertad entre tinieblas.

PARTE II

CAMINO DEL NORTE

Los guardias púrpura vinieron por segunda vez de madrugada, justo antes de que saliera el sol. Debía de tratarse de un asunto verdaderamente importante para que pusieran semejante empeño en la tarea. Irrumpieron en el pequeño campamento de malos modos, registrando todas las tiendas y pateando los calderos de leche puestos a hervir por los criados en los recién encendidos fuegos. Los mercaderes fueron reunidos en el centro del campamento; muchos de ellos estaban a medio vestir y tiritaban como ovejas asustadas. El capitán de los guardias se paseó ceñudamente frente a ellos; su aliento dibujaba una tenue columna de vapor en el aire frío y azulado.

—Os lo voy a repetir por segunda y última vez: aquel que esconda o preste ayuda a un renegado será condenado a la pena capital —bramó al fin—. Y aquel que tenga alguna noticia sobre la mujer huida y no nos la comunique inmediatamente, será castigado con la amputación de su mano derecha.

Nadie se movió, nadie dijo nada. Durante unos instantes en la explanada sólo se escuchó el silbido del viento. Sobre sus cabezas, los pisos superiores del Talapot comenzaron a encenderse con el resplandor rosado del nuevo sol. Una voz áspera rompió el silencio.

—Yo también te lo repito por segunda y última vez, capitán: no sabemos nada.

Era Diamante, la gran jefa de la caravana. Ahí estaba, despeinada y apresuradamente envuelta en su túnica marrón con vivos de oro, pero manteniendo pese a todo su empaque imponente. Diamante no tenía miedo al capitán; le contemplaba con ese aire fríamente desdeñoso del que sólo eran capaces las mujeres poderosas y maduras. El oficial crispó el ceño, acusando el insulto de su tono.

—Está bien —gruñó el hombre—. Idos de aquí. Inmediatamente. Tenéis una hora para abandonar la Roca.

Era un plazo más que suficiente, porque los mercaderes ya tenían casi todos sus enseres empaquetados. Habían previsto marcharse esa mañana y reunirse con el grueso de la expedición, que les esperaba a las afueras de la ciudad, para emprender el largo camino hacia el confín del Este. Ya no tenían nada que hacer en la Roca; en los días anteriores habían ultimado todos los negocios pendientes con los sacerdotes del Talapot, a los que abastecían de telas, útiles y alimentos imperecederos dos veces por año. Así que todos pusieron manos a la obra: las grandes tiendas de piel de búfalo cayeron sordamente sobre la tierra helada, los fuegos se apagaron, los camellos bamboleantes y las robustas mulas fueron cinchados y cargados. Apenas si habían transcurrido cuarenta minutos cuando los primeros animales enfilaron el sendero de bajada. Los guardias púrpura revisaron todos y cada uno de los bultos, escudriñaron a todas las personas. Cuando los mercaderes llegaron al pie de la Roca el sol se asomaba ya por encima de los tejados de las casas y sus rayos luchaban por calentar la gélida mañana invernal.

Mientras la comitiva atravesaba dificultosamente las estrechas callejas de Magenta, un joven desgarbado y larguirucho abandonó su puesto a la cola del convoy y apretó el paso hasta alcanzar la cabeza de la expedición. Iba en busca de Diamante, que viajaba, oronda y suntuosa, a lomos de un percherón ricamente enjaezado con borlas de seda. El joven se emparejó con la jefa de la caravana y trotó torpemente a su lado, mirándola sin decir palabra.

—Vosotros dos —ordenó entonces Diamante a los criados que caminaban junto a ella—, id a comprobar la carga de los camellos.

Y luego sacó una pequeña caja de rapé y aspiró una pizca.

—¿Quieres?

—No, señora —repuso respetuosamente el joven.

Diamante estornudó, guardó la cajita y exhaló un suspiro sonoro y placentero.

—Yo quería... —tartamudeó el muchacho—, yo quería agradeceros vuestra ayuda. Si no hubierais incluido a mi nuevo criado en la relación de la caravana que anoche facilitasteis al capitán, el pobre muchacho quizá se hubiese encontrado en dificultades.

—¡Oh, no necesitas darme las gracias! No me gusta recibir órdenes de un soldaducho insolente. Sobre todo cuando no hay nada que ocultar, ¿no es así? Cuando se trata de un pobre criado y no de esa mujer que andan buscando, ¿no es cierto?

—Sí... Sí, claro, claro —balbució el joven.

Para gran azoramiento del muchacho, Diamante rompió a reír con sonoras carcajadas que agitaban sus mejillas carnosas y blanquísimas. Súbitamente el gesto de la mujer se endureció.

—Ya te digo, no me des las gracias. Prefiero que me des cualquier otra cosa. No olvides que yo soy, ante todo, una persona que sabe aprovechar los buenos negocios. Creo que bastará con la mitad de tus pertenencias. Puedes hacer que tu... nuevo criado me traiga la parte que me corresponde: no necesitas volver a venir personalmente.

Dicho lo cual, Diamante cabeceó un leve y altivo gesto de despedida y espoleó a su caballo, dejando atrás al muchacho en medio de una nube de polvo.

Cuando recuperó su sitio, al final de la cola, el joven se encontraba de un humor endiablado.

—¡Babo! —gruñó a su criado, un adolescente mudo, moreno y harapiento que ceñía su cabeza con el turbante azul de los sureños—. Reparte bien la carga entre los dos camellos, comprueba que los dos lotes sean iguales y luego coge a la camella, la más vieja, y se la entregas con todas sus pertenencias a Diamante.

Babo le miró, incrédulo.

—¿No me has oído, idiota? ¡Y date prisa! Quiero saldar mi deuda con esa bruja cuanto antes...

Una vez cumplido el encargo, Babo regresó, cabizbajo, y se emparejó con el ceñudo joven. Caminaron un rato en silencio y sin mirarse, hasta que alcanzaron la muralla. Y ahí, justo al atravesar la Puerta de Levante, contemplaron un magnífico espectáculo: ante ellos, ocupando la totalidad de la llanura, se extendía la lengua interminable y multicolor de la gran caravana, dispuesta ya en un bullicioso orden de partida. La cabeza de la serpenteante expedición se perdía en el horizonte y por doquier se escuchaba un confuso clamor de voces humanas y bramidos de bestias.

Los dos muchachos se detuvieron un instante, paladeando el panorama. El mudo Babo, tras comprobar que nadie podía verles ni escucharles, se dirigió a su compañero con un susurro discretísimo:

—Lo siento. Lo siento, Respy, de verdad que lo siento. Lamento que estés teniendo tantos problemas por mi culpa.

—Cinco años. Cinco años he tardado en poder tener dos miserables camellos.

—Oh, lo siento, lo siento...

—¿Tú sabes lo que vale cada una de esas bestias? ¡Por no hablar de la carga, claro está!

Babo calló, aguantando las lágrimas.

—Si tanto lo lamentas, ¿por qué lo has hecho? ¿Por qué no me has entregado? —explotó al fin, amarga y roncamente.

Respetuoso Orgullo de la Ley le miró de reojo, arrugó su larguísima nariz y carraspeó nerviosamente.

—¡¿Y qué querías que hiciera?! Te hubieran descuartizado. ¿Tú crees que hubiera podido vivir con semejante peso en la conciencia? Pero ya es mala suerte que me tocara a mí. ¡Que me tocara a mí! ¡Si ni siquiera me acordaba de ti! ¿Quién me mandaría a mí sentarme contigo aquella mañana? Por lo menos puedo protestar, ¿no? Vamos, digo yo. Por lo menos puedo desahogarme, ¿no?

Babo guardó silencio.

—Está bien, tienes razón. No puedo. ¡Perra suerte! —concedió Respy a regañadientes—. Bueno. De acuerdo, Agua Fría. Tú no tienes la culpa.

Agua Fría soltó un hipo larguísimo y rompió a llorar sonoramente.

—¡Venga, venga, no te pongas así! Te estás despintando el tizne de la cara y van a descubrir ese repugnante color lechoso que en realidad tienes. Está bien, lo siento. Soy un bruto. ¿Qué importa un estúpido camello más o menos? Total, no son más que cinco años de trabajo de nada...

La muchacha se sonó con un pico de su sucio turbante y acarició a una perra de aspecto lastimoso que se acurrucaba junto a ella. Era *Bruna*, a la que habían rapado para que no pudiera ser reconocida. Ahí estaba ahora, coja y pelona, tiritando de frío contra las rodillas de la chica.

—Anda, vámonos. Nos estamos quedando atrás —dijo Respy.

Y retomaron el camino en busca de algún oficial de la caravana que pudiera indicarles cuál era su lugar para la larga marcha.

Las semanas se sucedían en la lenta y austera monotonía del camino. Al principio atravesaron varias ciudades importantes; acampaban a las puertas de los burgos y durante un par de semanas se dedicaban al mercadeo y a abastecerse para el siguiente tramo del camino. Vendían sedas y especias y adquirían herramientas de acero o paños de fina lana para saldarlos después con buen provecho en otro lugar del mundo. Tintes de Omal, ámbar del lago Negro, espadas y arados de Manat: los mejores productos de las distintas regiones por las que iban pasando eran tasados, regateados, comprados y vendidos en interminables y vociferantes operaciones públicas. De cuando en cuando surgía algún conflicto, y entonces era Diamante, la gran jefa, quien se encargaba de poner paz y orden. Pero todos la temían tanto que los negocios se mantenían dentro de unos límites razonablemente apacibles.

Luego, a medida que el tiempo transcurría y se iban alejando de Magenta, los núcleos habitados fueron haciéndose más escasos. Las ciudades dieron paso a los villorrios, cada vez más pequeños y miserables. Y comenzaron a aparecer las brumas, zonas del mundo devoradas por la niebla de la nada y el olvido. Flotaba en el ambiente una tristeza especial, una sensación fatal de mal agüero. En muchos pueblos hacía años que no nacía ningún niño; las Casas de los Grandes estaban abandonadas y en estado ruinoso, con los cristales rotos y las malas hierbas descoyuntando las junturas. También los templos tenían apagada la llama votiva: la mayoría de los sacerdotes de las diócesis rurales habían muerto y el Talapot no había mandado sustitutos. Los pobladores, envejecidos y abandonados a su suerte, sin nadie que pudiera oficiar las ceremonias litúrgicas para ellos, habían caído en un pasmo embrutecido, en una atonía melancólica. No se escuchaban risas ni canciones en los pueblos de las llanuras. Y en los ojos de sus habitantes ardía el miedo a la muerte verdadera, a la que todos estaban condenados.

La desesperación y el sinsentido hacían estallar, de vez en cuando, brotes de una violencia incomprensible: Agua Fría llegó a ver, estupefacta, una pelea a puñetazos y mordiscos entre dos mujeres. La llanura se había convertido en un lugar peligroso y Diamante ordenó que la caravana fuera protegida por una guardia constante y bien armada. Pero los vigilantes no podían evitar que la expedición fuera invadida por la tristura que flotaba en el aire. Los mercaderes estaban inquietos y asustados; y, por las noches, al amor de los fuegos, los más veteranos comentaban a sus íntimos el rápido deterioro de la zona y cómo había empeorado la situación desde la última caravana al Este en la que habían participado. Se expresaban en susurros y lanzando nerviosas ojeadas a sus espaldas, porque sabían bien que hablar de cambios era una herejía punible, una blasfemia. Todos estaban deseando llegar a la Cordillera Blanca y abandonar los llanos.

Al principio, la angustia por la suerte que había podido correr Pedernal hizo enfermar a la muchacha. Se despertaba por las noches aullando de pánico y Respy se veía obligado a reducirla por la fuerza para acallar sus crisis. Agua Fría veía a Pedernal torturado, desmembrado, doblegado en el potro del suplicio; el horror asediaba su imaginación de tal manera que estuvo a punto de enloquecer. Durante varias semanas fue consumida por las fiebres; Respy tuvo que alquilar una mula, a cuyos lomos ataba a la muchacha, para poder seguir la marcha de la caravana. Pero después el instinto de conservación impuso su ley; Agua Fría se fue recuperando y comenzó a llorar. Lloraba por Pedernal, su amante; y por Pedernal su amigo de la infancia, aquel niño que había sido su único cobijo en los últimos años. A esas alturas, el muchacho ya debía de haber muerto y por lo tanto se encontraba más allá del sufrimiento. Ahora Agua Fría sentía por él la melancolía infinita de la pérdida; pero éste era un dolor con el que se podía seguir viviendo.

De modo que era casi feliz. Tras el prolongado encierro del Talapot, la vastedad del horizonte la emborrachaba de grandeza. Trabajaba muy duro: había que cargar y descargar el camello, montar la tienda, luchar contra el viento, el granizo o la lluvia, caminar durante jornadas enteras por abruptos senderos masticando polvo o hundiéndose en los barrizales hasta las rodillas. Pero se sentía fuerte y libre, inundada por una vitalidad casi salvaje. Su rapada cabeza se cubrió de cabello y pudo dejar de usar turbante; su piel, curtida con el sol y los hielos del camino, ya no necesitó de más tinturas. También *Bruna* recuperó su pelo, ahora más hirsuto y espeso que nunca, una gruesa capa invernal con la que su naturaleza la protegió del frío. La patada de Tierra Negra le había dejado una leve cojera de la que no llegó a recuperarse, pero el animal parecía más alegre que nunca y trotaba infatigablemente arriba y abajo de la expedición, como si se sintiera responsable del bienestar de toda la caravana. Había tenido varios pretendientes y una camada de perritos de colores y formas insospechadas que Agua Fría distribuyó entre los compañeros de la marcha. La vida proseguía, pese a todo.

Por las noches, en la melancolía de los llanos, cuando se dejaban caer en torno al fuego reventados de cansancio, Respy solía hablar de su hermano mayor:

—Está sucediendo todo tal y como Mo decía. Mo ya me había advertido de lo que iba a pasar: la falta de nacimientos, las brumas de la nada. El deterioro. El mundo se está muriendo. Tendrías que conocer a Mo: lo sabe todo.

Agua Fría había aprendido a querer a Respy. Era seco, fastidioso y pedante, pero bajo esa coraza de impertinencias guardaba un corazón justo y generoso. Empezaba a sospechar la muchacha que los comentarios de Respy, sus frases categóricas y tajantes, no eran sino una repetición de lo que alguna vez pudo decir ese mítico hermano a quien tanto admiraba. Y que, pese a su apariencia de hombre avezado y cínico, Respy no era más que un niño grande; un niño encerrado en el arisco pudor de los chicos que se saben muy feos. Ahora, sentado en el suelo frente a las llamas, con sus larguísimos y esqueléticos brazos y piernas recogidos, parecía un saltamontes a punto de dar un brinco portentoso. Era una noche particularmente desapacible, con el viento bramando a sus espaldas. Agua Fría contempló la danza de las llamas durante unos instantes y luego se escuchó a sí misma una afirmación inesperada:

—Respy, creo que ya va siendo hora de que me marche.

Y se sorprendió y asustó de sus propias palabras. Con anterioridad a ese momento, Agua Fría no se había detenido a pensar en su futuro. Pero se encontraba ya totalmente recuperada en cuerpo y ánimo y, en el fondo de sí misma, había empezado a anidar una oscura ansiedad de acción, el deseo de darle algún sentido a su existencia.

El rostro de Respy se crispó en un aparatoso tic nervioso.

—¿Por qué? ¿Por qué te tienes que ir?

—No sé. No me puedo quedar en esta caravana para siempre.

Y, nada más decirlo, Agua Fría supo que era verdad. Que tenía una obligación con Corcho Quemado, con su madre, con Pedernal, consigo misma. Que tenía que ir a buscar a la Gran Hermana, tal como había dicho el sacerdote de los dedos mutilados.

—¿Y por qué no? —tartamudeó Respy—. Quédate conmigo. Con un poco de suerte, y si los negocios nos van bien, podrás adquirir tu propio camello. El trabajo de mercader es hermoso. Eres libre, viajas, no dependes de nadie...

Por un instante, Agua Fría imaginó su vida en las estepas. Largas marchas de atardeceres incendiados y amaneceres dulces. Un viaje inacabable al lento paso de las bestias, respirando la amplitud del mundo y sin más preocupaciones que la de culminar con bien la siguiente etapa. Así pasarían los años, y conocería pueblos y hombres distintos, y puede que incluso fuera capaz de concebir un niño; las arrugas de la edad anidarían lentamente en su piel curtida y un día, un día que ya estaba marcado en su calendario, cerraría los ojos definitivamente y desaparecería en el pozo sin fondo de la muerte. De la muerte verdadera. Pero Agua Fría, siendo prófuga como era, sabía que estaba condenada en cualquier caso a la muerte verdadera; y ese fin absurdo y doloroso parecía más soportable aquí, con el consuelo de la inmutabilidad del horizonte, rodeada por un paisaje grandioso del que una parecía formar parte. Sí, Agua Fría amaba la caravana, y por un momento quiso pensar que podría apurar esa existencia simple y salvaje. Pero no: era imposible.

—No puedo, Respy. Si me quedara, nada tendría sentido: ni los conocimientos que he adquirido en el Talapot, ni los años que he pasado allí, ni mi huida del palacio, ni la muerte de Pedernal...

—Pero es que la vida no tiene sentido. No lo digo sólo

yo, lo dice también mi hermano Mo, y él es tremendamente sabio...

—¡Pues yo me niego, me niego a admitir que no lo tenga!

Callaron los dos unos instantes, demasiado turbados para hablar, mientras el fuego chisporroteaba frente a ellos endulzando la noche con el aroma de la leña quemada.

—Soy huérfano de madre y padre desde muy pequeño —dijo al fin Respy lentamente—. Y la última vez que vi a mi hermano yo tenía tan sólo quince años. Desde entonces no he dejado de viajar. No tengo casa y no hay nadie en el mundo que mantenga un candil encendido esperando mi vuelta. No me importa. Yo he escogido esta vida, y me gusta. Pero a veces siento una especie de vértigo; como si el viento soplara dentro de mí y no en las llanuras. Quédate conmigo, por favor.

—Lo siento, Respy. De verdad que lo siento.

El muchacho se puso en cuclillas y atizó parsimoniosamente el fuego.

—¿Y adónde irás?

Al Norte, habían dicho la mendiga y el sacerdote mutilado. Al Norte, parecía susurrarle la memoria cristalizada de Corcho Quemado.

—Supongo que al Norte.

—Espérate por lo menos hasta llegar a Aural. Ahora hay que atravesar la Cordillera Blanca y es un tramo muy duro: será mejor que lo hagas con la caravana. Más allá de las montañas está Aural, la capital del oro. Es la última gran ciudad del Este y el fin de la caravana. Desde allí nosotros regresaremos y tú puedes dirigirte hacia el Norte.

Agua Fría asintió.

—Mi hermano... Mo vive en algún lugar hacia el noreste. No he estado nunca allí, pero creo que sabría llegar. Hace ocho años que no le veo. Quizá podría acompañarte hacia el Norte. Podríamos ir a visitar a Mo. Estoy seguro de que mi hermano te sería de mucha utilidad.

—Me parece una idea magnífica —contestó con entusiasmo la muchacha.

Respy contempló a Agua Fría fijamente. Su rostro largo y como deshuesado se retorció en uno de sus horribles tics. Se puso en pie y pateó la arena, cubriendo los leños y medio apagando el fuego.

—Pero, pensándolo bien, ¿por qué tengo que ayudarte? Si quieres irte, vete. Pero no cuentes conmigo para ello —murmuró roncamente.

Y luego dio media vuelta y se perdió entre las tinieblas.

Diamante tenía dos hijos; su extraordinaria fertilidad había sido, sin lugar a dudas, un factor muy influyente en el éxito de su carrera y en la obtención del poder que ahora ostentaba. El hijo mayor era un joven antipático y taciturno de unos veinticinco años; tenía a su cargo el cuidado de los mulos y camellos de Diamante, y era como una especie de capataz de la horda de criados que la madre poseía. Era un hombre austero y trabajaba eficaz y duramente, pero poseía fama de brutal y, aunque se le respetaba, nadie le tenía verdadero aprecio. La hija apenas había cumplido los diecisiete años. Tenía un rostro blanco y redondo como el de su madre, con una belleza carnosa y algo pueril que se adivinaba efímera. La muchacha, llamada Dulce Recuerdo, viajaba inmediatamente detrás de su madre, a lomos de una yegua de estampa muy fina, y tenía una profunda conciencia de su condición de delfín: se comportaba como una princesa de las tribus bárbaras, siempre atenta a demostrar su rango y su dominio. A Diamante parecía complacerle ese temprano afán de mando de la muchacha y, si bien trataba a su hijo como a un mero criado, mostraba por su hija una ternura en extremo indulgente. De vez en cuando delegaba su autoridad en ella; había sido Dulce Recuerdo, por ejemplo, quien se había quedado al frente de la expedición mientras su madre comerciaba con los sacerdotes del Talapot.

Agua Fría temía a Dulce Recuerdo; ella era, de hecho, el único elemento amenazador que había encontrado en la caravana. En los meses que llevaba de marcha, Agua Fría no había tenido ninguna dificultad para ocultar su sexo y su identidad. No tenía mucho pecho, pero además se lo fajaba; vestía túnicas de hombre y las ceñía con un cinto viril del que colgaba una afilada gumía sureña. Los mercaderes, veteranos expedicionarios todos ellos, eran gentes curtidas en los riesgos de las convivencias forzosas y, como tales, respetaban escrupulosamente la intimidad de sus vecinos. La ley no escrita de las caravanas exigía solidaridad frente al peligro, en caso de fuego o de huracanes, ante una inundación o una estampida. Pero, al margen de estos accidentes extraordinarios, cada grupo procuraba mantenerse aislado para evitar problemas.

Pero Dulce Recuerdo parecía estar en todas partes. Una noche apareció subrepticiamente entre las sombras y, de no ser por *Bruna*, que gruñó avisando de su llegada, hubiera descubierto la falsa mudez de Agua Fría. Aquella primera vez Dulce Recuerdo saludó con sequedad y luego se sentó en el fuego junto a ellos, sin tan siquiera molestarse en pedir permiso. Fumó una pequeña pipa y al acabarla se marchó sin haber pronunciado una palabra. A partir de entonces empezó a venir cada dos o tres noches; se sentaba y fumaba su pipa en silencio, contemplando fijamente a la inquieta Agua Fría. Las visitas de la heredera comenzaron a convertirse en un suplicio. Agua Fría intentó tranquilizarse pensando que se trataba de un acto más o menos rutinario, que Dulce Recuerdo vigilaba la caravana con celo indiferente y policíaco. Pero pronto comprendió que no, que la muchacha venía a verla a ella expresamente, y temió haber sido descubierta en su disfraz. Era tal su angustia que llegó a calibrar la posibilidad de abandonar la caravana; pero habían comenzado ya la ascensión a la Cordillera Blanca y la contuvo la dureza del camino.

Una noche, Dulce Recuerdo llegó a caballo. Había venido galopando desde la cabeza de la caravana y se la veía agitada y sudorosa. Se acuclilló muy cerca de Agua Fría y encendió su diminuta y labrada pipa, como siempre. Pero apenas había fumado la mitad cuando se detuvo; extendió en el aire su palma izquierda y volcó lentamente el contenido de la cazoleta sobre su mano. Permaneció así unos instantes, contemplando a Agua Fría con una extraña sonrisa en su boca aniñada, mientras las brasas le mordían la piel. Después cerró el puño violentamente, asfixiando el rescoldo. Cuando volvió a abrirlo se veía con claridad el perfil lacerado de la quemadura. Asqueada, Agua Fría intentó levantarse; pero la muchacha la sujetó con celeridad por la muñeca. Era su muñeca izquierda, y Dulce Recuerdo recorrió la mano de Agua Fría con un dedo suave y cauteloso: la palma encallecida, los cuatro dedos que el trabajo y el frío habían vuelto ásperos, el lívido muñón de su meñique amputado. Después la heredera se puso en pie de un salto, subió a su caballo y desapareció en la oscuridad.

—Te ha descubierto —gimió Respy.

Me ha descubierto, se repitió Agua Fría. Pero algo en su interior le decía que no, que no era eso: había algo más, una amenaza imprecisa, indefinible. Aquella noche cayó una gran nevada y el mundo amaneció blanco y desierto.

Estaban preparando el desayuno esa mañana cuando aparecieron dos criados de Diamante.

—Que la Ley nos acompañe —saludaron ceremoniosamente.

—Y nos haga comprender la eternidad —respondió Respy.

—Nuestra señora Dulce Recuerdo nos envía a pediros que le prestéis durante unos minutos a vuestro criado. Tiene ciertas dudas sobre una jugada de Dong y ha pensado que, puesto que vuestro criado es sureño, podrá sin duda resolver el problema.

—¿Mi criado? —balbució Respy; una mueca nerviosa recorrió su rostro como un latigazo—. Pero... No puede ser, él...

—Será sólo un momento, señor —respondió uno de los emisarios—. Yo me quedaré aquí, mientras tanto, y le ayudaré a levantar el campamento.

Agua Fría cabeceó discretamente, lanzando a Respy una seña de asentimiento. No podían hacer otra cosa sino obedecer; negarse hubiera resultado sospechoso.

—Está bien, sí... Bueno, está bien.

Agua Fría abandonó al despavorido Respy y se dirigió con el criado hacia la cabeza de la expedición, abriéndose paso fatigosamente a través de la nieve blanda. No sentía la muchacha un miedo físico inmediato: se sabía protegida por el poder de la hipnosis, que le permitiría librarse de una situación apurada si ésta se llegara a presentar. Pero el uso de la hipnosis supondría el fin de su disfraz, evidenciar su condición de renegada. Y entonces no sólo ella, sino también Respy, quedarían expuestos a las iras del largo brazo de la Orden.

La tienda de Dulce Recuerdo era amplia y magnífica, confeccionada en doble piel de búfalo para conseguir un mayor aislamiento. El suelo estaba recubierto de gruesas alfombras y las acogedoras llamas de unos candiles de aceite parecían sacar chispas a un lavamanos de cobre bruñido. Dulce Recuerdo estaba tumbada sobre la cama, vestida con una finísima túnica de seda marrón; a su lado, en una pequeña mesa, había un tablero de Dong con las fichas colocadas en mitad de una partida. En el centro de la tienda, un brasero tripudo caldeaba el aire. El criado se había retirado. Estaban solas.

—Acércate, Babo. Te llamas Babo, ¿no es así?

Agua Fría asintió.

—Acércate.

Dulce Recuerdo se había sentado en la cama. Llevaba arracadas de oro en las orejas y los labios infantiles pintados de un rojo violento. Extraña manera de amanecer en una caravana perdida en mitad de las montañas, pensó Agua Fría. Y cuando llegó junto a ella pudo oler su perfume, un mareante olor a almizcle.

—El Dong es vuestro juego patrio, así que sabrás cómo ayudarme. Dime, ¿qué debo hacer para salvar la ficha triangular? ¿Puedo avanzar en diagonal al campo contrario?

Agua Fría contempló el tablero. Apenas recordaba vagamente las reglas del Dong, de cuando, en su niñez, jugó algunas simplísimas partidas con su padre.

—¿Qué harías tú en una situación así? —insistió Dulce Recuerdo—. Mueve tú. He estado aquí, toda la noche, esperando a que llegaras... y movieras. ¡Son tan tediosos los días en una caravana! —dijo con un mohín—. Mueve.

Confundida, Agua Fría cogió la ficha triangular, sin saber qué hacer con ella. Tenía que recordar; era imprescindible que acertara el movimiento, o la muchacha descubriría su falsa identidad. Sí, Respy tenía razón: Dulce Recuerdo sospechaba de ella y había preparado la trampa del Dong para probar su coartada sureña. Tenía que acertar o estaba perdida. Agua Fría tragó saliva e hizo girar la ficha entre sus dedos. El tablero rayado bailaba ante sus ojos. Extendió la mano. Y Dulce Recuerdo se la sujetó con ansiosa firmeza.

—¡Oh, Babo, Babo!

La heredera se había puesto en pie violentamente. El tablero cayó y las fichas de madera se esparcieron por el suelo con un ruido de lluvia. Dulce Recuerdo abrazó a Agua Fría con notable vigor: era más baja, pero más corpulenta.

—Babo, me gustas. Tú sabes desde hace tiempo que me gustas.

¡Le gusto!, se horrorizó Agua Fría, retrocediendo ante el apasionado empuje de la muchacha.

—Eres distinto. Eres muy hermoso. Tan delicado. Me gustas, Babo. Eres un chico afortunado. Te permito que me toques y me ames.

Y, poniéndose de puntillas, intentó besarla. Pero Agua Fría torció la cabeza; el carmín de la muchacha dejó un tiznón sangriento en su mejilla.

—¿Qué te pasa? —se irritó Dulce Recuerdo, golpeando nerviosamente el suelo con el pie—. ¿No te he dicho que me gustas? ¿De qué tienes miedo? Te he dado permiso para tocarme. Escucha, le daré a tu amo uno de mis criados y me quedaré contigo. Estoy dispuesta incluso a pagar algo por ti, si tu amo se pone muy exigente. Estamos entrando en las montañas. Aquí no pasarás frío y tendrás comida suficiente... Bésame.

Agua Fría dio un paso atrás y negó efusivamente con la cabeza.

—¿Que no? ¿Cómo que no? ¿Qué quiere decir que no? —exclamó la muchacha, mientras un velo escarlata teñía sus pálidas y redondas mejillas.

Y se abalanzó nuevamente sobre ella, toda manos y labios anhelantes; tales eran sus ímpetus que Agua Fría hubo de emplear cierta violencia para arrancarse de sus brazos.

—¡Idiota! —rugió Dulce Recuerdo con el rostro desfigurado por la ira y la vergüenza—. ¡Mequetrefe! Todos los hombres de esta caravana estarían locos por poder estar entre mis brazos, ¿entiendes lo que te digo? ¡Todos! Y tú, un miserable criado, un sureño mudo, sucio y retinto, osas rechazarme... Qué sucede, ¿no te gustan las mujeres? ¿Eres acaso un kalinin? Y si lo eres, ¿cómo es que no estás con los tuyos, vestido con sedas de colores? ¡Animal inmundo, rata despreciable, asno, cretino, sureño piojoso, ladilla peluda, mocoso impotente! ¿Cómo te atreves a despreciarme?

—Una escena verdaderamente interesante.

Dulce Recuerdo dio un respingo y volvió su congestionado rostro hacia la puerta: era su hermano, quien, con los brazos cruzados sobre el pecho, sonreía con ironía desdeñosa.

—Compruebo, querida hermana, que ahora no sólo te dedicas a perseguir a los criados, sino que encima permites que te humillen.

—¡Imbécil! No entiendes nada. ¡Le diré a madre que has vuelto a entrar en mi tienda sin permiso y a molestarme! —gritó Dulce Recuerdo. Y luego, volviéndose hacia Agua Fría y controlándose con evidente esfuerzo, gruñó secamente—: Vete. ¡Vete!

Cosa que la muchacha hizo de inmediato, corriendo y resbalando a través de la nieve. La caravana era un hormigueo de mujeres y hombres laboriosos, levantando las tiendas, arreglando las bestias, disponiéndolo todo para la inminente marcha. En medio de ese maremágnum, Respy la esperaba pálido y ansioso; sus incesantes paseos habían abierto un sucio pasillo en la nieve fresca.

—¿Qué ha sucedido? —preguntó en el momento en que la vio llegar.

—¿Sabes, Respy? —contestó Agua Fría, dejándose

caer sin aliento sobre un atado de mantas congeladas—. Son todos más viejos. Casi todos. Apenas quedan ya muchachos de mi edad en la caravana...

A partir de aquel día, y para librarse de visitas inoportunas, encendieron el fuego en el interior de la tienda, que era de estructura cónica y poseía una abertura superior a modo de chimenea. Fue una medida que, por otra parte, no causó extrañeza, porque los días era tan fríos que todos procuraban pasar el mayor tiempo posible bajo techo. Pero algunas noches, mientras el fuego crepitaba y ellos lagrimeaban por el humo, creyeron escuchar en el exterior un crujido lobuno, un rondar de alimaña. Una presencia ansiosa y sin sosiego en la desolación de la ventisca.

Primero empezaron a caer las mulas y luego desaparecieron todos los perros. Sólo aguantaban los camellos, criaturas de resistencia legendaria; y aun los más débiles de entre ellos empezaron a morir, y los demás tenían una apariencia lamentable, con las jorobas vacías y colgando como exangües pellejos sobre el lomo, los huesos clareándose a través de la piel y todo el cuerpo cubierto de purulentas llagas. El calendario se adentraba más y más en la primavera, pero la climatología parecía ignorar esa circunstancia; unas tardías y copiosas nevadas habían convertido los pasos de la Cordillera Blanca en un territorio difícilmente practicable. Los pastos altos, con los que los mercaderes contaban para alimentar a sus bestias, estaban sepultados bajo metros de hielo, y violentas ventiscas cegaban a los expedicionarios, hiriendo sus mejillas con invisibles y afilados dedos de escarcha. Dos criados se despeñaron, perdida la orientación espacial en ese infierno deslumbrante. En ocasiones, toda la caravana equivocaba el rumbo y sólo descubrían su error cuando llegaban a una zona de brumas, al borde de la nada que devoraba el mundo; entonces sabían que se habían salido de la ruta hacia el Este, porque dicha ruta había sido fijada concienzudamente con la Mirada Preservativa por generaciones y generaciones de mercaderes y se mantenía firme y nítida.

Estaban tardando tanto en cubrir esa etapa que apenas les quedaba combustible y provisiones. Hacía tiempo que se alimentaban tan sólo de té con manteca rancia y harina de avena tostada. Se comieron las mulas, cuando los pobres animales se desplomaron convertidos en un puro pellejo. Se comieron los perros, y Agua Fría tuvo que atar a *Bruna* y mantenerla siempre junto a ella para que no acabara en la cazuela, como sus hijos acabaron. Los camellos, enloquecidos de hambre, roían sus propias bridas y masticaban los picos de las tiendas de piel de búfalo.

Empezaron a sufrir el azote del escorbuto. Estaban todos tan agotados y sobrecargados que no podían acarrear a los enfermos, y más de uno quedó atrás, con las piernas amoratadas e inverosímilmente hinchadas, esperando la solitaria muerte de los hielos. A veces, cuando el viento era favorable, aún se les oía gritar muchas horas después, un agudo gemido allá a lo lejos. Y los mercaderes lo escuchaban con la indiferencia de quien oye el bramar de la ventisca.

Hasta que un día, al coronar una colina, en la cabeza de la caravana se originó un clamor que comenzó a recorrer toda la fila como el viento que se abre camino en un maizal. Ante ellos se extendía un mar de montañas más bajas que, poco a poco, iban salpicándose de pequeños valles verdes, de praderas cada vez más jugosas y más extensas, hasta fundirse, allá abajo, con la reseca llanura en la que centelleaba y se apretujaba Aural. Era el fin de la

Cordillera Blanca: la caravana había alcanzado su destino. Esa noche plantaron sus tiendas en el primer valle limpio de nieve, y durmieron el sueño plácido y reparador de los supervivientes. No hubo ni un ruido, ni un suspiro, ni un movimiento; ni siquiera las bestias gimieron en esa quieta noche de victoria.

Agua Fría abrió los ojos y contempló el techo oscuro y deslucido de la tienda; por las rendijas de la puerta entraba la claridad grisácea del amanecer. La muchacha suspiró: era su último día en la caravana. En unas pocas horas llegarían a Aural y ella emprendería su ruta hacia el Norte. Miró a Respy, que dormía junto a ella laboriosamente envuelto en una manta. Sólo se le veía la cara, ese rostro alargado, insustancial y feo, con la nariz abrasada por los hielos y los pómulos afilados por las penalidades vividas. Le iba a echar mucho de menos. Extendió la mano en un amago de caricia, pero reprimió el gesto a medio camino.

—No estoy dormido —masculló Respy sin abrir los ojos.

—¿Qué?

—No estoy dormido.

El chico emergió del apretado capullo de su manta y se la quedó mirando.

—Te vas.

No era una pregunta.

—Sí —respondió Agua Fría.

Respy contempló ceñudamente el techo de la tienda. Qué bien me ha cuidado, se dijo Agua Fría. Qué bien me ha querido. Una lágrima resbaló suavemente por el rabillo del ojo de Respy. Esa lágrima panzona era lo único que poseía movilidad en el rostro del muchacho.

Oh, Respy, Respy, gritó para sus adentros Agua Fría. Necesitaba hacer algo. Darle algo. Ofrecerle un regalo antes de irse. La muchacha extendió la mano y comenzó a acariciarle la cara. Lentamente. Siguió con la punta de su dedo el camino de la lágrima. Lentamente. Descendió hacia el cuello del muchacho. Lentamente. No le deseaba pero le quería. Se inclinó sobre él y le besó en los labios.

Respy bufó y se incorporó con brusquedad.

—No, Agua Fría. No.

—¿Por qué no?

El muchacho bajó la cabeza.

—Eres como Dulce Recuerdo. Te crees que los hombres estamos siempre dispuestos —dijo en tono entrecortado—. Pero a mí no me gustan las limosnas.

El rostro de Agua Fría se encendió de un carmín violento. Se levantó de un salto, se echó la manta por los hombros y salió al exterior, seguida por *Bruna*. La caravana empezaba a despertarse y unos cuantos criados somnolientos andaban recogiendo matojos secos para avivar los fuegos. Estaban acampados en una meseta; unos cientos de metros más abajo, al pie de una abrupta ladera, estaba Aural. Agua Fría caminó hasta el borde del abismo y se sentó en el suelo. Desde aquí arriba, la ciudad minera era una abigarrada masa de cubos oscuros, un laberinto geométrico salpicado por unas cuantas luces temblorosas. Más allá comenzaba el mar inmóvil del desierto de piedra y al fondo se veía la masa pesada y violeta de una nueva cadena de montañas. La muchacha aspiró una profunda bocanada de aire, sintiéndose algo más tranquila. Hacía frío pero resultaba agradable: era un frescor limpio y penetrante. Olía a humo de leña, a avena recién tostada, y a sus espaldas oía crecer el bullicio de los acampados, un tintineo de cacharros, toses, voces destempladas o risueñas. *Bruna* bostezó y comenzó a lamerse concienzudamente las patas delanteras, absorta en sus abluciones matinales. Era esa hora sin nombre, el justo momento en que se cruzan la noche y el día; y en el cielo se dibujaba, pegada al horizonte, una línea de luz incandescente. Qué hermoso es el mundo, pensó Agua Fría. Y cerró los ojos para paladear mejor el delicioso aroma de los fuegos, el fresco olor de la tierra recién despertada.

Pero cuando volvió a mirar había sucedido. ¡Había sucedido! Allí, al fondo, hacia la derecha, un fragmento de las viejas montañas estaba siendo devorada por la niebla del olvido. Durante unos segundos tembló aún, en el horizonte, el perfil ancestral de su masa granítica; pero después se deshizo en la bruma del no ser del mismo modo que se deshace una voluta de humo. Toneladas de materia, millones de años de historia se habían volatizado para siempre; alguien había muerto de muerte verdadera en ese mismo instante, arrastrando parte del mundo tras de sí. Horrorizada, Agua Fría se apresuró a fijar el paisaje con su Mirada Preservativa, para protegerlo de la nada. Pero era una tarea inútil, imposible: el mundo era inmenso y la capacidad de su mirada tenía límites. Incluso ahora, después de haber fijado ese paisaje en su memoria, sabía que sólo había rescatado esa exacta visión y desde ese sitio; desde otra perspectiva que no fuera la suya, las montañas podrían seguir derritiéndose en el magma de la inexistencia. La nuca de la muchacha se empapó en sudor frío: ella era la última persona que había podido gozar de la totalidad de ese paisaje. El último ser humano que había contemplado, intacta, la belleza de ese amanecer tras las montañas.

—Agua Fría...

Era Respy. La muchacha alzó hacia él un rostro desencajado.

—Se han ido, Respy. Allí, al fondo. ¿Ves ese hueco

123

gris que hay en la cordillera? Las montañas han desaparecido mientras yo estaba mirando.

Respy apoyó una mano en su hombro y apretó suavemente.

—Te acompañaré. Vamos a ver a Mo. Nos marcharemos juntos.

La cumbre de los montes empezó a colorearse con los destellos de una luz rosada. Junto a tanto esplendor, el agujero de la niebla parecía aún más oscuro, casi sólido.

Aural, separada de la civilización por la imponente Cordillera Blanca y abrazada por el desierto de piedra, era una isla en medio de un mar de desolación. En verano las temperaturas resultaban calcinantes y en invierno los hielos cuarteaban la tierra. Era una ciudad crecida en el contraste, de resol deslumbrante y sombras oscuras y líquidas como la tinta. Al margen de unos escasos y preciadísimos pozos, el suministro de agua potable dependía del deshielo de las montañas; la almacenaban en grandes depósitos, en donde adquiría un sabor estancado y metálico. Si el verano era muy largo y riguroso podía suceder que se les acabaran las reservas; entonces se veían obligados a organizar penosas excursiones hasta la zona de nieves eternas de la cordillera, para traer unos cuantos bloques de hielo con los que regar las raquíticas huertas y apagar la sed. En Aural el agua era tan valiosa como el oro.

Para venir a enterrarse a este agujero polvoriento y remoto era necesario estar muy desesperado o poseer una ambición desmesurada. Es de comprender que entre los habitantes de Aural se encontraran las personas más duras y más avariciosas; y aquellas que, inadaptadas y desahuciadas por la fortuna, buscaban aquí su última oportunidad de triunfo. La zona era rica en oro, pero los mejores yacimientos estaban ya en explotación y apenas uno de cada cien, de entre los recién llegados, lograba encontrar un filón lo suficientemente rentable. Para ello se tenían que internar más y más en el desierto, y sólo el agua, que se veían obligados a adquirir periódicamente en la ciudad o en los pozos exteriores, solía costarles más que el poco metal precioso que lograban arrancarle a la tierra. Muchos de los prospectores morían de sed o devorados por las fiebres que germinaban en el agua podrida.

La caravana anual de mercaderes era el único nexo con el exterior de los mineros y su llegada constituía un auténtico acontecimiento; a medida que la expedición se adentraba en la ciudad, una multitud se fue congregando espontáneamente para recibirles. Era la colección de seres más extraordinaria que Agua Fría había visto jamás; pertenecían a todas las razas y todos los confines, y muchos de ellos parecían provenir de las tribus bárbaras. La mayoría desdeñaba el código de vestimenta y sus ropas eran una indescriptible mescolanza de trapos y colores. En medio de ese caos refulgían los uniformes de los guardias púrpura que, en nutrido número, permanecían destacados en la ciudad para proteger el banco y los depósitos de agua, administrados por los sacerdotes. La abundante presencia de la soldadesca y el hecho de que todos los habitantes fueran profusamente armados confería a Aural el aspecto de una fortaleza en estado de sitio y a punto de librar una feroz batalla.

El sol empezaba a caer y, pese a que el verano apenas se encontraba en sus inicios, el calor resultaba ya agobiante. Las bestias levantaban nubes de un polvo fino y rojizo que se adhería a la piel sudorosa. El gentío gritaba y se empujaba, preguntando por las noticias del exterior, por las valiosas y escasísimas cartas o por los encargos que habían hecho a los mercaderes el año anterior.

—¡El arpa dorada! ¿Me habéis traído el arpa? —bramaba un fornido energúmeno.

Vestía de negro de la cabeza a los pies y llevaba dos grandes calabazas colgadas de un cinturón de oro macizo. Sus dedazos, de uñas sucias y rotas, no parecían ser los más apropiados para un arpista.

—Es un minero de agua —explicó Respy—. ¿Ves las calabazas que lleva en la cintura? Son el símbolo de su rango. Tuvo la suerte de encontrar un pozo y ahora es inmensamente rico y poderoso.

—¡Calmaos, calmaos! ¡No os preocupéis! —voceaba Diamante—. ¡Hay para todos! Pero este año, queridos amigos, todo es un poco más caro. ¡Este año, hermanos, los costes se han disparado! Nos ha sido muy difícil llegar hasta aquí. ¡Casi fallecemos en el camino! ¡Este año no vamos a ganar nada, sólo pretendemos cubrir pérdidas!

Y los mineros refunfuñaban, protestaban, discutían, mientras el polvo rojo subía en espirales por el aire y Agua Fría, mareada y aturdida, se apoyaba en el famélico camello de Respy para no caer.

Al fin llegaron a la gran explanada del mercado. Diamante aseguró que los negocios no comenzarían sino hasta el día siguiente y la rezongante multitud se fue disolviendo poco a poco. Los mercaderes más pudientes marcharon a buscar alojamiento en los hoteles de la ciudad, mientras sus criados se instalaban en la explanada y cuidaban de la carga y de los animales. Respy negoció las compras más urgentes, comida para el camello y fruta fresca para ellos mismos, y luego dejó a Agua Fría montando la tienda y desapareció misteriosamente. Cuando regresó, dos horas después, la muchacha estaba preparando la cena. Era ya noche cerrada, una noche sin luna, oscura y cálida.

—Aquí está —dijo Respy, arrojando una pequeña bolsa a los pies de Agua Fría.

La muchacha la abrió: contenía un puñado de monedas de oro.

—¿Qué es esto?

—He vendido el camello y toda su carga a Diamante. Me ha engañado, por supuesto: esa vieja bruja es una sanguijuela. Pero así nos ahorraremos muchos días de mercado y podremos partir mañana mismo.

—Oh, Respy, por qué lo has hecho... Ahora sí que he acabado de arruinarte.

—Bah, no te creas... Diamante perdió varios animales en el paso de las montañas y estaba ansiosa por aumentar el volumen de sus mermadas mercancías. Yo he recibido exactamente lo que pensaba ganar cuando emprendí el viaje... sólo que ahora Diamante le sacará mucho más a todo ello. Este año los mercaderes van a sangrar concienzudamente a los mineros. Va a ser una feria dura y desagradable y no me importa perdérmela, te lo aseguro. Además, aquí hay demasiados guardias púrpura. Será mejor que nos vayamos cuanto antes.

Respy recogió las monedas y se colgó la bolsa al cuello, ocultándola bajo las ropas.

—Mañana compraremos monturas frescas y provisiones. Si nos levantamos al alba, podríamos estar en camino cuando el sol aparezca por encima de los montes.

De modo que se acostaron muy temprano, aun antes de que, a su alrededor, se apagara el bullicio del recién instalado campamento.

Se adentraba ya la noche en la calma de la madrugada cuando Agua Fría despertó súbitamente con los frenéticos ladridos de *Bruna*.

—¿Qué sucede? —refunfuñó medio dormida.

—¡Shhh! —siseó Respy, incorporado sobre un codo en su camastro—. Deben de ser ladrones...

El joven desenvainó su espada y se puso en pie sigilosamente, seguido por Agua Fría. Era una noche sofocante y pesada y tan sólo vestían las finas camisas interiores. Se asomaron con cautela por la rendija de la puerta: la perra, de espaldas hacia ellos, parecía defender la entrada con excitados gruñidos. Pero no se veía al atacante.

—Qué extraño...

Salieron al exterior, intrigados por el comportamiento del animal. Agua Fría fue la primera en descubrirla: frente a la tienda, medio oculta entre las sombras, estaba Dulce Recuerdo. Tenía los brazos cruzados sobre el pecho y sonreía con una expresión satisfecha y malévola.

—Que la Ley te acompañe, Babo... o como quiera que te llames —dijo Dulce Recuerdo.

Y esa frase pareció desencadenar la tempestad. De la noche salieron decenas de guardias púrpura que se precipitaron sobre Respy y Agua Fría, inmovilizándoles con habilidad. *Bruna* erizó el lomo y se abalanzó sobre los atacantes, librándose por muy poco de un par de sablazos.

—¡No, *Bruna*, no! —gritó Agua Fría; y la perra gimió y salió huyendo.

—De modo que, después de todo, no eres mudo... —silabeó Dulce Recuerdo—. Y me parece que ni siquiera eres un hombre...

Diciendo esto, la heredera desgarró de un tirón el cuello de la liviana camisa de Agua Fría, dejando su pecho al descubierto.

—¡Lo sabía! ¡Lo sabía! —exclamó triunfante.

Y fue lo último que pudo decir. Porque Agua Fría la paralizó con una mirada fulminante. Intentó después revolverse y aplicar la hipnosis en los guardias, pero alguien cubrió sus ojos con una apretada venda. Desposeída de su poder, Agua Fría se sintió perdida. Los guardias la zarandeaban sin ningún miramiento y sus duros dedos se le clavaban en los brazos. Escuchó a sus captores musitar un saludo respetuoso y amedrentado, y supuso que había llegado una persona de elevado rango.

—¿Qué le ha sucedido a la muchacha? —interrogó una voz de mujer grave y pastosa.

—La detenida la ha paralizado, señora. Parece ser que domina el poder de la hipnosis —respondió un guardia.

—¿Ah, sí? Qué interesante. Creo que hemos atrapado una buena pieza. Ya habíamos recibido información del Talapot advirtiéndonos de la existencia de una renegada.

¡Una sacerdotisa! La recién llegada era una sacerdotisa, comprendió Agua Fría con espanto. Se debatió entre los brazos de los guardias, pero sólo consiguió que sus duras manos se aferraran a su cuerpo con mayor firmeza.

—¡Que la maten, que la maten! —oyó gritar a Dulce Recuerdo con un chillido sollozante e histérico; evidentemente, la sacerdotisa la había liberado del encanto.

—Conducidles al calabozo —ordenó la mujer.

Y al escuchar el plural de la sacerdotisa, Agua Fría recordó, con súbito remordimiento, la presencia de Respy. El muchacho no había gritado, no se había quejado, no había dicho nada; y tampoco emitió sonido alguno mientras les arrastraban, medio en volandas, por un laberinto de resonantes callejas empedradas que la cegada Agua Fría no pudo retener en la memoria. Al cabo les dejaron, atados de pies y manos, en una habitación recalentada y maloliente.

—Estamos solos, Agua Fría... Creo que estamos en una celda del palacio sacerdotal... —murmuró Respy con la voz quebrada—. ¿Qué crees tú que nos va a pasar?

Atrocidades. Mutilaciones y atrocidades. La muchacha conocía bien la impasible crueldad sacerdotal y el pánico pobló su imaginación con un inacabable recuento de horrores. Pero no dijo nada. El miedo la había enmudecido.

—¡Agua Fría! ¿Por qué no contestas?... Oh, que el Cristal nos ayude... ¿Qué va a ser de nosotros?

Durante algún tiempo Respy lloró y Agua Fría tembló, sumidos los dos en el paralizante estupor de los que se saben perdidos. Entonces la muchacha escuchó el descorrer de los cerrojos de la puerta. Se puso rígida y deseó morir. Morir en ese mismo instante para evitar los sufrimientos.

—¡Tú! —oyó exclamar a Respy.

—¡Shhhh! Silencio —susurró una voz de hombre que Agua Fría no pudo reconocer.

Sintió el filo de un cuchillo en sus muñecas y sus manos quedaron libres. Se arrancó el lienzo de la cara: a sus pies, cortándole las ligaduras de los tobillos, estaba el hijo mayor de Diamante, el hermano de Dulce Recuerdo. El hombre desató a Respy y les hizo una seña para que le siguieran. Salieron de la celda sigilosamente. Afuera, dos guardias púrpura yacían desmadejados en el suelo.

—Drogados —musitó el mercader.

Y les empujó hacia un oscuro y estrecho corredor.

Salieron del palacio por una pequeña puerta situada en un lateral del edificio. Aún era de noche, pero el cielo mostraba ya esa profunda transparencia que precede al amanecer.

—Guardias —gruñó imperativamente el hijo de Diamante, haciéndoles permanecer agazapados en la puerta hasta que pasó por delante la pareja de la ronda.

Echaron a correr en cuanto los guardias doblaron la esquina. Atravesaron sin aliento una amplia y expuesta plaza y luego se internaron con alivio en las oscuras callejas del Aural antiguo. Siguiendo siempre al hombre, caminaron a paso ligero durante largo rato, alejándose más y más del centro hasta llegar a un barrio limítrofe, de ruinosos almacenes y casas destripadas, que parecía estar abandonado. Desembocaron en un pasadizo sin salida que apestaba a basuras. Allí, atados a un poste, había tres caballos ensillados.

—Aquí tenéis monturas —dijo desabridamente el hombre mientras se subía al ejemplar de estampa más fina—. Están equipados; lleváis provisiones y agua para tres semanas.

—No puedo pagarte: me han quitado la bolsa de oro —dijo Respy, aturdido y emocionado.

Agua Fría echó mano a su pecho y comprobó con satisfacción que aún tenía la llave de la escalera secreta del Talapot, que llevaba siempre colgada de una cinta de cuero en torno al cuello.

—¡Imbécil! ¿Crees que hago esto por dinero? —contestó el tipo en tono brutal.

—¿Y por qué lo has hecho? —preguntó Agua Fría.

El hombre se encogió de hombros, desdeñoso. Salieron del callejón y el hijo de Diamante les señaló un camino solitario y polvoriento.

—Por ahí se sale de Aural. Marchaos de una vez. Espero no volver a veros en mi vida.

Y diciendo esto, volvió grupas y enfiló hacia el interior de la ciudad.

—¿Por proteger a tu madre? —insistió Agua Fría, elevando la voz.

El mercader picó espuelas, sin contestar palabra. Pero unos metros más allá hizo caracolear a su caballo y se volvió hacia ellos.

—¡Por venganza! —gritó.

Y desapareció después en las tinieblas.

El desierto de piedra era un brasero incandescente, un mar de torturadas rocas. Galoparon durante todo el día, siempre al Norte, con el sol aplastándoles sobre la tierra roja, hasta que los caballos se cubrieron de una espuma blanca y pegajosa. No eran las monturas más adecuadas para atravesar esa inmensidad reseca y pedregosa. Caminaban un poco a ciegas, porque los buenos mapas que Respy poseía, con el dibujo de las rutas y los pozos de agua, habían quedado en el campamento. Como en el paso de la Cordillera, las brumas de la nada les advertían de su desvío de las pistas más comunes; entonces Respy procuraba recordar los mapas y se esforzaba en encontrar el camino correcto, el camino de los pozos y la vida. Tenían la esperanza, cuando menos, de no ser perseguidos: sin duda los sacerdotes les buscarían por el paso de las montañas, cada día más deshelado y practicable. Tampoco el hijo de Diamante había pensado que se dirigirían al desierto; apenas llevaban grano para las bestias y el agua era a todas luces insuficiente. Una imprevisión que podría matarles: la primera noche, cuando se detuvieron para descansar, descubrieron un cadáver. Era un hombre ya mayor, con la piel requemada como un cuero viejo y los labios llagados y resecos; de su cuello colgaba una bolsa de piel de serpiente con un puñado de diminutas pepitas de oro. Poca cosa para el pago de una vida. Y Agua Fría pensó que también ellos podían acabar así, derrotados por la tierra roja y llameante, momificados por el aliento abrasador de un sol de plomo. Aquella noche, mientras las rocas restallaban a su alrededor al enfriarse, apareció *Bruna*, sedienta y agotada. Había corrido durante toda la jornada tras sus huellas hasta alcanzarles.

Transcurrieron así los días, en el desaliento de un paisaje que siempre parecía el mismo. El horizonte se extendía en torno a ellos como una lámina de temblorosa gelatina. Apenas les quedaba agua y los deshidratados caballos ya no servían de montura. Fue por entonces cuando, un amanecer, descubrieron a lo lejos una mancha verde y jugosa.

—¡Un pozo! ¡Tiene que ser un pozo! —exclamó Respy.

Corrieron hacia allí sacando fuerzas de flaqueza; el punto verde iba creciendo lentamente y refulgía como una esmeralda entre las rocas. Primero distinguieron la corona dentada de las altas palmeras y, un poco más allá, el aire se dulcificó con un delicioso aroma a humedad vegetal. Los caballos relincharon, *Bruna* ladró excitadamente y todos se zambulleron en el espacio umbrío del oasis, en su frescor balsámico. Entre las palmeras se apretaban los árboles frutales y sobre sus cabezas susurraban las hojas y cantaban los pájaros. Era el sonido mismo de la vida. Agua Fría no recordaba haber visto jamás un lugar que le pareciera más hermoso.

—¿Adónde os creéis que vais?

Respy y Agua Fría se detuvieron en seco. Ante ellos había aparecido media docena de hombres armados de puñales y mazas. En medio estaba una mujer madura, alta y fornida, con dos grandes hachas de oro sujetas con correajes sobre el pecho y una calabaza colgando de su cintura. Era ella quien había hablado.

—Os he preguntado algo. ¿Adónde creéis que vais con esas prisas?

La mujer llevaba el cabello peinado en una infinidad de pequeñas y aceitosas trenzas. Su ojo izquierdo estaba cubierto por un parche de piel de lagarto.

—Somos... Somos prospectores, señora —dijo Respy—. Nos hemos extraviado y necesitamos agua. El Cristal ha conducido nuestros pasos.

—Prospectores... No me hagáis reír.

Y rió estentóreamente, apoyando las manos en sus rotundas caderas y enseñando una dentadura toda de oro.

Los hombres rieron también con carcajadas desganadas y lúgubres.

—¿Os creéis que soy imbécil? ¿Prospectores vosotros? ¿Aquí? ¿Con esos caballos tan buenos? ¿Y sin herramientas?

Nadie se movió, nadie dijo nada. Los pájaros piaron en el silencio.

—Yo me llamo Kaolá y este pozo es mío. Y no pienso explicaros el significado de mi nombre, entre otras cosas porque no me lo ha dado ningún Anterior y porque, además, el Cristal me importa un cuerno —añadió la mujer—. Y a decir verdad, tampoco me importa quiénes seáis vosotros ni lo que estéis buscando... pero no me gusta nada que me consideren una estúpida. ¡Eso es algo que me pone furiosa, muy furiosa! Y vosotros no querréis enfurecerme, ¿no es así?

—Sí, señora... Es decir, no, señora... —tartamudeó Respy.

—Bien. Entonces vamos a lo nuestro. Vosotros estáis sedientos. Y yo tengo agua. ¿Qué tenéis vosotros para darme a cambio?

—Tenemos... oro —dijo Agua Fría.

Y, vaciando sobre su mano la bolsa que habían encontrado en el cadáver, se adelantó y le mostró a Kaolá el exiguo puñado de limaduras de oro.

—¿Y a esto le llamáis oro? No me hagáis reír...

La mujer se sujetó los flancos y volvió a reírse con gesto desmesurado y artificioso, acompañada por el obediente rebuzno de sus hombres.

—¡Con briznas de oro como ésas fregamos aquí los platos de la comida! Con esa miseria no podéis comprar ni una sola gota de mi agua.

—Pero, señora, ¡eso es todo lo que tenemos! —se desesperó Respy.

—Quien no paga, no bebe. Es la ley del desierto.

—Si no nos dais agua, nos estáis condenando a muerte... Por favor, tened piedad... —imploró el muchacho.

—Quien no paga, no bebe.

Podría usar la hipnosis, pensó Agua Fría. Pero entonces su condición de renegada quedaría patente. Y tampoco sabía si en el oasis había más personas.

—Los caballos. Os daremos los caballos —dijo Agua Fría.

—Hummmm... Eso está mejor —contestó Kaolá rascándose la pringosa cabeza—. Claro que los animales están en muy malas condiciones.

—Vos misma habéis dicho que eran unos caballos muy buenos.

—Sí, no lo niego, pero están en los huesos. Además, a vosotros os sirven de muy poco. Un caballo no es una bestia muy útil en mitad del desierto.

—Tres pellejos de agua y provisiones para una semana, y los animales son vuestros.

—Dos pellejos de agua.

—Y provisiones.

—Está bien. Dos pellejos de agua y provisiones. Trato hecho —dijo Kaolá.

Agua Fría suspiró y elevó mentalmente una plegaria de agradecimiento al Cristal. Los hombres se pusieron en movimiento y, en menos de una hora, Respy y Agua Fría tenían preparados dos voluminosos fardos con los pellejos de agua y las libras de dátiles, almendras, carne seca y naranjas que Kaolá les había dado.

—Habéis tenido mucha suerte al dar conmigo —dijo la mujer, sonriendo ampliamente con su boca metálica—. Podría haber ordenado a mis hombres que os mataran y me hubiera quedado con los caballos sin tener que daros nada a cambio. Eso es, ni más ni menos, lo que hubieran hecho la mayoría de los mineros de agua que conozco. Pero yo soy una mujer de honor. Sí, habéis tenido mucha suerte.

—Sin embargo, nos hubierais dejado morir si no hubiéramos tenido con qué pagaros... —dijo Respy con rencor.

—Así es la vida, pequeño estúpido. Son las normas del juego. Tú vienes del Oeste, de las ciudades: no hay más que verte. Tú eres un mequetrefe que desconoce el valor de las cosas. Hace treinta años aquí no había nada sino rocas. Hace treinta años esto era el corazón mismo del infierno. Y hasta aquí llegué yo, ¡yo sola! Y descubrí este pozo. Planté las palmeras y los árboles frutales; construí acequias e hice crecer mi huerto. He dado vida a todas las hojas que hay aquí, a las hierbas, a las sombras y a los pájaros. Soy Dios y he creado un mundo de la nada. ¿No lo entiendes? ¡Yo soy Kaolá y he vencido al desierto! Mi sangre ha regado estas arenas día tras día, mis lágrimas las han hecho fructificar noche tras noche. ¡Y tú pretendes que yo regale mi agua! No me hagas reír...

Pero no rió. No rió nadie.

—Y ahora marchaos —gruñó la mujer—. Ni con todo el oro del mundo podríais comprar el privilegio de pasar una noche en mi paraíso.

Salieron del oasis en lo más duro del calor y el desierto les recibió con su aliento incendiado. El peso de los fardos que llevaban a la espalda parecía clavarles en el suelo. Contemplaron con desmayo el devastado y trémulo horizonte.

—Mi hermano Mo vive entre prados. Y hay helechos, y ríos, y bosques tan espesos que la luz no puede atravesar las hojas de los árboles.

—Pero Respy, me dijiste que no habías estado nunca allí...

—Mi hermano Mo vive entre prados...

Y emprendieron el camino entre el infierno del sol y el de la tierra.

Anduvieron durante varios días, aunque todas las jornadas parecieran la misma. Caminaban de noche y descansaban en las horas en que el sol caía con más fuerza, para evitar deshidratarse. Al atardecer, cuando recogían sus improvisados campamentos y reemprendían la marcha, Respy siempre achinaba los ojos contemplando esperanzadamente el mar de piedra:

—Hoy saldremos del desierto... Tiene que estar a punto de acabar; según los mapas, la travesía sólo dura tres semanas...

Entonces desanudaba con dedos temblorosos su cinto viril y contaba las muescas que había ido grabando, cada noche, en el despellejado cuero. Fruncía el entrecejo, la boca se le torcía en una mueca, se perdía a medio cómputo y tenía que recomenzar desde el principio.

—¡Treinta días! No puede ser... He debido de equivocarme... —decía siempre, sorprendiéndose cada vez con el resultado.

Volvía a pasar el dedo por las marcas con concentrado esfuerzo.

—Treinta días... Hoy saldremos del desierto, Agua Fría.

Y partían en pos del horizonte, que huía implacablemente frente a ellos. El paisaje iba menudeando en brumas, progresivamente devorado por la nada. Pero empezaron a aparecer también pequeñas matas, arbustos tan desmedrados y resecos que parecían muertos y que, sin embargo, sobrevivían aferrados a las rocas. Y la visión de esas pequeñas plantas obcecadas les infundió alientos: parecían anunciar la proximidad de un mundo más verde y habitable.

Pero un atardecer Agua Fría se despertó gritando. Tenía, aun antes de abrir los ojos, la certidumbre de que algo andaba mal. Se incorporó y miró a su alrededor: el desierto se había sumergido en una nube gris e insustancial. Mientras dormían habían sido atrapados por las nieblas del olvido.

—¡Respy!

Se pusieron en pie, espalda contra espalda, como si tuvieran que enfrentarse a una manada de lobos hambrientos. Del mundo quedaban aún pequeños fragmentos de materia: el perfil vacío de una roca, la insinuación de una grieta entre dos piedras, un lagarto pataleando frenéticamente en mitad de la bruma. Briznas de realidad que flotaban en el confuso magma de las sombras y que pronto se diluyeron sin dejar huella. Poco después ya no quedaba nada y la tierra se confundía con el cielo en el mismo vapor inerte y desolado. Aunque neblinoso, el suelo seguía manteniendo su firmeza, y ésa era la única referencia espacial con que contaban. Era como avanzar por un pantano cubierto por las brumas. O como caminar dentro de un sueño. Recogieron sus cosas y echaron a andar, sin saber si la dirección que tomaban era correcta.

La nada les rodeaba con un resplandor frío y opaco, siempre de la misma intensidad, de un color malsano y ceniciento que era la negación misma del color. Aquí dentro no existían ni las noches ni los días, y la falta de coordenadas espaciales producía una desasosegante sensación de vértigo. Agua Fría hubo de emplear toda la disciplina adquirida en el Talapot, todo su control mental y muscular, para mantenerse erguida y combatir el espejismo del mareo. Pero Respy, que carecía del entrenamiento sacerdotal, perdía el equilibrio muy a menudo. Caía y, confuso y asustado, no sabía *hacia dónde* levantarse. Se quedaba así, pataleando sobre la niebla, hasta que Agua Fría conseguía ponerle en pie de nuevo. *Bruna*, en cambio, no parecía tener problemas para moverse, como si su instinto animal le dictara la posición exacta del centro de la tierra. Se dejaba guiar por la fuerza de la gravedad, sin sucumbir bajo el engaño racional de los sentidos.

En la nada era imposible calcular el tiempo transcurrido, si es que transcurría de algún modo. Comían cuando tenían hambre; cuando estaban muy cansados dormitaban un rato entre sobresaltadas pesadillas. El silencio era absoluto. Ni siquiera sus pasos tenían eco.

—Respetuoso Orgullo, Respetuoso... Sí, sí, sí —bisbiseaba Respy.

—¿Qué dices?

—Nada. Respetuoso. Respetuoso Orgullo, Orgullo, Orgullo...

Lo hacía para combatir ese vacío sonoro que parecía estallar en los oídos. Poco después, también Agua Fría comenzó a musitar una salmodia. Repetía de manera automática las viejas jaculatorias aprendidas en el Talapot:

—Oh Cristal que decidiste mi nacimiento y los avatares de mi vida, ayúdame a comprender que todo lo que existe es necesario... Oh Cristal.

Y, tan pronto como las palabras salían de su boca, la bruma parecía devorarlas.

Cada vez que se echaban a dormir les costaba más trabajo despertar. La niebla del olvido les entumecía los músculos y embotaba sus mentes. Acordaron descansar por turnos, para poder ayudarse mutuamente a escapar del sopor. Pero los efectos de la nada comenzaban a sentirse también en los períodos de vigilia. Era como si la bruma estuviera devorando sus energías y convirtiendo su sangre en un humor espeso, lento y frío. Dejaron de hablarse y, poco después, abandonaron las pocas provisiones que les quedaban. No tenían deseos de vivir.

En un momento dado, Respy se tumbó en el suelo y se acurrucó sobre sí mismo. No se mueve, se dijo Agua Fría. Pero no le importó. Transcurrió algún tiempo. ¡No se mueve!, se repitió la muchacha con doloroso esfuerzo, intentando concentrarse.

—Respy —murmuró con la garganta seca—. ¡Respy! Oh Cristal que decidiste mi nacimiento y los avatares de mi vida, oh Cristal...

Se arrodilló junto al muchacho, bisbiseando jaculatorias y hamacándose a sí misma, hasta que las piernas de Respy empezaron a desvanecerse en la bruma y la perra comenzó a gimotear. Entonces se levantó y echó a andar como una autómata a través de la niebla opaca y silenciosa. ¿Para qué caminar?, parecían decirle sus huesos, sus tendones y su sangre más espesa que la lava. ¿Para qué esforzarse en seguir? Y cada paso resultaba más costoso y más inútil.

Se dejó caer de rodillas y después se tumbó boca abajo con lentitud. La niebla era una ceguera luminosa y, por unos instantes, Agua Fría no supo discernir si tenía los ojos abiertos o cerrados. Tuvo que tocarse los párpados para comprobar que estaban levantados y que lo que veía, o no veía, era el vacío que el mundo había dejado. Y en ese vacío iba a desaparecer ella también, aspirada por el torbellino de la nada. No le asustó ese pensamiento: la bruma parecía haber penetrado en su cabeza y congelado con dedos de nieve todos sus sentimientos y sus ideas. Tumbada en la niebla, Agua Fría se abandonó y esperó la consunción sin tener siquiera conciencia de que esperaba. Mantenía los ojos abiertos y creyó advertir vagamente la presencia de unas hierbas fantasmales debajo de ella. Es un espejismo, reflexionó con gran esfuerzo; pero veía los tiernos tallos verdes entre la bruma, delicados y a medio dibujarse, e incluso le parecía notar su presencia vegetal en la mejilla que reposaba sobre el suelo. Sintió entonces un agudo dolor, una melancolía profunda, porque el espejismo había despertado su memoria y, con ella, la nostalgia de la vida. Qué duro es esto, pensó. Y una tromba de recuerdos se precipitó sobre ella, otras hierbas, otros prados, campos de la infancia o de la adolescencia, el frescor de la brisa en las mejillas, el olor de la piel de un ser querido. ¡Qué duro es morir!, gimió, mientras un perro ladraba furiosamente desde algún lugar remoto del espacio. Los ojos de Agua Fría se humedecieron y las hierbas fantasmales se emborronaron tras el velo de lágrimas, tan próxima ya la oscuridad final. Pero el perro seguía ladrando y la muchacha sintió que algo se movía junto a ella, algo que la tocaba, que la volvía boca arriba, que la palpaba; unas manecitas pequeñas, calientes, sudorosas, unas manos minúsculas que la sujetaban por las muñecas y la arrastraban por el suelo. Súbitamente el aire se hizo más dulce, más liviano. Quizá la muerte sea esto, se dijo Agua Fría. Y abrió los ojos y contempló un cielo azul intenso y un sol glorioso y deslumbrante.

Lo primero que vio Agua Fría al despertar fue un techo de madera clara y sin pulir. El sol entraba generosamente por las ventanas y ponía en el ambiente una calidez dorada y deliciosa. Pero, ¡qué extrañas ventanas!, se admiró la muchacha; eran pequeñas e inconcebiblemente bajas. Ahora que se fijaba, también el techo estaba demasiado cerca. Y junto a ella había una mecedora liliputiense, con un primoroso cojincito del tamaño de un pañuelo.

Más allá, una menudencia de alacena y una mesa de risibles dimensiones. Agua Fría estaba tumbada sobre el suelo dentro de una casa de juguete. *Bruna*, a su lado, ladró eufóricamente y comenzó a lamerle las mejillas con entusiasmo.

—Te has despertado justo a tiempo: estoy preparando el desayuno —canturreó una vocecilla a sus espaldas.

Agua Fría se volvió; junto a un fogón enano se afanaba un personaje extraordinario. Se trataba sin duda de una mujer adulta, aunque parecía una niña algo marchita. Era de rasgos agradables y delicadas proporciones, si bien increíblemente diminuta: apenas levantaba cinco palmos del suelo.

—¿Cómo te encuentras? —preguntó la criatura.

—Bien... Un poco confusa. Tengo hambre.

—No me extraña. Llevas durmiendo día y medio. En cuanto comas te sentirás perfectamente.

Agua Fría apartó el revoltijo de minúsculas mantas con que estaba cubierta y se puso en pie, golpeándose la cabeza con una viga. Gruñó y se rascó la frente. La figurilla estaba terminando de servir los platos sobre la reducida mesa.

—Será mejor que te sientes en el suelo. Me parece que en la silla te encontrarías quizá un poco... ejem, un poco incómoda —dijo la mujer con pudor exquisito, como si la altura de Agua Fría fuera un defecto físico que la buena educación aconsejara no mencionar.

La muchacha se instaló junto a la mesa y durante cierto tiempo no hizo sino comer. Comió queso con compota de arándanos, avena tostada, manzanas ralladas con nueces y miel, carne seca de venado, panecillos recién horneados que le cabían enteros en la boca, huevos escalfados. A su lado, la mujer la observaba devorar platos y más platos con una expresión entre admirada y complacida. Al cabo,

Agua Fría se recostó contra la pared, ahíta y embargada de una deliciosa sensación de bienestar físico. La criatura había encendido una pequeña pipa y la contemplaba maternal y sonriente.

—Tú te llamas Agua Fría, ¿no es así? Eso me dijiste cuando te recogí. Yo me llamo Torbellino —dijo la mujercita, haciendo un gracioso y pizpireto saludo ceremonial.

Y se explicaron sus respectivos nombres. Una franja de sol avanzaba perezosamente por encima de la mesa y arrancaba destellos de las copas de latón, tan chicas como dedales. Por las ventanas se veía un paisaje de colinas azuladas y bosques fragantes, recortado en ese aire fresco y transparente que tienen las montañas en verano. Agua Fría recordaba vagamente haber visto semejante magnificencia al llegar a la cabaña, pero entonces se encontraba demasiado debilitada y confundida para poder apreciarla. Ahora, en cambio, el panorama la embriagaba con su belleza. Hasta donde alcanzaba la vista, el mundo mostraba una perfecta solidez.

—Qué lugar tan hermoso... —suspiró Agua Fría—. No parece que la nada haya llegado hasta aquí.

—Somos una comunidad de unas doscientas personas, repartidas por estos valles altos que aquí ves, y mantenemos nuestra comarca meticulosamente protegida por la Mirada Preservativa —explicó la mujer—. Las nieblas empiezan más lejos, en la otra ladera de las montañas. A medio día de caballo de aquí. Un poco más, a lomos de mi *poney*. Posiblemente no te acordarás, pero eso es lo que tardamos en llegar desde que te recogí.

—No lo entiendo, Torbellino. ¿Cómo es que estabas allí? ¿Qué hacías tan lejos de tu casa?

—Esperar.

—¿Esperabas? ¿A quién?

—Te esperaba a ti. Es decir, no a ti exactamente. Pero yo sabía que había alguien. ¡Lo sabía! Y tenía razón —se pavoneó la enana con orgullo.

—Pero...

—Verás, yo he estudiado un poco las artes ocultas... Y poseo algunos de los Saberes Sin Nombre. Nuestra comunidad es especial: todos hemos venido aquí huyendo de la Ley, porque compartimos el mismo deseo de conocimiento. Somos gentes bien preparadas y nos enseñamos mutuamente las disciplinas que poseemos. Yo soy telépata, ¿sabes? Es una de mis gracias. Y, dos o tres días antes de encontrarte, empecé a percibir tu presencia. Notaba tu sufrimiento... o vuestro sufrimiento, porque me parece que erais dos...

—Sí...

La mujercita sonrió, exultante de satisfacción.

—¿Lo ves? Soy muy buena telépata, ésa es la verdad, para qué vamos a decir otra cosa... El caso es que vuestro miedo y vuestra desesperación me alcanzaron, llegaron a mí en oleadas a través del éter. Al principio intenté ignoraros, pero la señal era tan clara que resultaba demasiado desasosegante, irresistible. Así que llegó un momento en que no tuve más remedio que ir a vuestro encuentro. Me detuve en la frontera de la bruma y esperé. Y la señal era cada vez más débil. Hasta que vi salir a tu perra de la niebla. Ladraba desesperadamente y regresaba una y otra vez al interior. La seguí y a los pocos metros te encontré. Todo muy simple, como ves... para alguien que posea mis facultades. Pero, bueno, creo que tú también sabes algo de las artes antiguas, ¿no es así? Eres sacerdotisa, ¿verdad?

Agua Fría se sobresaltó.

—¿Por qué lo dices?

Torbellino sonrió.

—Por el dedo...

La muchacha enrojeció y ocultó su mano mutilada.

—Sí, soy sacerdotisa... o casi. Pero ¿cómo sabes tantas cosas?

—Ya te he dicho que ésta es una comunidad muy especial. Tenemos entre nosotros a dos sacerdotes. Dos renegados. Y nos han enseñado muchas cosas. Los dos tienen amputaciones, como tú.

Agua Fría la contempló repentinamente recelosa:

—¿Posees también el conocimiento de la hipnosis?

Torbellino hizo un mohín de disgusto.

—No, por desgracia, no. Nuestros dos sacerdotes son varones y nunca pudieron aprender la disciplina. Pero si tú te quedas por aquí lo suficiente, quizá quisieras enseñarnos... —dijo con avidez.

Nunca, pensó Agua Fría: la hipnosis era la base de su poder, el secreto de su fuerza. Nunca.

—Sí, claro, quizá... —respondió ambiguamente.

Contempló a la mujer con curiosidad: su rostro minúsculo, sus livianos huesos, las breves manitas aferradas a la miniatura de su pipa. Coqueta, pequeña, impecable. Una duda se agitó en la cabeza de Agua Fría.

—Y aquí —preguntó—, ¿sois todos... así?

—¿Cómo?

—Así... de tamaño —se ruborizó la muchacha.

Torbellino rió.

—¡Oh, no! Yo soy la única tan pequeña. El Cristal me hizo así... Del mismo modo que también hay grandes rocas de tosco granito y diminutas gemas de valor incalculable: esmeraldas perfectas, diamantes purísimos... —dijo la criatura con desarmante sencillez.

Una sombra cubrió súbitamente la puerta de la cabaña y por el hueco asomó una cabeza de hombre que a Agua Fría se le antojó descomunal.

—¡Ah, es Mo! —exclamó la enana—. Espera, Mo, ahora salimos.

—¿Mo? —se sorprendió Agua Fría.

—Sí, claro, ¿no querías verle? Cuando te recogí me dijiste que le venías buscando. Ayer le mandé recado para que viniera.

¡El mítico Mo, el legendario hermano! El recuerdo de Respy se removió dolorosamente en su memoria. Aquí está, pensó Agua Fría con melancolía. Le he encontrado, Respy, le he encontrado.

Salieron de la cabaña. Mo las esperaba de pie junto a la puerta, enorme e impasible. Era muy alto, más aún que Respy; o quizá lo pareciera por su mayor envergadura. Era un hombre de unos treinta años, fuerte, atlético, con la piel curtida y arrugada por el trabajo a la intemperie. Por lo demás, tenía la misma nariz demasiado larga, el mismo rostro feo y sensible de Respy; sólo que los rasgos de Mo eran más sólidos, más rotundos, y carecían de esa inestabilidad nerviosa que torturaba la cara de su hermano.

—¿Cómo murió? —dijo escuetamente el hombre, a modo de saludo.

Agua Fría se sobresaltó.

—No sufrió. De verdad, no sufrió nada. Se tumbó en la bruma y se dejó morir.

Mo asintió gravemente con un movimiento de cabeza.

—La niebla del olvido siempre es así. Primero devora tus deseos de vida —comentó con su sonora voz de bajo.

Y guardó silencio.

—Me habló mucho de ti —añadió Agua Fría con nerviosismo—. Te quería muchísimo.

Mo volvió a cabecear afirmativamente y permaneció impasible. Agua Fría comenzó a sentirse irritada.

—Puedes venirte a vivir conmigo —dijo al fin el hombre—. Tengo una cama libre... y de tu tamaño.

Agua Fría se volvió hacia Torbellino, que sonrió afirmativamente. A la muchacha no le complacía mucho la idea de marcharse con ese ser callado y taciturno, pero comprendía que su presencia resultaba perturbadoramente gigantesca en la pulcra cabañita de la enana.

—Está bien. Gracias.

Se despidió de Torbellino y se pusieron en marcha de inmediato. Caminaron por prados de hierbas altas y cimbreantes, por trochas de monte cubiertas de helechos y con olor a musgo, sin que Mo dijese una sola palabra. Agua Fría le contemplaba con el rabillo del ojo, le veía apartar hábilmente las ramas con sus manos encallecidas y ásperas, y se sentía decepcionada y furiosa: el tan mentado Mo no parecía tener nada especial. No era más que un simple y rudo campesino.

Los renegados llamaban a su comarca Renacimiento, un nombre que Agua Fría juzgaba demasiado pretencioso. Renacimiento se componía de un conjunto de valles trepados a los hombros de un imponente circo de montañas. Un paraíso remoto en el que los dos centenares de proscritos vivían una existencia rural y sosegada.

Tres días a la semana, la comunidad se reunía en un claro del bosque, más o menos equidistante de todos los asentamientos, en donde habían construido unos austeros barracones. Allí se sentaban en torno a hogueras crepitantes y se intercambiaban las artes que poseían, educándose mutuamente en los Saberes Sin Nombre. Uno explicaba el conocimiento primordial de los ritmos internos, enseñando cómo reducir las pulsaciones o bajar a voluntad la temperatura de los cuerpos; otro instruía a sus colegas en los poderes alucinógenos y medicinales de las plantas. Algunos, como los telépatas, eran duchos en las olvidadas y añejas artes del espíritu; y otros, en fin, dominaban secretos mecánicos o químicos, como la enana Torbellino, quien, además de sus facultades mentales, era capaz de elaborar un polvillo negro que se inflamaba al arrimo de una llama, exhalando unos vapores que provocaban las más portentosas explosiones. Pólvora, se llamaba esa sustancia, y Agua Fría conocía su existencia por los Libros Antiguos que había estudiado en el Talapot. Pero era la primera vez que contemplaba sus efectos; y no dejaba de admirarle que una menudencia tan frágil y delicada como Torbellino se hubiera especializado en el manejo de una materia tan espectacular y retumbante.

Agua Fría se maravillaba ante ese cúmulo de conocimientos tan dispares, pero no acertaba a integrarse entre los renegados. La placidez de esa pequeña sociedad le crispaba los nervios y, en cierta manera, Agua Fría se consideraba superior a todos ellos. A fin de cuentas, ella poseía el poder de la hipnosis, que era un saber secreto, ritual y supremo. Ella había recibido el entrenamiento del Talapot y, de haberlo querido, se hubiera convertido en una sacerdotisa cobalto. Pero no quiso. Por eso ahora carecía de pares; se había distanciado, sin regreso posible, de sus iguales. En la caravana, en ese mundo siempre cambiante y nómada, rodeada de individuos perfectamente indescifrables, Agua Fría se había sentido más cobijada, más armónica, sola entre un millar de soledades. Pero en Renacimiento los proscritos parecían empeñarse en compartirlo todo, en conocerse y complementarse mutuamente, en palpitar al unísono con un pueril sueño de dicha en el que la muchacha se sentía incapaz de participar. Los renegados no eran más que una pintoresca mescolanza entre campesinos y magos de feria, se decía Agua Fría; y se sentía orgullosamente diferente.

Había entre los renegados, sin embargo, una mujer especialmente sabia que atraía poderosamente su atención. Se llamaba Enigma y era la líder de la comunidad. Porque, aunque en Renacimiento se vivía un ensueño igualitario y proclamaban que carecían de jefes y que no existía discriminación alguna entre los sexos, lo cierto era que, de un modo tácito, todos admitían la autoridad de Enigma. De una mujer madura, como siempre. En eso se quedaban las baladronadas de un mundo nuevo y renacido, se decía Agua Fría burlonamente.

Enigma poseía, entre otros, el don de la cinestesia, mediante el cual movía en el espacio, sin tocarlos, objetos de dimensiones indecibles, sin más ayuda que la de su voluntad. La mujer utilizaba pulidas bolas de hueso para facilitar el aprendizaje a los neófitos. Sentada en cuclillas frente al fuego, primero alisaba la tierra con su mano encallecida, quitando las ramitas y las pequeñas piedras. Después, con infinita parsimonia, colocaba dos o tres bolas apenas separadas entre sí unos centímetros. Uno tras otro, los alumnos intentaban concentrarse y penetrar en el oscuro misterio del movimiento para insuflar vida a las inertes esferas. Pero era una disciplina muy difícil, y los más aventajados apenas conseguían arrancarles un ligero temblor. Agua Fría acudía noche tras noche a la hoguera de Enigma y contemplaba con callado interés el espectáculo.

Una de esas noches, Enigma llamó a la muchacha y la instó a sentarse frente a ella.

—Prueba tú, Agua Fría. Y hazlo despacio.

Envarada por un confuso sentimiento de excitación y miedo, la muchacha intentó recordar los consejos de la mujer. Lo primero era llegar a sentir la presencia absoluta del propio organismo, para luego, eran palabras de Enigma, perder la conciencia de ti misma, concentrarte en la superficie de la bola, asumir su geometría y su sustancia como tuya; hincar tu voluntad en el alma de hueso del objeto y mover la esfera, en fin, con la maravillosa facilidad con que se mueve un dedo. Agua Fría procuró concentrarse. Quería hacerlo bien. *Tenía* que hacerlo mejor que los demás. Los reflejos de la hoguera brincaban en las pulidas bolas y por un instante la muchacha llegó a creer que se habían movido unos milímetros. Pero no, permanecían ahí, quietas e inmutables, muerta materia orgánica. Agua Fría enrojeció:

—¡No sé hacerlo! —barbotó avergonzada.

Enigma se inclinó hacia ella, el ceño fruncido:

—¿Por qué no dejas de pensar un poco en ti misma y lo intentas de verdad? Tú sabes. Tú puedes.

Se acaloró Agua Fría con la escocedura del reproche, pero luego pensó: tiene razón, *yo* puedo. Escuchó el golpeteo de su corazón y empezó a percibir el manso flujo de la sangre por sus venas. Poco a poco, la antigua disciplina sacerdotal comenzó a relajarla; advirtió la forma y el peso de sus piernas, la gravidez de sus hombros, la tibieza palpitante de su estómago. Sintió todos y cada uno de sus dedos y el cabello creciendo infinitesimalmente en su cabeza. Toda ella era una masa de tendones y músculos, tejidos temblorosos, materia elemental y viva. Agua Fría estaba en las altas planicies, con la caravana. Estaba en el húmedo interior del Talapot. Estaba en el vientre mismo de su madre. El tiempo y el espacio no existían: ella era hoja y tierra, viento y roca, parte indistinguible del universo. Ella era una esfera de hueso pulido, pura tensión atómica. Reencontró así Agua Fría la esencia misma del mundo, ese empeño remoto y ciego de las cosas en mantener su ser, la energía colosal de las moléculas. Era un proceso semejante al que seguía cuando hacía uso de la hipnosis y, al igual que cuando hipnotizaba, Agua Fría dejó manar su fuerza.

La esfera de marfil se estremeció, brincó en el aire y chocó contra la bola más cercana. *Bruna* se abalanzó sobre las piezas de hueso y las mordisqueó furiosamente, enardecida por su repentina movilidad. La muchacha dejó escapar un resoplido, pasmada por su éxito.

—Bien. Muy bien, para ser la primera vez. Sabía que tú podrías conseguirlo —exclamó la mujer con gesto complacido.

Y Agua Fría se esponjó de orgullo, pensando que Enigma era la única persona en todo Renacimiento capaz de comprenderla y apreciarla.

En Renacimiento había cuatro niños y el más chico acababa de cumplir los cinco años; desde su nacimiento no había vuelto a darse en la comunidad ningún embarazo. Pese al desmedido orgullo con que los renegados se referían a su pequeño mundo, en el fondo sabían que también aquí se estaba extinguiendo la vida. Contemplaban su paraíso al caer la tarde, con el sol encendiendo las copas de los árboles y los valles húmedos y umbríos, y comprendían que ese día que se terminaba era un día menos en el gran calendario del mundo. Por debajo del clamor animal y vegetal de los ricos valles, los renegados intuían el crujido, casi el quejido, que exhalaban las cosas al pudrirse.

Quizá fuera ese sentimiento lo que amargaba el carácter de Mo. A menudo, el hermano de Respy se sentaba en la roca que había detrás de su cabaña, junto al río, y permanecía allí durante horas, con la mirada nublada y los labios apretados y lívidos, inmerso en la melancolía que produce la presentida muerte de lo hermoso. Mo era un hombre en extremo silencioso, casi arisco. Al mismo tiempo también era cortés y sorprendentemente atento: solucionaba todas las necesidades de Agua Fría aun antes de que ésta pudiera formularlas, como si fuera capaz de adivinarle el pensamiento. En las semanas que la muchacha llevaba viviendo en su cabaña no había habido ningún roce, ningún motivo para queja. Pero tampoco un atisbo de complicidad, un instante íntimo. Todas las mañanas, Agua Fría se decía que tenía que marcharse, que debía proseguir su viaje al Norte. Pero se quedaba, engañándose a sí misma con la excusa de que quería ampliar sus conocimientos cinestésicos con Enigma. Su interés por Mo crecía malsanamente día tras día. Le fascinaba la extraña mezcla de rudeza y sensibilidad, de despego y amoroso cuidado con que la trataba. Una noche, exasperada por la imperturbable distancia que mantenía el hombre, se metió en su cama. Pero Mo la rechazó con amable firmeza.

Algunos días después, a la hora de la cena, Mo anunció:

—Mañana vamos a ir de caza.

La frase, expresada a media voz, tenía sin embargo una reciedumbre imperativa.

—¿Quiénes? —preguntó Agua Fría.

—Nosotros. Tú y yo.

—¿Yo? —se asombró la muchacha—. Desde luego que yo no voy a ir.

—Escucha, Agua Fría: va a empezar a nevar pronto y necesitamos provisiones para el invierno. Convendría ahumar algo de carne. Mañana iremos a cazar.

—Pero ¿por qué quieres que te acompañe?

—No quiero que me acompañes. Quiero que tú también caces.

¡Matar ella! Impensable, imposible. Las mujeres estaban congénitamente incapacitadas para ejercer la violencia. Su biología las colocaba en un estadio superior de la evolución espiritual. No se trataba de un impedimento físico: era una repugnancia heredada, esencial, definitiva.

Un tabú inscrito en su memoria genética. Así como los peces no eran capaces de volar y los pájaros no podían sobrevivir bajo las aguas, así los varones permanecían atrapados por el primitivo y atroz instinto de la violencia, mientras que las mujeres carecían de esas debilidades sanguinarias.

—Pero Mo, eso es imposible —explicó con paciencia Agua Fría—. No puedo hacerlo.

—¿Y por qué no? ¿No me habías dicho que sabías tirar?

Sí, era cierto. Entre las múltiples enseñanzas que recibió en el Talapot, la muchacha había sido entrenada a tirar con arco y con ballesta sobre diana. Se trataba de un ejercicio de concentración mental y muscular, y era tal el dominio de mente y cuerpo que se les exigía que, al final, aprendieron a hacer blanco con los ojos vendados. Sí, Agua Fría sabía tirar bien, muy bien.

—No es eso. Es que no puedo. ¡No puedo! —se irritó la muchacha—. Las mujeres no podemos ejercer la violencia, deberías saberlo.

—Pero luego sí puedes comer la carne que otros cazan, ¿no es así?

—¿Y qué tiene eso que ver?

—Mucho —respondió secamente Mo—. Agua Fría, estamos hablando del invierno. De nuestro invierno. De las provisiones. Nuestras provisiones. Si quieres comer este invierno, tendrás que venir de caza.

—No puedo... —insistió la muchacha con angustia.

—Podrás.

—¡Y además no quiero! —gritó, enfurecida.

—No tienes más remedio. Aquí, en Renacimiento, dependes de ti misma. Saber cazar o no puede suponerte en un momento dado la muerte o la vida. Tienes que venir conmigo.

Y Agua Fría se sintió perdida. La dura y calmosa voz de Mo no dejaba lugar para las negativas.

Se levantaron muy temprano y dejaron encerrada en la cabaña a la quejosa *Bruna*, para que no les espantara la caza. Antes de que despuntara el sol ya estaban apostados junto al río, en una charca al pie de las montañas. Oculta tras unos matorrales, Agua Fría permanecía mortalmente quieta, tal y como le había aconsejado Mo antes de desaparecer, camino de otro escondite, entre los árboles. Hacía un frío terrible que, al amparo de la inmovilidad de la muchacha, había ido conquistando sus miembros lenta e insidiosamente, entumeciendo sus articulaciones, agarrotando sus manos, convirtiendo sus pies en dolorosos bloques de hielo. Del suelo, cubierto por una espesa capa de hojas y detritus otoñales, subía un punzante olor a moho, y por encima de su cabeza el cielo retinto de la noche se iba destiñendo en el azulón del alba, y luego en el gris insustancial del sol primero, en ese momento incierto de la mañana en el que el aire parece pesar menos que nunca.

Hambrienta, mojada y tiritando, Agua Fría se sentía progresivamente irritada por haber accedido a acompañar a Mo. Ni siquiera voy a ser capaz de tensar el arco si aparece un ciervo, se dijo, notándose débil y febril. Aunque en realidad, el hecho de poder manejar el arco o no le preocupaba poco; llevaba agazapada en su escondite un tiempo que se le había antojado eterno, y a estas alturas casi había olvidado que estaba aquí para cazar. Todo esto, el agarrotamiento de sus músculos, la incomodidad y el frío intenso, se habían convertido en una especie de prueba absurda propuesta por Mo, en una ordalía penosísima a la que ella debía someterse por razones que ahora, embotada y presa de la fatiga, no alcanzaba a explicarse. De modo que Agua Fría se aplicaba simplemente en aguantar: estaba acostumbrada a un vivir duro y austero. Así pasaban los minutos, mientras el sol subía por el arco del cielo y los arbustos que le servían de escondite, escarchados y crujientes, se deshelaban poco a poco.

La mañana estaba ya bastante avanzada cuando la muchacha creyó advertir un extraño temblor en los matorrales que se encontraban frente a ella, al otro lado de la charca. Sus músculos se pusieron en tensión automáticamente. La somnolencia desapareció y de súbito Agua Fría era toda ojos, toda nariz y oídos. Contempló los matorrales sin parpadear, venteando con avaricia una presencia. Pero los segundos pasaban sin que sucediera nada nuevo. Agua Fría suspiró y se relajó. Entonces la maleza se agitó con ruido de hojarasca reseca y en el claro apareció un venado. Grande, poderoso, elástico. Mantenía la cabeza alta y olfateaba nerviosamente el aire en derredor. Avanzó con recelo, andando y desandando su camino hacia el agua, siempre presto a volver grupas y salir huyendo. Oh, oh, se decía Agua Fría, la boca seca, los oídos zumbando, que no se vaya, que se acerque un poco más, que me dé tiempo. Hábilmente, dulcemente, con movimientos infinitesimales y precisos, Agua Fría colocó en posición una de las flechas de punta de acero y tensó el arco. El venado estaba ahora en la orilla del agua, bebiendo golosamente pero con las peludas orejas enhiestas tras su cabeza, atentas a cualquier crujido sospechoso. Lo tengo a mi merced, pensó Agua Fría, preparada ya para tirar; lo tengo a mi merced, podría abatirlo con una sola flecha. Pero la muchacha no se decidía; las manos le sudaban, paralizadas por el conflicto entre la repugnancia y el deseo.

Entonces el animal levantó la cabeza con brusquedad, como si hubiera escuchado el furioso golpeteo del corazón de Agua Fría, y miró directamente hacia la intrusa. No me puede ver, pensó la muchacha, petrificada en su escondite. Pero el venado parecía clavar sus ojos en ella, y en sus pupilas brillaba una expresión de completo y fatal entendimiento, la ancestral mirada de la presa a su depredador. Durante ese vertiginoso instante de reconocimiento el mundo entero se detuvo: el animal y Agua Fría, las espumas del río, las rumorosas hojas de los árboles, el sol y las insustanciales nubes, todo se congeló en una fisura de quietud que apenas duró lo que un latido. Y después los poderosos músculos de la criatura se tensaron súbitamente bajo su piel suavísima y el venado salió catapultado hacia los aires en un brinco desesperado y formidable. ¡Ahora!, urgió la memoria atávica de la muchacha. ¡Ahora!, ordenó el escalofrío eléctrico que su cerebro envió espalda abajo. La flecha silbó en el aire y se hincó en el tierno bajo vientre de la bestia. El venado, golpeado en mitad de su salto, cayó al suelo pesadamente. Agua Fría se puso en pie y se abalanzó corriendo hacia su presa.

—¡Le he dado, le he dado, lo he matado!

Temblaba como una hoja; jamás se había sentido tan excitada. En dos zancadas llegó junto a su víctima: ahí estaba, justo donde había caído. Pero no estaba muerta. La criatura gemía y se retorcía de miedo y de dolor, intentando ponerse en pie para proseguir huyendo. Tiritaba violentamente y sus patas traseras, medio paralizadas, resbalaban en el charco de su propia sangre o se enredaban, torpe y penosamente, con el astil de la flecha cruelmente enterrada junto a la ingle. A Agua Fría se le escapó el aire que llevaba en los pulmones, como quien recibe un golpe en el estómago. De entre las ramas surgió Mo, que, silencioso y preciso, se inclinó sobre el venado, sujetó su cabeza y lo degolló con un cuchillo de monte. Del cuello del animal brotó un chorro de sangre; sus patas se agitaron aún un breve instante antes de aquietarse para siempre. Los ojos, hermosos y delicados, permanecían abiertos. La muerte no los había empañado todavía: parecían muy vivos, unos ojos doloridos y humanos.

—Buen tiro, Agua Fría —dijo Mo con suavidad, limpiando el cuchillo en el lomo del animal—. No te preocupes: seguramente la próxima vez, matar ya no te resultará tan desagradable... ni tan placentero.

La muchacha asintió con un tembloroso movimiento de cabeza. Y, alejándose unos pasos, vomitó sobre las hojas secas.

Dos días más tarde fueron al claro del bosque para participar en las enseñanzas. Agua Fría, que seguía educándose en los poderes de la cinestesia, acudió a la hoguera de Enigma; pero no podía concentrarse y abandonó el corrillo a los pocos minutos. Se sentía inquieta y desdichada; a su alrededor los renegados se distribuían en diversos grupos perfectamente cohesionados, y todos parecían conocer su lugar en la existencia menos ella. Deambulaba la muchacha por la linde del bosque con pasos erráticos, tan desasosegada como una cigüeña que se ha metido, por error, en una bandada de patos salvajes. Agua Fría no alcanzaba a entender lo que le estaba sucediendo. Antes, en el Talapot, se había sentido orgullosamente disidente, poseedora de la verdad en un mundo forjado en el engaño. Pero ahora los papeles se habían invertido: eran los demás quienes parecían conocer el sentido de las cosas, mientras ella estaba perdida y caminaba a ciegas. En Renacimiento todo era distinto. Hombres que daban lecciones magistrales a las mujeres, mujeres capaces de matar... como ella misma lo había hecho dos días antes. Y esa voluntad común de construir una sociedad absurdamente igualitaria. Los renegados trataban a Agua Fría con amabilidad pero sin confianza. En realidad no le prestaban ninguna atención, no parecían concederle ninguna importancia. Ni siquiera Mo. O Mo menos que nadie.

Se cansó de vagar sin rumbo por el claro del bosque y se detuvo junto a la hoguera de Torbellino, en donde también se encontraba Mo. La enana había dado por terminada su clase de telepatía y el corrillo estaba inmerso en una animada conversación, un pequeño descanso antes de que otro de los presentes, un hombre robusto de entrecejo tupido, comenzara a educarles en el uso de las plantas medicinales. Se hablaba de la vastedad del mundo y del poder de los Saberes Sin Nombre; y Torbellino alardeaba, con orgullo pueril, de las portentosas propiedades de ese polvillo negro que ardía con un siseo penetrante y con el que ella era capaz de provocar espectaculares explosiones. Escuchó Agua Fría durante unos minutos, rechinando los dientes y extrañamente exasperada. Y al cabo no se pudo contener y cortó abruptamente el parloteo de la enana:

—¡Pólvora! Ese polvillo no es más que la pólvora, y yo lo estudié hace años en el Talapot.

Los renegados la contemplaron con ojos asombrados; su estupor no hizo sino avivar la furia de la muchacha.

—Vosotros os creéis que lo sabéis todo —gruñó Agua Fría, y algo dentro de ella la instó a la cordura, le aconsejó que cerrara la boca. Pero la muchacha ya no podía detenerse—. Os creéis que lo sabéis todo y no sabéis nada. ¿Conocéis acaso lo que es la electricidad? ¿Y el motor a reacción? ¿O el cinematógrafo? ¡No me hagáis reír!

Se calló, enrojecida y transpirando. Y entonces los renegados le contestaron con heladora calma. Sí, claro que lo sabían; los dos sacerdotes de Renacimiento habían estudiado los Libros Antiguos, como ella; e incluso estaban intentando construir una pequeña central hidroeléctrica en uno de los ríos de la comarca. Carecían, eso sí, del secreto de la hipnosis, porque Agua Fría, que estaba entrenándose en la cinestesia y aprovechándose de los conocimientos de los renegados, no se había dignado sin embargo enseñarles el único saber que dominaba. Era ella, en fin, quien parecía no entender nada.

Las palabras de los proscritos entraron como cuchillos en los oídos de Agua Fría y la muchacha se sintió ridícula, necia y desdichada. Los ojos se le llenaron de lágrimas.

—Lo siento... —balbució.

Y salió corriendo para ocultar su confusión. Se detuvo en la linde del bosque, contemplando sin ver los grandes árboles y luchando por tragar el nudo de vergüenza que se había atravesado en su garganta.

—Agua Fría...

Era Mo. La muchacha gimió y se retiró un par de pasos.

—Creo que nunca te he contado cómo me llamo —continuó el hombre con suavidad—. Todo el mundo me conoce por Mo, pero mi verdadero nombre es Momento de Duda. Mi Anterior era una mujer excepcional. Sí, una mujer. No te extrañe, es algo que sucede en ocasiones, cuando los aprendices escasean y no se puede encontrar un adolescente del mismo sexo que el Anterior. Yo soy de Rhus, no sé si lo conoces... En la región de los lagos, al Oeste. Un sitio diminuto en el que no había muchos muchachos. En fin, el caso es que me asignaron un Anterior mujer. Tuve mucha suerte; ya te digo que era una persona extraordinaria. Se dedicaba a la ciencia: investigaba la composición infinitesimal de los organismos vivos... Y ejerció la medicina durante muchos años. Un día, siendo ella aún joven, fue llamada al palacio sacerdotal de Rhus. Un palacio pequeño que sólo contaba con media docena de sacerdotes. Uno de ellos, apenas un muchacho, acababa de llegar de Magenta: ése era su primer destino tras la ordenación. Había debido de cometer una falta demasiado grave, o quizá la sacerdotisa mayor de Rhus fuese demasiado cruel. Le habían amputado la mano izquierda. El muñón se gangrenó y cuando avisaron a mi Anterior ya no podía hacerse nada. Mi Anterior pidió a la sacerdotisa que hipnotizara al chico para paliar sus atroces sufrimientos, pero la mujer no quiso hacerlo; intentó entonces darle un cocimiento analgésico y también se le negó el permiso. La Ley ordenaba que los castigos fueran ejemplarmente dolorosos. El muchacho, que era joven y fuerte, aguantó aún un día entero. Por entonces, mi Anterior llevaba una carrera brillantísima. Había sido seleccionada ya para la Casa de los Grandes y, pese a su juventud, era la doctora del palacio sacerdotal. Era rica, poderosa y respetada, y terminaría sus días, sin duda ninguna, en el Consejo de la Edad. Pero aquellas largas horas que permaneció escuchando los alaridos del muchacho empañaron su satisfacción por los logros conseguidos. Abandonó el palacio sacerdotal inquieta y angustiada, acosada por el germen de la duda. Una duda que fructificó y fue afirmándose en su conciencia. Dimitió de su cargo de médico oficial y renunció a los privilegios. Se convirtió en un personaje sospechoso e incómodo. Vivió pobremente, dedicada a la investigación y a cuestionarse el porqué de las cosas. Naturalmente, no llegó a formar parte del Consejo de la Edad, y estuvo a punto de perder su designación para la Casa de los Grandes, aunque al final no se atrevieron a quitársela. Quizá fue también por eso por lo que le adjudicaron un aprendiz varón. Y aquel instante de duda que cambió su destino es el origen de mi nombre.

Mo calló. El bosque era un incendio de hojas color cobre y en el aire parecía flotar el aroma punzante del cercano invierno.

—Te entiendo, Agua Fría, creo que te entiendo —prosiguió Mo—. Conozco, por la memoria cristalizada de mi Anterior, lo que es perder los privilegios y el desasosiego que ello conlleva. Y sé también lo difícil que te resultó venir de caza... o la razón por la que jamás te has detenido a escuchar las enseñanzas de un varón. De hecho, sólo has aceptado a Enigma como maestra.

Era el parlamento más largo que Agua Fría había oído decir a Mo. Le miró a hurtadillas y el hombre, advirtiéndolo, sonrió levemente. Se acercó a ella y pasó un brazo por sus hombros, estrechándola contra su pecho.

—Date cuenta de que poseo los recuerdos de mi Anterior. De que guardo la vida de una mujer en mi memoria. Conozco bien todos los recovecos de una mente femenina.

En el refugio de los brazos de Mo, el mundo no parecía ser un lugar hostil y ajeno. Por el tronco de un árbol, frente a ella, ascendía una oruga peluda tan grande como un dedo. Era de color pardo y su segmentada superficie mostraba una simétrica dotación de tenues cerdas. Arqueaba su cuerpo rechoncho; acercaba el extremo inferior al superior y después se distendía lentamente, en un avance laborioso y casi inapreciable. Así, penosamente, proseguía a paso infinitesimal su interminable viaje tronco arriba. Con cuánta determinación, con qué infinita certidumbre se movía. Era una oruga hija, nieta y bisnieta de orugas; madre, abuela y tatarabuela de criaturas como ella. Todas ellas con el mismo y sutil dibujo genético, con idénticos segmentos, con cerdas similarmente distribuidas: simples masas gelatinosas animadas por la complejidad enorme de la vida. Agua Fría cerró los ojos, mareada por el orden implacable del mundo. Algo helado y liviano rozó su frente: era la primera nevada del invierno. Los copos caían espaciados y enormes, tan esponjosos que parecían flotar en el aire. Y sus ligeras estructuras poseían también un dibujo impecable, un perfecto equilibrio. No, el mundo no podía acabarse, se dijo Agua Fría, deslumbrada ante tanta armonía. Y sintió un consuelo y un alivio inmensos. Alzó el rostro y contempló a Mo. Ellos, los renegados, sí sabían. En Renacimiento habían descubierto el sentido oculto de la existencia.

—Lo siento —dijo la muchacha—. No volverá a suceder.

—Lo sé —respondió Mo, mientras le acariciaba las mejillas con sus manos ásperas.

Y, antes de besarla, aún añadió con voz ronca:

—Algún día me arrepentiré de esto. Algún día lo lamentaré, estoy seguro. Pero ahora no me importa.

Llegaron las nieves, y luego los hielos, que dejaron la nieve como un espejo rechinante. Y después nevó de nuevo y volvió a helar, y el mundo se fue cubriendo de sucesivas capas blancas y glaseadas por la escarcha. Los renegados seguían asistiendo a las reuniones en el claro del bosque, pero ahora siempre faltaban muchos a la cita y en ocasiones las condiciones climatológicas eran tan adversas que las clases se suspendían por completo. En esos días las ventiscas se apretaban sobre los valles con un ulular amedrentador y la única vía de comunicación entre las aisladas cabañas era el intercambio de palomas mensajeras. Pero luego la tormenta pasaba y los proscritos, bien abrigados con pieles de lobo y calzados con raquetas, se reunían una vez más en la explanada para las enseñanzas.

A partir del día en que Momento de Duda le explicó su nombre, Agua Fría había comenzado a enseñar los secretos de la hipnosis a los renegados. Uno de los sacerdotes y Enigma eran sus alumnos más aventajados; Mo y

Torbellino progresaban lentamente, y el otro sacerdote, pese a contar con el duro entrenamiento del Talapot, mostró desde el primer momento una incapacidad notoria para las sutilezas de ese antiguo arte. La muchacha, por otra parte, empezó a frecuentar otras hogueras y adquirir rudimentos de saberes diversos. Se acostumbró a salir de caza, aprendiendo las costumbres de los animales y a descifrar sus huellas, y enseñó a *Bruna* a seguir sigilosamente el rastro de las bestias y a permanecer quieta para no ahuyentar a las presas con sus ladridos. Pasaba así sus días Agua Fría, entre la caza, las labores de la granja, los estudios y el dulce y controlado incendio de los brazos de Mo. Se había integrado al fin en Renacimiento. A decir verdad, más que integrarse, lo que deseaba ahora era fundirse en esa vida colectiva. Se sentía como una niña pequeña que tuviera que aprender desde el principio todas las claves del vivir. Y aprendía de prisa, avariciosamente, ansiosa de atiborrarse de certidumbres.

—Escucha, Agua Fría: la vida es una sustancia siempre en fuga. Sólo puede ser contemplada con el rabillo del ojo: si la miras de frente se te escapa —le decía a veces Mo, receloso de su fe de nueva conversa, en un estilo críptico que ella no acababa de entender.

Pero Agua Fría miraba todo de frente, con la despreocupación de quien no tiene nada que perder. Sobre las ruinas de sus anteriores creencias se apresuraba a levantar imperios. Por primera vez desde hacía muchos años se sentía libre de todo miedo. Porque el temor exige un conocimiento previo de la pérdida, la memoria de antiguas desgracias, y la muchacha estaba ahora tan ocupada por una ilimitada voluntad de presente que no cabían en ella los recuerdos.

Aprendía el nombre de árboles y plantas que no había

visto jamás; y a reconocerse a sí misma en los renegados, como si formasen un único y reconfortante cuerpo. Aprendía, con Mo, las delicias de un amor distinto. Pedernal había sido la llave de una dimensión interior desconocida, el florecimiento de la carne, un turbulento y primerizo fuego. Pero Mo era una hoguera de combustión lenta cuyas llamas calentaban y no abrasaban. Era la complicidad, y la voluntad de quererse bien. Y cada día añadían un tronco más a la ordenada pira.

Una noche, en el claro del bosque, mientras el viento soplaba fuera del barracón y ellos permanecían abrazados frente a la chisporroteante chimenea, Torbellino se les quedó mirando con expresión hambrienta y melancólica. Achinó sus ojitos de muñeca y un suspiro agitó su diminuto pecho:

—Son tan toscos, los hombres... todos tan toscos y tan grandes... —musitó incongruentemente.

La pobre Torbellino sí que era distinta a los demás, se dijo Agua Fría con una conmiseración llena de alivio; y era una distinción fatal y dolorosa. Por eso ella, Agua Fría, ya no deseaba sentirse diferente. Quería ser una más entre los renegados, parte de ese todo amparador, de esa comunidad perfecta y ordenada. En el cobijo de su nueva fe y su nueva familia, la muchacha creía poder vivir en Renacimiento eternamente.

A finales del invierno, cuando el pálido sol resquebrajaba ya el manto helado de la tierra, comenzaron a suceder cosas extrañas. Durante varios días llegó un inusitado número de palomas, con mensajes que Mo leía ceñudamente y a hurtadillas. Dos renegados vinieron a visitarle y se encerró con ellos en largas discusiones de las que salían con el rostro sombrío. Mo había vuelto a caer en sus largos silencios de los primeros tiempos, en un mutismo hosco y taciturno, y los exasperados interrogatorios de Agua Fría no conseguían sacarle una palabra. Transcurrió así una semana triste e inquietante y llegó el momento de acudir a la reunión de las enseñanzas. Pero, para sorpresa de Agua Fría, cuando salieron de la cabaña no se dirigieron hacia el claro del bosque, sino ladera arriba, trepando trabajosamente por la nieve blanda. Caminaron durante un par de horas y al fin se detuvieron, sin aliento, en lo alto de una roca situada a medio camino de la cima de la montaña. A sus pies se extendía Renacimiento, estrechos valles blancos apretados entre bosques de abetos, con el sol encendiendo destellos de cristal sobre la escarcha.

—¿Qué sucede? ¿Por qué hemos venido aquí? ¿Quieres explicarme de una vez lo que te pasa?

Mo la miró sin decir nada; luego extendió su brazo y señaló hacia el frente. Agua Fría contempló intrigada la línea aguda y azulosa de los cerros. Y entonces se dio cuenta.

—Está aquí... —musitó.

Estaba ahí. La bruma del olvido, el fin, la nada. El perfil de las montañas había perdido su definición habitual. El horizonte era ahora una franja hirviente y temblorosa, un frente de batalla en donde se libraba el combate colosal de la materia. Ahí estaba la niebla del olvido devorando Renacimiento, pese a todo lo que ella había creído.

—Me habéis mentido... —gimió Agua Fría.

—¿Quiénes?

—¡Me dijisteis que teníais la conservación de Renacimiento bajo control con la Mirada Preservativa! —se desesperó la muchacha.

El gesto de Mo se ensombreció:

—Y era verdad. Pero parece que nuestro esfuerzo no

es suficiente. Ya ves, también aquí el mundo se está acabando.

¡Que el mundo se acababa! Pero, entonces, ¿qué había sido de la íntima armonía de las cosas? ¿Del orden infinitesimal y necesario? ¿Qué había sido del proyecto de los renegados, de ese Renacimiento ideal en el que ella había confiado?

—No puede ser. No es cierto... —balbució Agua Fría.

Entonces Mo le explicó todo. Que la paz en la comarca estaba rota. Que, ante la proximidad del fin, habían estallado los conflictos. Los renegados se habían dividido en diversos grupos. Había quienes, más aventureros o más combativos, se habían planteado salir de Renacimiento para luchar contra la niebla de la nada. Otros, eminentemente prácticos, estaban dispuestos a ir a Magenta, aun arrostrando el riesgo a ser detenidos, en el convencimiento de que la capital del imperio sería lo último en desaparecer. Luego estaban, en fin, aquellos que habían optado por quedarse; unos, los más débiles, porque hacían oídos sordos al estruendo de la materia en su agonía, afirmando patéticamente que no pasaba nada; otros, resignados y melancólicos, porque pensaban que Renacimiento era un lugar para morir tan bueno como cualquier otro; y aún había un tercer grupo que sostenía que, si todos se quedaban en Renacimiento y se aplicaban a luchar preservativamente contra el olvido, la comarca saldría victoriosa y perduraría como única isla de vida y verdor entre la nada. A esta última opción pertenecía Enigma, quien, poderosa y violenta, había terminado de envenenar el ambiente de la comunidad. Porque los partidarios de permanecer en el valle no querían permitir que se marchara nadie, conscientes de que una disminución en el número de renegados conllevaba una mayor debilidad frente al avance de la ruina. En el transcurso de una agria discusión con su vecino, Enigma había llegado a verterle encima el contenido de una olla hirviendo que la vieja líder había hecho volar por los aires con la ayuda de sus poderes cinestésicos. El hombre había sufrido graves quemaduras; sus partidarios se estaban reuniendo para vengarle. La mitad de los renegados habían empezado a armarse y en el aire zumbaba ese viento insano y candente que precede a las guerras.

—Pero, entonces, ¡vosotros tampoco teníais razón! —exclamó Agua Fría.

—¿De qué hablas? ¿A qué razón te refieres? —contestó Mo con irritación—. Nosotros, lo único que hemos intentado es sobrevivir.

Y, sin embargo, ¡los renegados parecían tenerlo todo tan claro, estar tan seguros! Y ella había confiado en ellos. Les había creído. Para descubrir ahora que todo era mentira. Aquella oruga que había visto reptar tronco arriba en el último otoño, tan perfecta y armoniosa en su estructura, no era más que un accidente de la naturaleza, un desordenado grumo de materia que, dentro de poco, se diluiría en el vacío de su propia sombra.

—¡¿Por qué no me lo has contado antes, por qué no me lo dijiste cuando empezaron a llegarte los mensajeros?! —gritó, sintiéndose estafada.

La fina boca de Mo tembló ligeramente.

—Porque temía que te fueras.

La cólera de Agua Fría se deshizo en un desesperanzado entendimiento.

—Y tú, ¿qué piensas hacer? —susurró.

Mo bajó los ojos:

—Yo me quedo. Sí, me quedo. Quizá Enigma tenga razón. Aunque temo que no. Pero, en cualquier caso, prefiero acabar aquí. Ésta es mi casa.

Cobarde, pensó Agua Fría. Débil y cobarde. ¿Cómo podía quedarse aquí de brazos cruzados mientras el mundo se desplomaba en torno suyo? Había que hacer algo. ¡Cuando menos había que intentarlo! Vete al Norte, le habían dicho. Busca a la Gran Hermana. La Gran Hermana sabría cómo detener la niebla, conocería las respuestas.

—Pues yo me voy —dijo retadoramente.

Mo cerró los ojos.

—Por favor... Por favor, Agua Fría... —musitó con esfuerzo—. Quédate conmigo.

La súplica de Mo la atravesó con un latigazo de dolor, llenándola de dudas. Pero no, no era posible. Ya no había futuro. El sueño se había roto. Apretó los puños, conmovida, y respondió:

—Lo siento, Mo. Me marcho.

—Lo sabía —dijo él—. Lo sabía. Nunca debí permitir que entraras en mi vida.

De modo que era eso. La lejanía de Mo en los primeros tiempos, su frialdad amable, su distancia. No era sino temor a entregarse, miedo al dolor de la pérdida. Contempló a Mo con dolorosa ternura: su rostro era desolado, feo y frágil. Nunca se había parecido tanto a Respy como entonces.

Se marchó una semana después, comenzado ya el deshielo, cuando el río arrastraba un caudal espumeante y las hierbas parecían brotar ante los ojos. Iba provista de buen calzado y buenas ropas, víveres abundantes para *Bruna* y ella, una selección de hierbas medicinales, un cuchillo y un hacha, el arco y las flechas, mapas, consejos y toda la experiencia reunida en sus agitados dieciocho años de existencia. Partió sin volver la vista atrás, sintiendo en su nuca el peso de la mirada de Mo y en sus brazos el penoso vacío de su cuerpo. Estaba atravesando el alto desfiladero por el que se salía de Renacimiento cuando empezó a nevar. Copos grandes, livianos, como los del pasado otoño. Cristales perfectos en los que ella creyó leer, unos meses atrás, la fórmula de un universo eterno. Abrió la boca y un par de copos se posaron con suavidad sobre su lengua. Apenas si percibió una levísima sensación de frescor que perduró muy poco. Los copos, con su exquisita arquitectura, con su armonía simétrica, se disolvieron en la nada sin dejar huella.

Fueron éstos los tiempos más amargos, más oscuros y tristes de su vida. Conoció Agua Fría el sabor de la completa soledad; los días se sucedían opacamente sin tener a nadie en quien contemplarse para rescatar, en su mirada de testigo, la certidumbre de la propia vida. Nadie la esperaba, nadie la conocía, nadie la recordaba. Atravesaba pueblos y desiertos, bosques y empobrecidas granjas, marjales de tierras negras y podridas por el azote de una lluvia incesante, y en ocasiones pasaba semanas enteras sin intercambiar una sola palabra con un ser humano. Sumida en ese vértigo itinerante de días y lugares distintos que parecían ser siempre los mismos, Agua Fría llegaba a veces a dudar de la realidad de su propia existencia.

Pero iba avanzando al Norte, siempre al Norte.

Aprendió mucho. A medida que la soledad iba haciendo sustancia con su carne, en Agua Fría fueron aflorando recursos que ella misma ignoraba. Astucias de superviviente, trucos de lobo sin manada. Aprendió a fijar con la Mirada Preservativa, antes de acostarse cada noche, una línea de escape hasta el punto más lejano del horizonte, para que las nieblas de la nada no volvieran a atraparla durante el sueño; y gracias a esta precaución se salvó en dos ocasiones de ser engullida por las brumas. Aprendió a no preguntar, a desconfiar de los extraños; a sobrellevar por sí sola la pesada carga del miedo y los afectos. Aprendió a no bajar la guardia y a defenderse, por medio de la hipnosis, de los ataques de bandoleros y dementes: el mundo se había convertido en un lugar muy duro. La práctica de la caza, en la que se había hecho experta, fue un aporte fundamental en su subsistencia. Envejeció, sobre todo por dentro. *Bruna*, con su cariño y su felicidad elemental, era su único refugio. Sin la perra, sin su presencia viva y cálida, no hubiera resistido la travesía de las tierras altas, desoladas y desiertas montañas sin un árbol, sin una sola casa, sacudidas por el ulular del viento y el bramido de los torrentes del deshielo. Hablaba con *Bruna* como si estuviera conversando con Mo; y el animal se sentaba muy tieso frente a ella y, estirando sus peludas orejas, la escuchaba.

Avanzaba hacia el Norte y a su alrededor el mundo se pudría. Las tierras de los confines, que siempre fueron un lugar empobrecido y remoto, eran ahora pasto de un fatal decaimiento. Las brumas de la nada iban extendiendo su abrazo mortal sobre las cosas, engullendo bosques y horizontes. Y las zonas que aún mantenían su solidez geométrica mostraban ya los síntomas de la decrepitud. A veces Agua Fría atravesaba pequeñas aldeas abandonadas, con los muros de adobe a medio desmoronar, las puertas chirriando lúgubremente en sus goznes y las nieblas del olvido encharcándose ya entre las ruinas. Los campos estaban descuidados, los suministros de la metrópoli se habían interrumpido y el hambre era un azote. Antiguos campesinos asolaban los caminos convertidos en desesperados y feroces salteadores. En las localidades de mayor envergadura reinaba el caos. Los templos se habían desplomado o habían sido ocupados por los refugiados de las aldeas; hacía mucho que no nacía ningún niño, y entre las ruinas de las Casas de los Grandes crecían árboles.

En algunas ciudades, las antiguas autoridades, diezmadas y aterrorizadas, intentaban mantener aún, patéticamente, un simulacro de orden. En otras zonas el caos había gestado su propio equilibrio y cuadrillas de mujeres y hombres, los más fuertes e implacables del entorno, se habían hecho con el mando e imponían su voluntad de manera cruel e inapelable. Había otros burgos, en fin, en los que parecía reinar una euforia demente; los nuevos amos del lugar, embriagados por el repentino poder de que gozaban, se dedicaban a disfrutar de su posición y a atesorar riquezas como si su futuro fuera ilimitado. En esas ciudades se jugaba a los juegos prohibidos y se comerciaba con joyas, con alimentos o con sexo; y en sus calles, sacudidas por la ambición y la cólera, podía suceder cualquier cosa en cualquier momento. Pero lo normal era que los pueblos se fueran marchitando sin escándalo; las gentes, sumidas en una profunda postración, parecían dispuestas a dejarse morir de melancolía. Así, contagiada de tristura, Agua Fría avanzaba hacia el Norte a través de esas tierras decrépitas.

Además del sustento que le proporcionaba la caza y la recolección de frutos y raíces comestibles, Agua Fría iba trabajando en lo que podía. Al principio cortaba leña, esquilaba ovejas, ayudaba en las faenas de las granjas o curtía pieles, obteniendo así alojamiento, víveres y a veces algún dinero con el que adquirir útiles necesarios: nuevas flechas, un cuchillo, zapatos. Pero después, a medida que se fue adentrando en los confines, el trabajo comenzó a escasear. El ganado se había reducido a la mitad, los campos apenas producían y en las ciudades se apiñaba una horda de desesperados campesinos sin tierra dispuestos a hacer cualquier cosa a cambio de un puñado de avena tostada.

Fue entonces cuando Agua Fría decidió echar mano de los conocimientos botánicos y médicos adquiridos en

Renacimiento y en el Talapot. Trenzó un collar de junco y colgó de él una diminuta caracola perforada, el distintivo de los curanderos en el confín del Norte, y ofreció abiertamente sus servicios para sanar enfermos, una ocupación que, en estas tierras desdichadas, resultaba bastante rentable. Dudó mucho Agua Fría, sin embargo, antes de decidirse a dar el paso, porque las gentes, escarmentadas por los muchos charlatanes que, al amparo del caos, se habían proclamado a sí mismos curanderos, solían mostrarse recelosas y violentas si el enfermo no sanaba de inmediato. Además la muchacha temía que, al mostrar sin tapujos sus conocimientos especiales, pudiese atraer la atención sobre su persona y delatar su condición de renegada. Pero en los confines apenas quedaban guardias púrpura y desde que dejó Renacimiento no había vuelto a encontrar un sacerdote. Hacía mucho tiempo que el Talapot no enviaba nuevos clérigos a los confines, y los antiguos habían fallecido todos de muerte natural o degollados por turbas frenéticas que, en su infelicidad, buscaban culpables en quienes vengarse de tanta desgracia. Los norteños habían perdido así la Ley y las costumbres; rara vez escuchaba ya Agua Fría un ritual de salutación o una jaculatoria. Desmemoriados y confusos, huérfanos de normas y de límites, mujeres y hombres deambulaban por las calles sin destino preciso, como náufragos.

Un mediodía ventoso, entrando en la ciudad de Lulabay, Agua Fría vio un puñado de personas que, callada y lúgubremente, observaban algo en la plaza mayor. En mitad de la rotonda, junto a unos árboles mondos y resecos que antaño, cuando alguien se ocupaba de regarlos, debieron de ser frondosos, la muchacha entrevió un bulto harapiento reclinado en el suelo. El bulto se movió: era una mujer joven, despeinada y con la cara sucia. Apretaba entre sus brazos un atado de trapos, acunándolo como si fuera un niño. Alzó sobre su cabeza el informe paquete:

—¡Un hijo! ¡He tenido un hijo! ¿Por qué no lo celebráis? ¡He tenido un hijo! —gritó con voz ronca.

Y luego se rió y volvió a mecer el bulto dulcemente. Agua Fría, que había creído atisbar una mancha carnosa y rosada entre los trapos, sintió un conato de esperanza.

—¿Ha tenido un niño de verdad? ¿Es posible que haya nacido alguien después de tanto tiempo? —preguntó con ansia al tipo más cercano.

Pero el hombre la escrutó de arriba abajo con gesto receloso y luego se encogió de hombros.

Agua Fría echó a andar hacia la mujer. A medida que se aproximaba empezó a percibir la presencia zumbante de las moscas y el olor, dulzón y nauseabundo. Cuando llegó junto a los árboles la peste era insufrible. *Bruna*, excitadísima, comenzó a ladrar y a correr en círculos en torno a ellas. La mujer levantó la cabeza y clavó su mirada oscura en Agua Fría.

—¿Quieres ver a mi hijo? Pero no lo toques: es muy pequeño y puedes hacerle daño...

Allí, entre los harapos, yerto y ya un poco hinchado por la podre, se veía el cadáver de un recién nacido. Su cuerpo era normal. Incluso su cabeza. Pero su rostro carecía completamente de orificios: sobre los ojos, sobre la boca y las narices diminutas se extendía una membrana brumosa y espesa. Evidentemente el bebé nació muerto; y Agua Fría imaginó la expectación que debía de haber suscitado en el pueblo ese embarazo, posiblemente el primero en muchos años. Durante nueve meses, y mientras el mundo se deshacía en torno a ellos, los habitantes de Lulabay se habrían aferrado a esa esperanza de vida y de futuro. Al vientre creciente de la diosa. Para después comprobar, con horrorizado fatalismo, que el decaer del universo era implacable y paría monstruos. Eso era lo que debía de haber enloquecido a la mujer: el brusco tránsito de diosa salvadora a mensajera de tinieblas. Un nudo de insoportable compasión apretó la garganta de Agua Fría; compasión por la mujer, por Lulabay; por Renacimiento y por el confín del Norte, por Magenta y sobre todo por sí misma. Inconscientemente, de un modo automático, la muchacha se dejó caer sobre sus rodillas, cruzó los brazos sobre el pecho y, juntando los dedos índices y pulgares para componer la forma del Cristal, comenzó a cantar los melancólicos y suaves versos del ritual de Difuntos. La mujer levantó el rostro bruscamente y en sus turbios ojos pareció relampaguear un destello de cordura, como si las conocidas armonías de la antiquísima liturgia la hubieran transportado al mundo de antes, a una realidad ordenada y precisa. La salmodia se apagó abruptamente en los labios de Agua Fría cuando la muchacha se dio cuenta de la enormidad de lo que estaba haciendo. El ritual de Difuntos era un oficio sacro y sólo podía ser celebrado por las sacerdotisas o los sacerdotes. Se había delatado.

Volvió el rostro para calibrar el efecto que su cántico había producido en los vecinos: mujeres y hombres la contemplaban con una expresión pasmada y temerosa y, cuando Agua Fría les miró, hurtaron los ojos y comenzaron a marcharse. Tengo que salir de aquí cuanto antes, pensó la muchacha. Se volvió hacia la mujer.

—Tu hijo está muerto. Hay que enterrarlo.

La joven apretó el triste despojo contra su pecho y comenzó a llorar. Después, bruscamente, dejó al bebé en el suelo, se levantó de un salto y se alejó corriendo. Agua Fría cavó un pequeño hoyo con su machete en la tierra blanda, al pie de los árboles sin hojas. Con dos dedos, estremecida y asqueada, introdujo el putrefacto cadáver y lo cubrió apresuradamente. Las moscas, gruesas y de reflejos metálicos, zumbaban sobre la tierra removida, buscando inútilmente su presa.

Agua Fría se puso en pie y llamó a *Bruna*, dispuesta a irse. Pero al darse la vuelta casi chocó con dos ancianos que se apretujaban junto a ella. Los hombres la miraban ávida y nerviosamente. Agua Fría se sobresaltó.

—¿Qué sucede? ¿Qué queréis?

Pero los viejos seguían contemplándola con una humildad y una fijeza inquietantes. Sin contestar, sin retirarse. Agua Fría se encogió de hombros e intentó sortearlos. Uno de los ancianos se agarró a los pliegues de su túnica con una mano sarmentosa y temblona.

—Que la Ley nos acompañe... —graznó el viejo con un susurro casi inaudible.

—Y nos haga comprender la eternidad —contestó Agua Fría con recelo.

—No nos abandones, venerable sacerdotisa... —imploró el hombre.

—Yo no soy sacerdotisa.

—No nos dejes, honorable señora... —gimió el otro, con los arrugados ojillos llenos de lágrimas.

—¡Soltadme! Estáis equivocados, yo no soy...

—Hace mucho que no tenemos el consuelo de la Ley —prosiguió el primer anciano—. Hemos pecado, y el Cristal nos ha castigado y nos ha condenado a la desdicha. Venerable sacerdotisa, no puedes irte. Tienes que oficiarnos los antiguos ritos y el mundo quizá vuelva a ser lo que era antes.

—¡Yo no soy sacerdotisa!

—¡Oh hermana, oh maestra, apiádate de nosotros! Lo hemos perdido todo. ¡No nos niegues el cobijo de la Ley, misericordiosa sacerdotisa! Te lo pedimos desde el fondo de nuestros corazones.

Derrumbados a los pies de Agua Fría, los ancianos

temblaban y gimoteaban aferrados al ruedo de su túnica. La muchacha, conmovida, lanzó una ojeada en derredor: todos se habían marchado, la plaza estaba desierta.

—¿No tenéis sacerdotes en Lulabay? —preguntó al fin.

Los viejos lloriquearon.

—¡Magnánima señora! Teníamos dos, pero los mataron. ¡Hemos pecado! Nuestro castigo es y será terrible.

—¿Y guardias púrpura? ¿Tenéis guardias púrpura? —insistió, cautelosa.

Los ancianos levantaron el húmedo rostro, algo perplejos.

—No, venerable sacerdotisa. También los mataron. ¡Hemos pecado! Nuestro cas...

—Está bien —cortó Agua Fría—. Escuchadme: estoy de camino hacia un lugar terrible y remoto. No me puedo quedar; hoy mismo saldré de Lulabay. Pero, si juráis no decirle nada a nadie, estoy dispuesta a dirigiros unos rezos antes de partir, puesto que tanto lo deseáis.

—¡Oh, sí, venerable señora, gracias, muchas gracias! —se emocionaron los viejos, besando las manos de Agua Fría y luciendo unas jubilosas sonrisas renegridas.

Se dirigieron los tres hacia el templo, situado al otro extremo de la plaza. El pequeño edificio mostraba las huellas de un reciente incendio; los muros de piedra habían resistido la mordedura de las llamas, pero la techumbre había cedido en uno de los extremos del recinto. El hollín tiznaba las paredes, haciendo aún más espesa la penumbra interior. El altar de roca que ocupaba el centro de la sala circular dejaba ver, en su pulida superficie, un agujero ciego y vacío: los asaltantes del templo habían arrancado el Cristal que allí se incrustaba. Aquí y allá, fragmentos intactos del pan de oro ornamental que antaño cubría los muros destellaban oscuramente entre las sombras.

Agua Fría se colocó frente al altar e hizo las reverencias rituales.

—Preces a la magnanimidad del Cristal —anunció.
Y comenzó a cantar, un salmo leve y fino como la brisa de un atardecer de primavera. Era un oficio de peticiones, el fragmento litúrgico que Agua Fría había considerado más oportuno, dadas las circunstancias. Imploraba clemencia, resignación y entendimiento; y su voz subía y bajaba en el aire dibujando delicadas armonías, mientras los ancianos contestaban, con voces roncas pero asombrosamente firmes, ofreciendo el contrapunto musical. Súbitamente, la muchacha creyó percibir una voz nueva; se volvió y comprobó que en el templo habían entrado otras dos personas, un hombre de media edad y una mujer madura. Poco a poco, mientras se hilvanaba y deshilvanaba la antigua salmodia, el recinto se fue llenando de personas. Mujeres y hombres de todas las edades se deslizaban silenciosamente en la quemada nave y unían sus alientos al gran coro. La melodía de las preces se iba complicando progresivamente: ritmos profundos, escalonadas réplicas, dulcísimos lamentos musicales. La cantata ganaba en brillo y trascendencia, y en la voz de los fieles temblaban las lágrimas. Y, sin embargo, pensó Agua Fría, fueron ellos quienes mataron a los sacerdotes, ellos quienes quemaron el templo y arrancaron el Cristal. Y, antes aún, también fueron ellos las víctimas de la crueldad arbitraria de la Ley. Un rayo de sol se coló por el agujero del techo, labró un camino incandescente en la penumbra y sacó chispas de los tiznados fragmentos de pan de oro. Atea, renegada y escéptica, Agua Fría se dejaba mecer por la hermosura de ese salmo. Todo era mentira y, sin embargo, el rito coral constituía un bálsamo, un extraño consuelo. En ese mundo de las postrimerías, desvaído y agónico, la liturgia ofre-

cía la melancólica certeza de su orden milenario y su belleza.

Pasaban los meses y Agua Fría, aunque avanzaba en su ruta hacia el Norte, no parecía progresar en sus pesquisas. Cautelosa y discretamente al principio, y después de un modo ya directo, la muchacha preguntaba por la Gran Hermana en todos los pueblos por los que pasaba. Nadie le supo dar nunca razón de ella, a excepción de una arrugada anciana que procedía de Tindah, la puerta de la tundra, y que aseguraba haber oído hablar, en su lejana infancia, de la existencia de una vieja muy sabia que habitaba cerca de su pueblo, entre las nieves. Pero aquella vieja, argumentaba la mujer, tendría que haber muerto muchos años atrás.

Estaba ya Agua Fría muy al norte y se vio forzada a detenerse durante algunos días para cazar zorros y lobos con los que confeccionarse ropa de abrigo. Una vez curtidas y cosidas las pieles, y con unos cuantos pellejos de zorro aún en la mochila con los que comerciar en el próximo pueblo, la muchacha se encaminó hacia Daday, la última ciudad de importancia en el confín del Norte. Sabía, por informes recogidos en el camino, que Daday era una Ciudad Tomada; esto es, que el poder había sido asumido por una banda de delincuentes. Debía de ser, sin embargo, una banda medianamente bien organizada, porque a medida que se iba acercando a la ciudad el paisaje parecía adquirir una mayor precisión y consistencia; las zonas de nieblas se reducían y en los campos pastaba abundante ganado. Caía ya la noche cuando llegó a las puertas de Daday, que era una antigua ciudad fortificada. Fue detenida por un par de robustos y malencarados guardianes, cubiertos con los más peregrinos atavíos que imaginarse puedan, a base de roñosos pedazos de armaduras diversas. Agua Fría dijo ser una curandera que viajaba al Norte en peregrinación por una promesa; les enseñó su colección de hierbas medicinales y su collar de junco y caracola, y al cabo hubo de sobornarles con una piel de zorro para que la dejaran entrar en el recinto amurallado.

Subió dando traspiés, cansada y hambrienta, por una empinada y oscura calle cubierta de guijarros que desembocaba sobre una avenida más amplia y frecuentada. A la luz parpadeante de un puñado de hachones se distinguían algunos viandantes. Eran tipos extraños; mujeres desvaídas de sonrisa amarillenta y rudos hombretones, con el pelo recogido en la apretada trenza norteña, a los que siempre parecía faltar algún pedazo de su anatomía: aquél era tuerto; éste, manco; y el de más allá, que a primera vista parecía completo, mostraba una horrorosa cicatriz tajando ambas mejillas. Eran gentes duras, de eso no cabía duda alguna. Supervivientes de circunstancias extremas.

—Hola, preciosa... ¿Buscas compañía? ¿Desearías unos brazos fuertes para calentarte? Yo caliento por dentro y por fuera... Lo mejor de la ciudad, y soy barato...

Agua Fría se detuvo en seco. Junto a ella, medio oculto en las sombras de un oscuro portal, asomaba el perfil de un muchacho. Era moreno, con el pelo largo y suelto, el rostro delicado, los labios gordezuelos. A pesar del frío reinante vestía tan sólo una camisa de raso y unos ajustados pantalones de cuero.

—No. No, gracias —dijo con sequedad Agua Fría.

Y, agachando la cabeza, siguió adelante. Pero no había dado dos pasos ni salvado aún el hueco del portal cuando sintió que una mano se aferraba a su brazo. Se volvió, irritada, dispuesta a increpar al joven. Pero, para su pasmo, descubrió que el muchacho había desaparecido y que en su lugar había ahora una mujer, que era quien la estaba sujetando. Era rubia, con el pelo en ondas, la cara maliciosa y muy pintada. Permanecía apoyada en el quicio de la puerta, en un escorzo lánguido y procaz. Sus ropas, la tradicional túnica de gasa multicolor de las prostitutas, dejaban asomar un seno duro y redondo y un muslo desnudo frotado con aceites aromáticos.

—¿Prefieres entonces a las mujeres? —dijo la chica con voz suave y melosa—. ¿No te apetece probar el sabor de mis labios? Te acariciaría como jamás te ha acariciado nadie...

Agua Fría se soltó con un brusco tirón.

—Déjame en paz. No quiero nada —gruñó.

Y luego escudriñó, intrigada, las penumbras del portal.

—¿Dónde está?

—¿Quién, encanto? —canturreó la furcia.

—El chico. ¿Dónde está el chico que había aquí antes?

—¡Ah! ¿Así es que ahora echas de menos a ese guapo muchacho, eh?

—No seas estúpida. ¿Dónde está? No puede haberse ido muy lejos —se impacientó Agua Fría—. ¿Cómo ha podido desaparecer tan rápidamente?

—Eso, ricura, es fácil —tronó la muchacha con voz de barítono.

Y, dando un paso adelante, giró su cuerpo hasta quedar totalmente de frente ante Agua Fría.

—¡Por las aristas del Cristal! —exclamó ésta, pasmada.

Ante ella, sonriendo irónicamente, estaba la muchacha. O el muchacho. La mitad izquierda del cuerpo de la criatura estaba ataviada como un hombre. Esto es, *era* un hombre, con el cabello negro, camisa de seda, una pernera de pantalón y medio rostro suave pero inequívocamente viril. La mitad derecha, en cambio, era esa putilla rubia y cargada de afeites, tan obviamente femenina en su desnudez. Visto de frente, el efecto era monstruoso, casi insoportable.

—Pero ¿quién eres, qué eres? —farfulló Agua Fría—. ¿Eres hombre o mujer?

—¿Tanto te inquieta? —rió el engendro, media boca pintada y media no—. Ni yo mismo lo sé. Tengo pechos. También en el lado izquierdo, sólo que ése me lo vendo. Pero mi sexo es de varón. A veces me siento mujer, a veces hombre. La verdad es que ser una cosa o la otra me da lo mismo. Pero como parece que a ti eso te preocupa mucho, pongamos que para ti puedo ser hombre todo el rato. A mí me es indiferente. Nací así. Soy un kalinin.

—¿Un kalinin? ¿Tú? ¿Y qué haces aquí, prostituyéndote?

—¡Y aún puedo estar agradecido, encanto! Todo fue cosa de esos bárbaros. Cuando el mundo empezó a borrarse y los bandidos se hicieron con el poder, empalaron a todos los sacerdotes. Daday era una ciudad importante, había ocho clérigos. Sus gritos se oían hasta en la tundra, fue un espectáculo estupendo. Y luego la emprendieron con los kalinin, por ser, como éramos, una orden menor. No son muy religiosos, esos brutos. En fin, mataron a unos cuantos y otros pudimos escapar y nos escondimos. Se ve que los bandidos estaban ya aburridos de ese juego, porque no pusieron ningún interés en perseguirnos. Poco a poco, los kalinin supervivientes fuimos atreviéndonos a sacar la cabeza. Hoy todos hacemos la prostitución en esta zona, pero yo soy la más imaginativa, uy, perdón, el más imaginativo, te lo aseguro... ¿No quieres probarlo?

—No... No, gracias, lo siento —contestó Agua Fría, admirada y confusa.

El kalinin la contempló un instante, con una sonrisa de complicidad chispeando en sus ojos desparejos.

—¿Cómo te llamas, encanto?

—Agua Fría.

—A mí, en la calle, me conocen como Doble Pecado. Acabas de llegar a la ciudad, ¿verdad?

—Sí...

—Escucha, estoy harto de pasar frío. Esta noche hay muy poco negocio y estaba pensando en marcharme a casa. Te ofrezco alojamiento. Tengo una cama libre y es una casa limpia y confortable, mejor que cualquier pensión de esta asquerosa ciudad, te lo aseguro. Y además también te puedo dar de cenar. Cocino muy bien. Asado de reno y dulce de manzanas, ¿qué te parece? Y por todo eso convendremos un módico precio.

Agua Fría le miró, dudosa.

—Prometo no tocarte ni molestarte. Es un buen trato. Tú encuentras donde dormir y yo le saco alguna ganancia a la noche, que ha sido horrible. ¿Qué me dices?

¿Y por qué no?, pensó Agua Fría. Protegida como estaba por el poder de la hipnosis, el kalinin no podía representar para ella riesgo alguno. Aparte de que la ciudad y sus habitantes tenían un aspecto mucho más peligroso que el de esta insólita criatura.

—Está bien. Acepto.

—¡Estupendo! Vámonos a casa. Me estoy helando.

Estoy durmiendo, se dijo Agua Fría. Tenía que estar durmiendo, reflexionó trabajosa y entumecidamente, porque sus ojos permanecían cerrados y su cuerpo, o eso creía percibir, reposaba sobre una superficie horizontal. La mente de la muchacha divagaba entre jirones de sueño. Todo era confusión y oscuridad dentro de su cabeza; nada más natural, puesto que estaba durmiendo. Pereza, cansancio y un poco de frío. Y un torbellino de recuerdos inconexos. Se veía a sí misma sentada a una mesa, frente a ese kalinin. Un rico asado de reno, leche caliente con cerveza. Los ojos del kalinin, su risa asimétrica. Conversaciones. ¿De qué hablaban? Agua Fría no conseguía acordarse. Ahora se estaba dando cuenta de que le dolía un poco la cabeza. O quizá le doliera sólo en sueños, quizá el malestar desaparecería cuando se despertara. Leños chisporroteantes en una chimenea. La leche con cerveza vertiéndose sobre sus piernas, empapándola. ¿Estaba entonces mojada? Pero no, recapacitó Agua Fría con esfuerzo, no se sentía mojada. Sólo mareada, un poco enferma. Intentó abrir los ojos. No pudo. No estaba del todo despierta todavía. La risa del kalinin. El calor de la habitación. El vaso resbalando de entre sus dedos. Una silla que se cae. Angustia.

Con mucho esfuerzo, Agua Fría consiguió mover un brazo. Aún hubo de esforzarse más para poder alzar al fin los párpados. El mundo bailó ante sus ojos, turbio y tembloroso. Se incorporó penosamente sobre un codo; la cabeza le pesaba y un anillo de fuego torturaba sus sienes. Cuando pudo empezar a fijar la vista descubrió a *Bruna* tumbada junto a ella. Inmóvil, exangüe, muerta. ¿Muerta? Se abalanzó torpemente sobre el animal y palpó su cuerpo peludo. Estaba tibio, latía. Agotada, Agua Fría se dejó caer sobre su espalda y miró alrededor. Un techo rajado y deslucido. Unas paredes hediondas. Unos barrotes. Estaba dentro de una especie de jaula. Atrapada.

Permaneció tumbada durante largo rato, intentando recuperar fuerzas y controlar el pánico. Poco a poco, la sensación de mareo fue mitigándose y el insufrible dolor de cabeza se hizo más romo. Se sentó sobre el suelo: tenía el cuerpo entumecido. Se encontraba en una pequeña y sucísima habitación. Unos gruesos barrotes metálicos, que iban desde el suelo hasta el techo, separaban el cuarto en dos mitades. En un lado estaba ella; en el otro, carente por completo de muebles, había una puerta cerrada y un tragaluz que dejaba pasar, empobrecidamente, la luz del día. De modo que ya era de día. Hacía mucho frío. En la reja, ahora se estaba dando cuenta la muchacha, había un portón cuadrado y bajo, cerrado por la parte exterior con un candado. *Bruna*, a su lado, gimió y agitó las patitas convulsivamente.

La puerta se abrió y entró Doble Pecado. Vestía una gruesa túnica de lana color azul brillante y su media cara femenina estaba limpia de afeites. Aun así, producía un extraño efecto, con su cuidada cabellera en parte rubia y en parte morena, con una ceja depilada y la otra no, con la barba matinal despuntando en la mitad de la mandíbula, mientras la otra mejilla, depilada quizá con cera, permanecía tan suave y sonrosada como la de una doncella. Traía Doble Pecado una jarra y un vaso y cubría sus ojos con unas extrañas antiparras de cristales muy oscuros.

—¡Hola, encanto! ¿Ya te has despertado? —canturreó con su voz de mujer.

Agua Fría intentó contestar airadamente pero no consiguió extraer un solo sonido de su garganta. Tenía la lengua hinchada y la boca terriblemente seca. Doble Pecado soltó una risa tintineante al ver sus esfuerzos.

—No te preocupes, preciosa... Es lo normal, después de la droga. Se levanta uno con la boca reseca, ¿a que sí? Por eso te he traído un poquito de agua...

Le sirvió un vaso y se lo pasó a través de los barrotes. Agua Fría se aferró a la muñeca de la criatura y el vaso se estrelló contra el suelo. Rápida y precisa, Doble Pecado retorció la mano de Agua Fría y se liberó con suma facilidad: a fin de cuentas, poseía la fuerza de un hombre.

—No, no, no —dijo Doble Pecado con el tono de

quien regaña a un niño—. ¿Ves lo que has hecho? Has roto el vaso. No hagas más tonterías, encanto. No puedes escaparte. Bueno, para que veas que soy un kalinin magnánimo te voy a dejar la jarra donde puedas alcanzarla...

Y depositó la vasija junto a la reja, al otro extremo del cuarto. Agua Fría se precipitó sobre ella e intentó pasarla por los barrotes, pero no cabía. Hubo de beber recogiendo el agua en el cuenco de su mano; después dio de beber también a *Bruna*, que, despierta ya, gruñía y se tambaleaba sobre sus cuatro patas.

—¿Qué hago aquí? ¿Por qué me has encerrado? —preguntó roncamente la muchacha.

Y, clavando los ojos en Doble Pecado, intentó atraparle con el poder de la hipnosis. Pero no funcionaba. ¡No funcionaba! El kalinin soltó de nuevo su risa aguda e irritante.

—No te esfuerces, encanto... Tus poderes ocultos, sacerdotisa, no me asustan. Estos lentes me protegen de la hipnosis. ¿Te gustan? Es un antiguo secreto de los kalinin que nos vamos traspasando de generación en generación. Date cuenta de que, como orden menor, hemos tenido que sufrir a bastantes sacerdotisas caprichosas, y necesitábamos defendernos de algún modo. Estás en mis manos, preciosa. Lo siento mucho, pero las cosas son así.

Asustada. Agua Fría se sentía más asustada de lo que nunca antes había estado. Frágil e indefensa sin la protección de su poder.

—¿Qué quieres de mí? —musitó.

—Dinero, encanto. Poder, gloria y riqueza. Esta mañana me he levantado muy temprano y he trabajado con suma diligencia. Te he encontrado un comprador estupendo. Con el dinero que me va a dar por ti seré rica. Con la riqueza, ya sabes, viene el poder. Y, a partir de ahí, la gloria ya me la buscaré yo por mi cuenta.

—¿Un comprador? No entiendo...

—Desde que vi tu mano mutilada, anoche, en la calle, supe que eras una sacerdotisa renegada. Tengo buen olfato para los negocios, así que en seguida te propuse que vinieras a casa. Te traté muy bien. Te di una cena estupenda, no sé si lo recuerdas. Asado de carne, leche con cerveza y un somnífero. Cuando perdiste el sentido te traje hasta aquí. Espero que no estés del todo incómoda. Yo era, entre los kalinin de Daday, la encargada de cuidar del oso que a veces acompañaba nuestros bailes, y ésta era su jaula. También drogué a tu perra. Eso fue una tontería, en realidad debí matarla, pero no tengo remedio, soy un sentimental.

—¿Quién me ha comprado? —preguntó Agua Fría con desmayo.

—A eso voy, a eso voy, no te impacientes. Al principio pensé en ofrecerte a los bandidos. Pero tenía mis dudas de que eso fuera a resultar un buen negocio. Primero, porque ya te he dicho que parecen estar un poco aburridos de empalar gente. Segundo, porque tú eres una sacerdotisa, sí, pero renegada, de modo que quizá ya no les hicieras tanta gracia. Y tercero, y esto fue lo que me acabó de decidir, porque esos brutos se creen los reyes del mundo y es muy posible que se hubieran quedado contigo sin pagarme nada. Y fue entonces cuando me acordé del Carnicero. ¿Acaso has oído hablar de él?

Agua Fría negó con la cabeza: el aliento no le llegaba a la garganta.

—¿No? Pues por estas tierras es bastante célebre. Es un cazador de recompensas. Ya sabes, el típico sabueso de los confines. Se ocupa de atrapar renegados y presos en fuga. Esta mañana he ido a verle y me ha ofrecido por ti once piezas de oro. ¡El muy imbécil! Piensa llevarte de vuelta a Magenta, al Talapot... Como si el Talapot existiera aún... ¿No es el mundo todo brumas, fuera de Daday? ¿Existe Magenta? Y, pensándolo bien, ¿ha existido alguna vez? Nieblas y olvido, nieblas y olvido... A veces me parece que no he sido nunca un kalinin y que toda mi vida anterior no es más que el disparatado sueño de una puta...

Doble Pecado agitó su cabeza bicolor, espantando las sombras de la melancolía, y volvió a reírse de manera estridente.

—¡Once monedas de oro! Me has traído suerte, mucha suerte. El Carnicero vendrá a buscarte en cualquier momento, en cuanto termine sus preparativos para el viaje. Lamento comunicarte, encanto, que el muy bruto ha decidido sacarte los ojos para que no puedas usar la hipnosis contra él. Yo le he dicho que te va a estropear bastante, pero él sostiene que a los del Talapot les da lo mismo que los renegados vengan con ojos o sin ellos. Que no te devalúas, vaya, por un desperfecto tan pequeño. ¡Once monedas de oro! ¿No te enorgullece el saberte tan valiosa? Dudo que nadie quisiera pagar por mí ni una décima parte... En fin, te dejo. Volveré con el Carnicero, a despedirme.

Y, en efecto, se fue, desoyendo las súplicas, los gritos y las imprecaciones de Agua Fría. Perdido el control, ahogada por el pánico, la muchacha se dejó caer al suelo y durante unos minutos aulló y golpeó el suelo con sus puños, mientras *Bruna* le lamía tímidamente las mejillas. Pero la certidumbre de que el Carnicero iba a llegar en cualquier momento empezó a abrirse paso en su nublada mente, y una lucidez desesperada, la lucidez de los últimos momentos, se adueñó de ella. No podía perder el tiempo en lamentarse: quizá ésta fuera su última oportunidad para escapar.

Se puso en pie e inspeccionó su prisión con cuidado. Intentó forzar el portón, pero el candado parecía muy firme. Era una jaula hecha para osos, sólida y segura. Agua Fría gimió. Se sentía nuevamente al borde del pánico y hubo de echar mano de todo su entrenamiento sacerdotal para mantener el dominio sobre sí misma.

El entrenamiento sacerdotal. La concentración. Una súbita idea sacudió a Agua Fría y encendió una chispa de esperanza. ¿Y si intentara aplicar sus conocimientos de telequinesia? ¿Si probara a torcer los barrotes con su mente? En Renacimiento, con Enigma, nunca había pretendido alterar la geometría de las cosas, sus formas externas. Los ejercicios siempre consistieron en acarrear objetos de un lugar a otro del espacio. Pero, en el fondo, el principio tenía que ser idéntico. Concentrarse; compenetrarse con la estructura molecular de los barrotes y llegar a sentirla como propia; visualizar la nueva forma de la reja; proyectar, como si su mente fuera una lupa de condensación, la energía del universo en su objetivo. Bastaría con doblar dos barrotes. Agua Fría se sentó frente a la reja, hizo unos cuantos ejercicios de respiración y probó su fuerza.

Estaba nerviosa. Estaba demasiado nerviosa y no podía. Se levantó, dio unos cuantos paseos por la jaula. Se volvió a sentar. Tenía que hacerlo. Tenía que conseguirlo. No habría otra oportunidad. Ahora o nunca.

Centró su mirada en uno de los barrotes. El metal comenzó a vibrar, como una cuerda que alguien ha tensado demasiado. Transpirando por el esfuerzo, Agua Fría visualizó la curva que tendría que dibujar la barra en el espacio. Poco a poco, sin ruido y sin resistencia aparente, el hierro se hinchó, se estiró y se torció, buscando su nuevo acomodo estructural. Una vez doblado el primer barrote, el segundo fue mucho más rápido. Entre ambos quedaba hueco suficiente para el paso de un cuerpo. Primero salió *Bruna*, y Agua Fría se escurrió temblorosamente detrás de ella. Se detuvo unos instantes junto a los vidrios rotos del vaso y recogió una astilla afilada y aguda como un estilete. Por si acaso.

Moviéndose con exquisito cuidado, Agua Fría abrió la puerta unos milímetros y atisbó por la estrecha rendija el exterior. Reconoció en seguida la habitación en donde había comido la noche anterior; sobre la mesa de bastos tablones sin pulir aún quedaban restos de la cena. Sentado en una banqueta baja, de espaldas hacia ella, Doble Pecado se entretenía en pintarse las uñas de su pie izquierdo con un esmalte dorado mientras canturreaba con su bella y cultivada voz de kalinin. Agua Fría apretó el vidrio en su mano con angustia: la puerta de salida estaba justo frente a Doble Pecado, no tendría más remedio que atacar al kalinin. Los tabúes ancestrales de la mujer frente a la violencia le revolvieron el estómago: no podía, no iba a ser capaz. Sujetarle la cabeza. Rajarle la garganta con el vidrio. ¡No lo lograría, no se sentía con fuerzas! Pero el Carnicero debía de estar a punto de llegar. *Tenía* que hacerlo. Era su vida o la de ella.

Con un silencioso e imperativo gesto, Agua Fría ordenó a *Bruna* que no se moviera del umbral y luego se deslizó sigilosamente dentro del cuarto. El kalinin apenas distaba de ella cuatro pasos, pero a la muchacha le parecía una distancia infranqueable. Avanzaba poco a poco, aguantando la respiración, con la mirada fija en la nuca de Doble Pecado. El filo del vidrio hincándose en esa piel blanca y blanda. La sangre salpicando sus manos y tiñendo la túnica azul brillante. Sintió náuseas.

Estaba ya tan cerca que pudo percibir el perfume almizclado de los cabellos del kalinin. El corazón de Agua Fría redoblaba tan desordenada y tumultuosamente que temió que la criatura pudiese oírlo. Quizá fue eso, o quizá se tratara de un sexto sentido; fuera como fuese, Doble Pecado se estremeció y volvió bruscamente la cabeza. Durante unos brevísimos instantes se contemplaron a los ojos, con un silencioso entrechocar de miedos mutuos. Pero el kalinin no llevaba los lentes. Agua Fría usó el poder hipnótico y el kalinin quedó preso del encanto, rígido en su forzada postura, el cuello torcido, el pie levantado y un pincel goteando purpurina entre los dedos de su paralizada mano.

Dando un suspiro de alivio, la muchacha tiró la esquirla de vidrio, llamó a *Bruna* y recogió apresuradamente sus posesiones, que estaban desperdigadas por la habitación. Estaba colgándose del cuello la vieja llave de la escalera secreta del Talapot cuando la puerta se abrió violentamente y el hueco quedó cegado por una figura aterradora. Era un hombre de dimensiones colosales, espeso de espaldas y con los brazos tan largos como los de un orangután. Un cuello de toro sostenía una cabeza relativamente pequeña, esférica, de rasgos bestiales, desprovista por completo de vello. Iba someramente vestido con unas cuantas pieles mal curtidas y en el cinto llevaba un hacha y una maza de púas, pero sus manazas formidables resultaban más temibles que sus armas. Clavó el hombre en Agua Fría sus ojillos carentes de pestañas y, haciéndose cargo de la situación, hinchó el pecho y rugió sordamente. Fue lo último que pudo hacer antes de que la muchacha le paralizara con la hipnosis. Allí se quedó, bloqueando la salida con su corpachón, de tal modo que Agua Fría hubo de escurrirse entre sus gruesas y encorvadas piernas. Ya estaba fuera. La muchacha miró ansiosamente en derredor: la casa de Doble Pecado formaba parte del antiguo recinto de los kalinin y en el amplio patio, ruinoso y semiabandonado, no se veía a nadie. Era libre. ¡Libre! Agua Fría palmeó emocionadamente la cabeza de *Bruna* y echó a andar a paso vivo. Tenía tiempo: el efecto hipnótico duraría aún bastantes horas.

Durante varios días, Agua Fría redujo sus horas de sueño y dobló sus jornadas de viaje: quería poner la mayor distancia posible entre ella y Daday. Eludió entrar en los pequeños pueblos y procuró no ser vista, para borrar sus huellas. La tensión de la huida, unida a las penalidades del camino, la dejaron exhausta. Para no detenerse, no había cazado nada en los últimos días y sus provisiones se estaban terminando. Hambrienta y agotada, decidió dirigirse a Tindah, la puerta de la tundra, donde, por otra parte, esperaba encontrar alguna información sobre la Gran Hermana.

Tindah era un pueblo grande pero extremadamente remoto. Incluso en sus mejores épocas debió de ofrecer ese aspecto desolado de los lugares en donde acaban los caminos. Ahora, en el extremo del confín y de los tiempos, la tierra parecía estar exhalando su último aliento. Las brumas del olvido menudeaban y, en las zonas en las que el mundo mantenía aún su cohesión, la materia estaba descolorida y temblorosa. Más allá de Tindah no había nada: aquí comenzaba la yerta y estéril tundra y, cientos de kilómetros después, las blancas y torturadas moles del mar helado. En realidad Agua Fría ignoraba hacia dónde encaminarse a partir de Tindah. Ya no podía seguir avanzando hacia el Norte.

Llegó Agua Fría al pueblo a media tarde, bajo un cielo nuboso y destemplado. Más allá de Tindah se veía el horizonte recto de la tundra, palpitando de descomposición. Reinaba un silencio especial, un silencio sin pájaros ni viento que parecía henchido de amenazas. Con el ánimo encogido, la muchacha se adentró por las calles del pueblo. Pronto comprendió que estaba abandonado. Recapacitando ahora sobre ello, Agua Fría se dio cuenta de que en los últimos días no se había cruzado con ningún ser humano. Sus pasos resonaban en el pobre empedrado y levantaban ecos en las casas vacías. Las puertas estaban entreabiertas, como si, atosigados por las prisas de la huida, los habitantes se hubieran olvidado de cerrarlas. O como si hubieran decidido no regresar jamás. Avanzaba Agua Fría por las callejas espectrales y se sentía cada vez más desasosegada, más inquieta. Éste era el fin, el punto sin retorno. Ya no tenía a donde ir. Tindah era la tumba de sus esperanzas. Y había desde luego algo sepulcral y muerto en la insoportable soledad del pueblo.

Desembocó entonces en la plaza mayor de Tindah y ahogó un grito. Allí, en mitad de la rotonda, con sus túnicas negras ribeteadas de plata y sus bastones de mando entre las manos, una docena de ancianas venerables se mantenían muy erguidas en sus sillones de marfil labrado. Era el Consejo de la Edad del pueblo; parecían muertas, inmóviles como estaban y con los párpados cerrados. Agua Fría se acercó lentamente hacia ellas y las observó con atención: momias oscuras envueltas en ropajes suntuosos. La muchacha dio un respingo: una de las ancianas se había movido. Había girado imperceptiblemente la cabeza y la estaba mirando.

—Que la Ley nos acompañe —carraspeó la mujer con voz cascada.

—Y nos haga comprender la eternidad.

Dicho lo cual, la anciana calló y cerró los ojos nuevamente, como agotada por el esfuerzo. Eran todas muy mayores: rostros emaciados e impasibles, esculpidos por la edad y la fatiga. Sus desgastados cuerpos temblaban en el relente de la tarde y, de cuando en cuando, alguna balanceaba torpemente la cabeza, como si su cuello careciera de fuerzas suficientes para sustentar el peso de su cráneo. Pero mantenían, con todo, una actitud solemne y un porte digno, ataviadas con sus mejores galas y con las manos serenamente apoyadas sobre el pomo de ámbar de sus varas de mando. De sus orejas colgaban largos y tintineantes pendientes de malaquita y oro, y peinaban sus cabellos blancos con la trenza de los norteños, que siempre fue un pueblo altivo y orgulloso. Con sus perfiles limados por la edad y sus rasgos sepultados bajo una fina red de arrugas, las ancianas poseían una cualidad ofídica y mineral: parecían lagartos reposando al sol desde el principio de los tiempos. Sólo que en este oscuro atardecer de Tindah no había sol, sino un aire sombrío, desapacible y hueco.

—Señoría —aventuró Agua Fría, utilizando el tratamiento oficial para los miembros del consejo—. Señoría, soy una peregrina, y hace tantos años que emprendí mi viaje que ya no recuerdo con exactitud de dónde vengo. Acabo de llegar a Tindah y creía que el pueblo estaba abandonado. Ha sido un alivio encontrar a Vuestras Excelencias en la plaza. Quizá Su Señoría quiera explicarme qué es lo que sucede.

Los párpados de la anciana se agitaron, pero no abrió los ojos. En la plaza reinaba un silencio absoluto y el día comenzaba a morir en los soportales y rincones, ya devorados por la penumbra.

—Por favor... Por favor, Señoría, hábleme, contésteme, dígame algo... —imploró Agua Fría.

El cielo, gris y opaco, parecía descender pesadamente sobre la cabeza de la muchacha, dispuesto a aplastar los desdichados restos de Tindah. Una brisa ligera y helada hizo tintinear los pendientes de las ancianas en el silencio. Era el fin, se dijo Agua Fría. Tindah agonizaba mansamente en torno a ella y en el aire vibraba el mudo lamento de la derrota. Las mejillas de la muchacha se mojaron de lágrimas. Ya no tenía a donde ir, su viaje había acabado; y tampoco tenía a donde regresar. Madre, oh, madre, pensó; y se recordó pequeña y felizmente protegida en un regazo cálido.

—No llores, muchacha. Ahorra tus fuerzas —susurró la anciana, abriendo nuevamente los ojos y clavando en Agua Fría una mirada turbia y miope—. Y disculpa nuestra falta de hospitalidad.

La muchacha se acercó ansiosamente a la mujer; su voz era tan débil que resultaba difícil entenderla. Así, estando tan próxima. Agua Fría pudo percibir el olor de la vieja, acre y ácido. Pero un olor humano, al fin y al cabo.

—Cuando nos invadieron las brumas de la nada, los vecinos abandonaron el pueblo y se dirigieron hacia el centro del imperio, huyendo del fin de las cosas y en la creencia de que allí se encontrarían más seguros —prosiguió la anciana—. Pero nosotras, el Consejo de la Edad, somos demasiado viejas para engañarnos con esperanzas imposibles. Y, en cualquier caso, demasiado viejas para desear sobrevivir a nuestra propia tierra. Hace dos días se marcharon las últimas familias. Hace dos días sacamos a la plaza nuestros sillones de marfil y, vestidas de gala y con los ornamentos propios de nuestro rango, nos sentamos a esperar la llegada del fin.

La voz se le apagó. Cerró los ojos y su cabeza se desplomó hacia un costado, quizá desmayada, quizá dormida. O quizá muerta. Transcurrieron así unos instantes, mientras, en torno a ellas, caían sobre Tindah la noche y la ruina. La anciana se estremeció, irguió su frágil cuello y prosiguió su lento y fatigoso monólogo.

—Algunas de mis compañeras quizá hayan fallecido ya a estas alturas: no somos fuertes y la noche ha sido terriblemente fría. Pero, aunque a otras nos palpite aún el viejo corazón, todas hemos atravesado ya la línea sin retorno. Estamos instaladas en la muerte, y por eso entenderás que no te contestemos y que no nos entusiasme tu presencia. Porque tú nos recuerdas la vida y eso hace que nuestro tránsito sea más penoso. Márchate, muchacha, y déjanos agonizar en paz.

Y, aferrándose a la vara de mando, hundió la barbilla en su pecho reseco.

—¡Señoría! —gritó Agua Fría—. Perdón, Su Señoría. Disculpadme por molestaros en esta hora última, pero necesito vuestra ayuda. Estoy buscando a la Gran Hermana, una mujer muy sabia que vive al Norte. He recorrido medio mundo para encontrarla y ahora no sé hacia dónde ir.

La vieja cabeceó cansinamente. Su voz era un ronco susurro.

—Hacia el norte de Tindah, a media jornada de camino por la tundra, hay un barranco muy profundo. Ahí dicen que vive una anciana infinitamente sabia y poderosa. Pero yo nunca la he visto, y ahora quizá ya no exista ni siquiera el barranco. Eso es todo cuanto puedo decirte; y ahora márchate, muchacha. Respeta nuestra tristeza.

Y la mujer apretó los párpados y se quedó muy quieta.

—Gracias... ¡gracias! —balbució Agua Fría.

Ya casi era de noche y la escasa luz crepuscular arrancaba de las vueltas de plata de las túnicas unos destellos líquidos y oscuros. Agua Fría dio media vuelta y se apresuró a salir de la plaza. Antes de desaparecer por la callejuela echó una última ojeada por encima de su hombro: allí quedaban las ancianas, en mitad de la explanada, envueltas por las crecientes sombras. Hundiéndose orgullosamente en la nada con su tierra.

Agua Fría se había puesto en camino muy temprano, tras dormitar malamente un puñado de horas en una de las abandonadas y espectrales casas de Tindah. Durante toda la mañana avanzó por la tundra, una estepa rectilínea abrasada por los hielos, con parches de nieve aquí y allá y unos matojos retorcidos y enanos abriéndose paso entre la tierra dura y negra. Al principio, cerca de Tindah, la tundra palpitaba de descomposición: era un paisaje llagado por las nieblas de la nada. Pero, paradójicamente, a medida que avanzaba, las líneas de la materia parecían adquirir una mayor estabilidad y el horizonte se aquietaba. A mediodía avistó unos promontorios rocosos que, aun sin ser muy altos, destacaban en la chata llanura. Se internó en el laberinto de los gruesos y panzudos peñascos, admirada por la concreción que el mundo parecía mantener aún en esta zona, y desembocó de improviso frente a un abismo, una profunda hendidura natural que cortaba la tundra de este a oeste. Abajo, muy abajo, en el lecho del formidable cañón, tronaba un río de reflejos negros. Enfrente, al otro lado del precipicio, proseguía la estepa. Éste era, sin duda, el barranco al que se refería la vieja.

Súbitamente el mundo se oscureció: algo pesado e informe se abatió sobre Agua Fría. La muchacha profirió un grito y cayó al suelo, sin saber aún qué la atrapaba. Una red. Era una red de cordel grueso, con pesas de plomo en los extremos. *Bruna*, también cogida en la trampa, ladraba y pataleaba furiosamente junto a ella. Se escuchó un bramido escalofriante y, antes de que tuviera siquiera tiempo de asustarse, la muchacha se encontró aplastada contra el suelo por una fuerza poderosa. Una rodilla se hincaba en su espalda y una garra de hierro le inmovilizaba la cabeza.

—Sacerdotisas... Mujeres... Siempre abusando de vuestro poder... —rugió una voz cargada de rencor.

Era el Carnicero, el cazador de recompensas. Aterrada, Agua Fría se debatió con todas sus fuerzas, intentando liberarse. Pero era inútil: la red y la presión del bruto la tenían irremisiblemente atrapada. Con la boca llena de tierra y la mejilla hundida en el suelo, Agua Fría miró por el rabillo del ojo a través de los rombos de la red y entrevió la cara descompuesta por el odio del gigante y el pavoroso brillo de un enorme machete.

—Pero a ti se te han acabado esos sucios trucos femeninos porque te voy a vaciar los ojos ahora mismo... —masculló el tipo.

Y, blandiendo el cuchillo con sonrisa feroz, acercó la afilada punta al ojo de Agua Fría. La muchacha apretó los párpados y aulló de espanto. Medio desmayada, esperó sentir el frío del acero hincándose, cortando y extirpando. Pero los segundos transcurrieron agónicamente y no sucedió nada. Advirtió entonces la muchacha que, para su sorpresa, había desaparecido el peso que la aplastaba contra el suelo. Sin atreverse aún a abrir los ojos, probó a mover la cabeza. Podía hacerlo. Alzó los párpados temerosamente. Seguía atrapada en la red, pero el energúmeno había desaparecido de encima de ella.

—Y bien, Agua Fría, ¿piensas salir algún día de ahí debajo, o vas a esperar a que yo te lo resuelva todo? —refunfuñó una vocecita chirriante y aguda.

La muchacha se incorporó, inquieta y confundida, y, tras forcejear unos instantes con las cuerdas trenzadas, consiguió liberarse de su encierro. Frente a ella, sentada en una roca, había un personajillo extraordinario, puro pellejo sobre un breve esqueleto. La cabeza, casi monda, mostraba aquí y allá irregulares y ralos mechones de un pelo amarillento; el rostro estaba tan increíblemente arrugado que sus ojos, dos pizcas relucientes y muy negras, quedaban sepultados entre los pliegues. Era un ser tan marchito que, a su lado, las ancianas del Consejo de la Edad hubieran parecido florecientes muchachas. Su edad era tan incalculable como la de la roca en donde se encontraba sentada; estaba más allá del tiempo y, por lo tanto, resultaba inhumana.

—¿Qué ha pasado? ¿Quién eres? —tartamudeó la aturdida Agua Fría.

Y entonces vio al cazador de recompensas. Se encontraba de pie, a su lado, rígido como una estatua, con los simiescos brazos cayendo a ambos lados del cuerpo y el cuchillo aún empuñado en su mano derecha. Su rostro bestial no mostraba ninguna expresión, pero sus ojos, desencajados en el encierro de sus órbitas, dejaban entrever el terror que el hombre sentía. Estaba paralizado, comprendió Agua Fría de inmediato; estaba atrapado por las cadenas invisibles de la hipnosis.

—No tan de prisa, niña, no tan de prisa —chirrió la vocecilla—. Cada cosa a su tiempo. Primero vamos a desembarazarnos de este pobre imbécil.

La criatura clavó sus ojillos en el Carnicero y el corpachón del hombre se estremeció, como sacudido por un latigazo. Abrió la mano y el cuchillo cayó a sus pies; lentamente, moviéndose con torpeza, caminó hacia el barranco y se detuvo en el borde mismo del abismo. Permaneció quieto en el ventoso filo durante unos instantes; respiró profundamente y sus poderosos músculos se tensaron. Entonces, tomando impulso, el gigante dio un prodigioso salto en el vacío, primero hacia arriba, con las piernas juntas y los brazos abiertos; después giró graciosamente en el aire y se tocó la punta de los pies, para caer, por último, componiendo una figura perfecta y elegantemente rectilínea. Aún oyeron su alarido animal mientras se precipitaba sobre las filosas rocas del fondo del cañón. La arrugada criatura rió cascadamente.

—Cuando yo era joven, hace tantísimo tiempo que ya apenas si me acuerdo, solía entretenerme saltando al mar desde lo alto de las peñas. Me gustaba mucho ese deporte, y llegué a ser muy buena en él, te lo aseguro. Esto de hoy no ha sido más que un simple adorno, un toque artístico —explicó con alborozada modestia.

—¿Quién eres? —preguntó Agua Fría, sobrecogida.

—¿Qué pregunta tan boba, querida niña. Soy la Gran Hermana, por supuesto. Y ahora deja de temblar y ayúdame a levantarme de esta maldita piedra. Nos vamos a casa. Allí, frente a un buen tazón de caldo caliente, hablaremos de todo lo que quieras.

PARTE III

LA MEDIDA DEL DESORDEN

Lo más asombroso era la luz. En la casa de la Gran Hermana nunca se hacía de noche: decenas de brillantes soles diminutos llegaban con su claridad a todos los rincones y diluían los nidos de tinieblas más espesos.

—Es la electricidad —gruñía la anciana.

La electricidad, sí. Agua Fría conocía bien ese poder ancestral por los libros de los Saberes Antiguos, pero nunca creyó que llegaría a ver semejante prodigio.

—No tiene nada de prodigioso —refunfuñaba la Gran Hermana—. Es ciencia, ¡ciencia!

Y Agua Fría asentía, procurando comprenderlo. Pero la primera vez que la vieja pulsó la palanca y encendió el sol dentro de casa, tentada estuvo de arrojarse de rodillas y adorar el globo incandescente, del mismo modo que lo adoraba Urr, el criado-esclavo que atendía a la Gran Hermana. Urr, un varón de mediana edad, provenía a no dudar de alguna de las tribus bárbaras de los confines. Hablaba una lengua incomprensible y primitiva; el pelo, lacio y negro, le caía pesadamente sobre los hombros, y llevaba afeitada la mitad anterior de la cabeza, zona que, lo mismo que la frente, adornaba con un intrincado dibujo geométrico realizado con alheña. Era Urr quien cazaba, lavaba, cocinaba y limpiaba para la Gran Hermana; él confeccionaba los suaves mantos de zorro polar y las túnicas de fina lana de la vieja. Atrapado como estaba por la hipnosis, resultaba un sirviente dócil y eficaz. Y por las noches, cada vez que la estrambótica criatura encendía los soles, Urr se dejaba caer de bruces al suelo, enterraba su rostro en las baldosas y canturreaba salvajes salmodias. Cuando alzaba de nuevo la cara, en sus ojos negrísimos, por debajo de los rojizos arabescos de la alheña, temblaba siempre una lágrima de adoración y agradecimiento.

La casa de la Gran Hermana, construida en piedra finamente tallada, colgaba de uno de los laterales del barranco. Un camino ingeniosamente disimulado entre las rocas descendía hasta la puerta: de no conocer la existencia del edificio, nadie hubiera podido descubrirlo. Por fuera tenía un aspecto vulgar, un sólido cubo pegado al farallón. Pero por dentro era el lugar más extraordinario que Agua Fría había visto jamás. No se trataba únicamente de los soles: los muebles, los materiales, el revestimiento de muros y paredes eran distintos a cuanto la muchacha conocía. Había mesas y sillas confeccionadas en un grueso cristal transparente que no era frío al tacto y que no se quebraba, y agua caliente en la cocina y en los baños. Por mucho frío que hiciera fuera, dentro de la casa siempre reinaba una temperatura deliciosa, la calidez de un verano primerizo. La Gran Hermana hablaba de fuentes de energía y de pilas atómicas, cuando quería explicar a Agua Fría el porqué de todas estas cosas. Pero la muchacha, aun recordando los conceptos de sus estudios sacerdotales, trastocaba los términos y se sentía mareada ante tal colección de maravillas. El edificio, mucho más grande de lo que aparentaba exteriormente, poseía una vasta zona de almacenaje repleta de tubos, palancas y extraños ingenios mecánicos, así como una estancia construida en acero que servía para guardar los alimentos y en la que hacía tanto frío que las paredes y el techo se escarchaban. En el descubrimiento e inspección de las maravillosas peculiaridades de la casa consumió la muchacha varios días.

La Gran Hermana no se negaba a contestar las torrenciales preguntas de Agua Fría, pero se tomaba su tiempo. A veces optaba por preguntar en vez de responder y, en otras ocasiones, sus comentarios abruptos y aparentemente sin sentido resultaban ser la contestación a una cuestión planteada un par de días antes. Agua Fría no alcanzaba a discernir si este errático y oblicuo comportamiento se debía a los estragos de la edad o si ocultaba un diseño preciso, una intención concreta; pero con el transcurrir de los días se iba sintiendo cada vez más ansiosa e impaciente.

Una noche, iluminadas por la limpia luz de los soles interiores, la vieja le contó a Agua Fría que en realidad se llamaba Oxígeno. Y tuvo la gentileza de explicarle su nombre y ejecutar el antiguo ritual de salutación.

—Soy hermana gemela de Océano, la Gran Sacerdotisa —le confió después—. Aunque hace muchísimos años que no nos hablamos. Nuestra madre también fue Gran Sacerdotisa, así como nuestra abuela, y la bisabuela, y la tatarabuela, y una larga lista de antepasadas que se pierde en los pliegues del tiempo. Nuestra familia lleva siglos al frente del imperio, porque hace mucho que el Poder no hace sino perpetuarse ciegamente. En ese sentido, la llegada de nuestra dinastía fue el principio del fin. Claro que Océano, mi encantadora hermana, te diría otra cosa. Ella asegura que lo único que me mueve es el despecho. Por lo de ser gemelas, ya me entiendes.

—¿Y qué tiene eso que ver? —aventuró tímidamente Agua Fría.

—¡Por las aristas del Cristal, qué muchacha tan torpe! Somos *gemelas*, ¿no lo comprendes? Pero sólo una de nosotras podía alcanzar el Sumo Sacerdocio. Océano, que no era tan boba como tú, lo entendió en seguida. Gobernaba aún nuestra madre, y éramos las dos sacerdotisas cobalto del Círculo Interior, cuando mi dulce hermanita intentó envenenarme. Nos hemos estado combatiendo a muerte desde entonces. Quizá Océano acertara al decir que todo empezó por despecho. Por mi envidia al perder la sucesión. Pero mi condición de desterrada me obligó a mirar, a reflexionar, a comprender. Ahora mi hermana tiene el poder y yo tengo la razón. El mundo se acaba. A Océano se le está pudriendo el trono bajo el culo.

Y la vieja rió y tosió, tosió y rió, abriendo de par en par su boca consumida y enseñando unas encías secas y las renegridas raíces de unos dientes dispersos.

Llevaba Agua Fría seis o siete días en casa de Oxígeno, y los encantamientos del lugar comenzaban ya a perder el atractivo de la novedad, cuando, a la hora de comer, la muchacha repitió por centésima vez la misma pregunta.

—Gran Hermana, ¿cómo sabías quién era yo? ¿Cómo conocías mi nombre?

La vieja continuó sorbiendo ruidosamente su papilla, una mezcla de cereales, leche y carne triturada que Urr le preparaba y que, a pequeños tazones, era el único alimento que tomaba. Después se reclinó sobre el respaldo, entornó sus diminutos ojos de lagarto y preguntó con una vocecilla cargada de inocencia:

—¿Ya has comprendido el sentido de las adivinanzas?

—¿Qué adivinanzas? —se sorprendió Agua Fría.

—Las de la mendiga de Magenta. Cuando murió tu madre, ¿no te acuerdas?

La muchacha se entristeció recordando aquel día. Las adivinanzas, sí. Las aguas de un mismo río son siempre distintas. No entres en el corazón de las tinieblas sin haber salido antes. Y la tercera, ¿la tercera cuál era? Te convertirás en Dios si no cierras los ojos de la mente. Hacía tanto tiempo que no pensaba en ello...

—He comprendido dos, Oxígeno. La tercera... La tercera se me ha olvidado. Y no sé bien qué quería decir.

—Porque la tercera, querida niña, no es una adivinanza propiamente dicha. Es una reflexión. Una manera de enfrentarse al mundo. No hay que descifrarla, sino vivirla. Pero se ve que todavía no estás madura para ello.

Súbitamente, una loca certidumbre se abrió paso en la cabeza de Agua Fría, como un relámpago que ilumina, durante unas décimas de segundo, un paisaje sepultado en las tinieblas.

—La mendiga... eras tú. ¡Eres tú!

La vieja cabeceó, satisfecha.

—Muy bien. ¡Muy bien! Después de todo, resulta que tu estupidez no es un caso perdido.

—Pero ¿cómo es posible? No os parecéis en nada. No puedo creer que fueras ella.

Oxígeno se encogió de hombros, impaciente.

—Es que era yo y no lo era. Yo seguía estando aquí, en la tundra, pero poseí telepáticamente el cuerpo de aquella mujer, que se encontraba en Magenta. La utilicé como vehículo. No pongas esos ojos: es un truco mucho más simple de lo que puedas imaginarte, pero me aburre hablar de ello. En cualquier caso, aquello sucedió hace años y, por entonces, yo aún estaba lo suficiente fuerte. Ahora ya no podría volver a hacerlo. Ya me ves, soy un cadáver ambulante. Se me han acabado los repuestos.

—¿Los repuestos?

La vieja agitó la mano en el aire, como quien espanta un moscardón.

—Oh, déjalo, no tengo ganas de explicarte eso ahora. Siempre olvido que lo ignoras casi todo. Es un fastidio. Además, tengo que hablarte de cosas mucho más importantes. No disponemos de mucho tiempo... Has tardado demasiado en venir.

Agua Fría se ruborizó, herida por el reproche.

—Escucha bien, pequeña, debo decirte algo. ¿Te acuerdas del toro que mató a tu madre?

—Sí...

Oxígeno cruzó sus engarabitadas y secas manos sobre el pecho y suspiró.

—Pues bien, aquel semental no se escapó... Lo solté yo.

—¿Cómo?

—Solté el toro, lo azucé y dirigí sus pasos, hice salir a tu madre de la casa con engaños y, una vez fuera, la paralicé por medio de la hipnosis para que no pudiera escapar de la embestida. En una palabra, la maté.

Agua Fría se puso en pie de un salto; la silla cayó al suelo con formidable estrépito. Temblorosa y mareada, la muchacha se apoyó en el borde de la mesa: tenía la nuca helada y el estómago encogido. Abrió la boca; quería insultar a la abominable criatura, pero de sus labios sólo salió un largo gemido.

—¡Está bien, lo siento! —chirrió con irritación la anciana—. Pero en aquel momento no se me ocurrió nada mejor. *Tenía* que hacer algo, ¿no lo entiendes? Algo lo suficientemente tremendo como para que cambiara el rumbo de tu vida. Algo cuya magnitud te hiciera reflexionar, que sembrara la duda en tu cabeza. Y además necesitaba hacerlo urgentemente; mi dominio sobre aquel cuerpo prestado no podía prolongarse durante mucho tiempo y, por otra parte, sabía que te venían a buscar del Talapot. Teniendo en cuenta las circunstancias, yo diría incluso que la operación fue todo un éxito.

—Pero ¿por qué? ¿Por qué yo? —lloró Agua Fría con desconsuelo.

—Porque eres la última. Atiende bien, pequeña ignorante: la Ley dice que el mundo es eterno e inmutable, pero, como tú bien sabes, es mentira. Hace siglos que el imperio agoniza. No estoy refiriéndome tan sólo a las brumas de la nada: hablo de la progresiva esterilidad de nuestra especie. En las últimas décadas apenas si han nacido niños; y ahora hace años que no ha habido ningún parto. Llegó un momento en que los adolescentes eran tan escasos que la clase sacerdotal, que es la que controla la distribución de los aprendices, decidió reservar todos los adolescentes disponibles para uso de los miembros de la Iglesia. A partir de entonces, sólo los sacerdotes podían convertirse en Anteriores y, por la misma razón, todos los aprendices estaban destinados al sacerdocio... Aunque ahora las cosas están tan mal que ya ni siquiera los clérigos disponen de suficientes niños. Sea como fuere, el caso es que tú, Agua Fría, fuiste el último aprendiz que dispuso de un Anterior seglar; a partir de ti, los pocos muchachos que quedaban fueron instruidos por miembros de la Iglesia.

—¡Y eso qué importa! ¿Cómo puede eso justificar una muerte? —gritó la muchacha.

—Oh, sí, pequeña, sí que importa. Tu Anterior te inculcó una idea del mundo más amplia, más dubitativa. Y, además, Corcho Quemado pertenecía a la Organización.

—¿La Organización? —repitió Agua Fría torpemente.

—Es una red clandestina de opositores a la Ley. Y su máxima autoridad es la Gran Hermana, esto es, Oxígeno, es decir, yo. Somos bastante poderosos, no te creas. Es un imperio dentro del imperio —se jactó la vieja.

Agua Fría la contempló con ojos exorbitados: una menudencia pérfida y senil.

—Eres un monstruo. Me das asco —musitó la muchacha.

—¿Y qué esperabas, alguien perfecto? —gruñó Oxígeno—. Si te sirve de consuelo, te confesaré que matar a tu madre fue un acto que, de algún modo, iba en contra de mis principios. Pero soy humana y, como tal, contradictoria y llena de inconsecuencias. Además, también puede ser cosa de mis genes. De una maldad intrínseca. A fin de cuentas, soy la hermana de mi hermana. Sea como fuere, si en tu peregrinar al Norte esperabas encontrar una anciana infinitamente sabia y justa, capaz de resolver todas tus dudas, ya puedes ir olvidándote de semejante fantasía. La perfección no existe. La eternidad tampoco. Ésas son las mentiras con las que la Ley nos ha ensuciado la cabeza. No es posible hallar reposo intelectual en este mundo; nada ni nadie podrá proporcionarte la respuesta absoluta.

—Madre, oh, madre... —gimió quedamente la muchacha.

—Quizá se pudo hacer de otra manera, pero no supe hacerlo. Escucha, teníamos poco tiempo... y ahora aún disponemos de menos. Vivimos circunstancias extremas; no podíamos desaprovechar ni siquiera la mínima y pobre oportunidad que tú representabas. Eras la última adolescente a quien un miembro de la Organización había podido instruir... y adoctrinar discretamente. Y además... Además te he mentido. La Organización ya no es en absoluto poderosa. En realidad apenas si existe. La represión ha triturado nuestra red clandestina: mi preciosa hermana ha conseguido acabar con nosotros. ¿Te das cuenta? Durante años, durante siglos, miles de mujeres y hombres han dado su vida por esta causa... Que, aunque tú no lo sepas todavía, es también la tuya. Miles de mujeres y hombres se han enfrentado al tiránico poder del Talapot y han sido encarcelados, y torturados con cruel refinamiento, y finalmente empalados, descuartizados o quemados vivos. Si cierras los ojos y prestas atención, quizá puedas escuchar aún, flotando en el éter, el turbio y ensordecedor eco de sus alaridos. Como comprenderás, en medio de este panorama la muerte de tu madre apenas es una anécdota. No sé si, al poco de llegar al Talapot, tuviste ocasión de contemplar el descuartizamiento de una mujer...

Agua Fría calló: la habitación parecía girar ante sus ojos.

—Pues bien, aquella mujer pertenecía a la Organización. Era hija de Océano, sobrina mía. Y, naturalmente, sacerdotisa cobalto. Ella fue quien me informó sobre ti, tu nombre, tus peculiaridades, tu existencia. Fue descubierta mientras lo hacía. Pero no habló. No te delató. Le debes la vida. Por ti la mataron.

—Por mi culpa... —balbució desmayadamente la muchacha.

—Más que por tu culpa, por tu causa. Y así, en esta larga cadena de vida y muerte, de dolor y sacrificio, llegamos hasta ti. Tú has aparecido en el lugar adecuado, en el momento justo. ¿Por qué tú, me preguntabas? Por azar. Por puro y ciego azar, como sucede todo en este mundo. No posees más méritos que aquellos que te han precedido, y posiblemente poseas menos. Pero el azar ha hecho que nacieras ahora, justo en las postrimerías, en el umbral mismo de la nada. Y te has convertido en la última esperanza. Ahora, claro, tú decides. Eres libre para seguir adelante o para marcharte. Porque cada cual es dueño de su destino... o al menos debe actuar como si lo fuera.

Oxígeno calló y sus manos se deslizaron, exangües, hasta su regazo. Parecía agotada. Agua Fría la contempló en silencio, herida, desesperada, confundida. Vieja inmunda, pensó. Vieja asesina.

—Te odio, ¡te odio! Ojalá te mueras... —gritó la muchacha entre sollozos.

Y salió corriendo de la sala.

En un primer momento, Agua Fría pensó en marcharse. Pero entonces descubrió que no tenía a donde ir. El invierno caía ya sobre la tundra, aprisionando la tierra en una cárcel de láminas de hielo. Encerrada en su habitación, sin lavarse, sin comer, apenas sin dormir, la muchacha permaneció durante muchas horas, o quizá fueron días, llorando la muerte de su madre y la sinrazón de la existencia. Un amanecer, mientras el pálido sol polar iba pintando los carámbanos de la ventana con tonalidades rosa y lila, la muchacha, tumbada sobre las baldosas, sintió frío. Y después hambre, y un cansancio infinito. Sintió que su cuerpo se despertaba, exigiéndole atenciones y cuidados, y su respiración volvió a acompasarse con el ritmo del mundo. Se sentó en el suelo, fatigada pero lúcida. Se acabó, pensó; la locura del duelo ha terminado. Era como regresar de entre los muertos.

Con paso inseguro recorrió la habitación, descorrió el cerrojo y abrió la puerta. *Bruna* entró como una tromba, gimiendo de angustia y alegría, lamiéndole los tobillos con su áspera lengua.

—Pobre *Bruna*, pobre, pobre... —musitó la muchacha, acariciando los hirsutos pelos de la cabeza de la perra.

En el umbral estaba todavía la bandeja de comida que Urr había dejado la noche anterior y que ella no había tocado, como tampoco probó las otras bandejas que el esclavo había estando trayéndole, puntualmente, durante el tiempo que duró su encierro. Pero ahora Agua Fría recogió la comida y la devoró con avidez, compartiéndola con la perra que, a juzgar por su aspecto, tampoco parecía haberse estado alimentando últimamente. Y después, tumbándose sobre la cama, abrazada a *Bruna*, la muchacha durmió durante todo un día.

Cuando se despertó el sol estaba casi en su cenit. Desayunó, se bañó y se vistió sin prisa, y luego se fue en busca de la Gran Hermana.

La encontró en su habitación, sumida en una pirámide de grandes almohadones y esponjosas pieles de zorro. Al verla, la vieja esbozó una alegre y desdentada mueca.

—¡Vaya, vaya, querida niña, al fin has regresado! —graznó complacida.

Agua Fría se detuvo en mitad del cuarto y arrugó el entrecejo.

—Escucha, Oxígeno: no me gustas y no te perdonaré jamás lo que has hecho. Pero tenías razón en una cosa: vivimos momentos difíciles. Tan difíciles que no podemos escoger a nuestros enemigos... ni a nuestros aliados. No me queda otro remedio que entenderme contigo. Dime lo que tengo que hacer y lo haré —soltó casi sin respirar, en tono severo; se había estado preparando sus palabras durante largo rato.

La Gran Hermana rió y palmoteó como una niña.

—¡Bravo, bravo! Un parlamento estupendo. Sólo que... —y la vieja suspiró y se hundió aún más en los cojines—. Sólo que yo no sé qué es lo que hay que hacer.

—¿Que no lo sabes? Pero, entonces... —balbució Agua Fría, consternada.

—¡Ya te expliqué el otro día que no soy ni omnisciente ni infalible! Creí que lo habías entendido...

—Sí, pero...

—Ven aquí, pequeña. Siéntate a mi lado. Yo puedo contarte lo que sé, que no es poco ni mucho.

Mientras Agua Fría se acomodaba, Oxígeno introdujo un terrón de azúcar empapado en licor de menta en su boca podrida y lo chupó con golosa delectación.

—Mmmmmm... Es una edad cruel, la mía... El cuerpo se te desbarata como un mueble mal encolado y apenas si te restan ya placeres con los que soportar el peso de los días. Sólo te queda la gula, a veces la memoria... y la venganza. Pero ¿por dónde iba? Ah, sí. Te decía que ignoro muchas cosas. Mi encantadora hermana, que, como Gran Sacerdotisa, ha tenido acceso a los Anales Secretos, debe de conocer la respuesta de alguna de las preguntas más acuciantes. Ella sabrá, sin duda, cuál es el origen del Cristal. Pero yo, en mi destierro, sólo he podido ir reuniendo pequeños indicios de la realidad, e intentando imaginar, a fuerza de lógica, el entramado que los une. Así, por ejemplo, he llegado a la conclusión fundamental de que nuestro mundo está muriendo.

—¡Qué tontería! —se irritó Agua Fría, impaciente—. Eso lo sabemos todos.

—¿Tú crees? —dijo la vieja dulcemente—. No estés tan segura, muchachita. El pueblo ha sido educado en la creencia de un mundo eterno e inmutable, sin evolución ni devenir. Nuestras vidas, se les ha dicho, son consecuencia de un diseño predeterminado exactamente. Todo cuanto sucede es necesario, puesto que responde al esquema inamovible de la Ley. Esas estupideces creen, las pobres criaturas. Y sus mentes, entumecidas por el dogma, son ahora incapaces de comprender lo que les está sucediendo. Quizá sus intestinos, su sangre, el tuétano de sus huesos; quizá cada una de sus células intuya animalmente la proximidad del fin de la especie. Pero sus cerebros no alcanzan a entenderlo. Por eso casi ninguno hace nada. No hay voluntad ni convicción para luchar. Van hacia la destrucción como ovejas perdidas.

Calló un momento, mientras empapaba un nuevo terrón en la espesa menta. Luego colocó con cuidado el cuadrado de azúcar sobre su lengua extendida: parecía un lagarto cazando una mosca. Una gota verdosa de licor se escurrió por su barbilla.

—Pero tú y yo, pequeña, sabemos que la realidad es

muy distinta. Que el mundo no se rige por la necesidad, sino por el azar. Es ésta una sabiduría muy dolorosa, desde luego, porque supone admitir el sinsentido de la existencia. Bajo este punto de vista, todo, desde el sufrimiento hasta la heroicidad, no es más que un ciego capricho del universo, una broma colosal de la materia.

Agua Fría se estremeció.

—Pero ¿es que no hay nada más? Gran Hermana, ¿de verdad no hay nada más?

—¡Y yo qué sé! —respondió Oxígeno con irritación—. No insistas en hacerme preguntas absolutas: ya te he dicho que no tienen contestación en este mundo. Yo sólo sé que no hay nada más que pueda ser alcanzable por nuestros medios, que pueda ser descifrable por la capacidad de comprensión humana. Dentro de los límites de la razón, que es lo único que tenemos, la existencia es irrazonable. Y con eso basta.

Agua Fría guardó un silencio compungido. Al otro lado de las ventanas el breve día polar comenzaba a apagarse.

—Pero no pongas esa cara de duelo, muchachita —gruñó la vieja—. Porque nuestra debilidad es también nuestra fuerza. Escucha, desde el principio de los tiempos el ser humano ha luchado por crearse un destino. Apenas si somos una mota del polvo cósmico, un minúsculo accidente dentro del caos universal, y, pese a ello, hemos entablado un combate a muerte de nuestra voluntad contra el azar. ¡Imagínate la enormidad de nuestro atrevimiento! Somos de una soberbia y una inocencia incalculables. A decir verdad, me emociona pensar en ello.

Y Oxígeno se restañó una inexistente lágrima con el dorso de la mano.

—Ahí reside nuestra grandeza: aun conociendo nuestra insignificancia, aspiramos al máximo. Lo que nos humaniza, lo que nos diferencia de los animales, es precisamente esa desfachatada ambición de ser felices. De controlar nuestras vidas y convertirnos en nuestros propios dioses. Como Prometeo, como Ulises...

—¿Como quiénes?

—Oh, no importa, no importa... Cuentos del Mundo Antiguo, héroes de los tiempos oscuros... Pero escucha bien: desde las eras más remotas, antes del Cristal y de la Ley, el ser humano ha pretendido dominar su destino. Y yo no sé si es que a mí también me engaña la inocente soberbia de la especie, pero me parece que, sumando nuestros sueños y nuestras voluntades microscópicas, a veces conseguimos influir en el devenir del universo. Ésa es nuestra mayor proeza: encontrar la medida del desorden.

Permanecieron unos minutos en silencio, mientras las sombras del atardecer se remansaban en el cuarto. Al fin Oxígeno extendió el brazo y pulsó un botón, encendiendo los soles interiores. Agua Fría frunció el ceño.

—Pero yo, ¿qué puedo hacer? ¿Para qué me has hecho venir, para qué mataste a mi madre?

—Desde luego, y cuando menos, deberías hacer honor a tu condición humana y luchar hasta el final —respondió con sequedad la Gran Hermana—. Agua Fría, yo no sé a ciencia cierta qué puede detener la destrucción del mundo, si esa posibilidad existe todavía. Mi hermana es la única persona que, a través de los Anales, conoce el principio de las cosas y que, por lo tanto, quizá sepa también el porqué de su final. Pero de ella no podemos esperar ninguna ayuda. Yo no poseo más que unas cuantas intuiciones... y alguna idea más o menos brillante. Ya conoces a Urr, mi criado. Pertenece a una tribu bárbara que vive en las Rocas Negras, un macizo montañoso situado al sureste de aquí. Son un pueblo muy primitivo: habitan en cuevas y no conocen el Cristal ni la Ley. Pero es el único lugar del mundo, al menos que yo sepa, en donde no se ha manifestado la esterilidad que nos está acabando. Los Uma, como se denominan a sí mismos, paren un increíble números de hijos. Y aún hay en ellos algo más asombroso. Ya te he dicho que no conocen el Cristal, de modo que todos, absolutamente todos, mueren de muerte verdadera. Pues bien, su mundo no parece resentirse de ello. En sus cuevas, en sus remotas montañas, no tiembla la materia, no se desvanecen los objetos. Los cadáveres no parecen llevarse, con su memoria, la esencia de las cosas. Yo creo, Agua Fría, que si hay alguna manera de librarnos del fin la respuesta debe de estar entre los Uma. Quédate aquí durante lo que resta del invierno. Urr puede enseñarte su lengua y te dibujará un plano con las indicaciones para encontrar su pueblo. Luego, cuando llegue la primavera, tú decides.

—Ya está decidido. Iré a las Rocas Negras —contestó la muchacha.

—No esperaba menos de ti —suspiró la vieja con alivio.

Y luego se lamió gulusmera y concienzudamente la menta que pringaba sus dedos.

Durante los largos meses del invierno, Agua Fría estudió la lengua de los Uma. Afuera reinaba una noche eterna y fieras ventiscas se apretaban contra los cristales, pero el interior del edificio estaba siempre caldeado y luminoso. Cuando no se encontraba con Urr, la muchacha vagaba perezosamente por la casa o se obligaba a ejercitarse físicamente para que su cuerpo, atlético y acostumbrado a los rigores, no perdiera resistencia en la inactividad de esa vida tan muelle. De cuando en cuando jugaba con *Bruna* y le lanzaba pelotas confeccionadas con trapos viejos, pero a la perra, que ya tenía ocho años, empezaba a pesarle el vientre dilatado por las muchas camadas y, tras recoger educadamente la bola un par de veces, prefería enroscarse plácidamente en algún rincón. Bajo la luz constante de los soles interiores los días se hacían interminables.

La lengua de los Uma era muy simple, de vocabulario breve y eminentemente descriptivo, pobre en abstracciones y conceptos. Al corazón, por ejemplo, lo llamaban «el dos golpes», y un único vocablo, mezcla de los términos «agua» y «ojos», servía para definir, tanto las lágrimas como el dolor físico, la tristeza o la emoción. No le resultó costoso a la muchacha dominar un idioma tan sencillo, cuya única dificultad estribaba en los jadeantes sonidos guturales de su pronunciación. Aunque Urr dibujaba bastante bien y confeccionó un mapa primoroso, los Uma carecían de escritura.

A medida que transcurría el invierno la Gran Hermana se iba consumiendo poco a poco. Empezó levantándose más tarde de lo que le era habitual, y al cabo ordenó a Urr que le llevara la comida a la cama. A partir de entonces ya no volvió a abandonar el lecho; hundida entre torres de almohadones, su cuerpecillo reseco parecía encogerse por momentos, como si hubiera estado esforzándose en mantenerse viva hasta la llegada de la muchacha y ahora ya no le quedase más resuello. Agua Fría, que sentía un fuerte rechazo por la anciana, evitaba entrar en su dormitorio y a veces transcurrían semanas sin que se vieran. El rencor, o quizá el orgullo, le impedía a la muchacha preguntar a Urr sobre el estado de la mujer; pero espiaba al criado cuando éste entraba y salía del cuarto de Oxígeno, y comprobaba que sacaba los tazones de papilla cada vez más llenos, casi intactos.

Luego el sol comenzó a reconquistar su espacio en las

tinieblas. Los días se fueron haciendo progresivamente más largos y sobre la tierra blanca y congelada temblaron las primeras lágrimas del deshielo. Incluso *Bruna* parecía haber rejuvenecido con el olor a primavera que se mecía en el aire; estaba mucho más excitada y, a veces, se sentaba en el pálido rectángulo de sol de una ventana y ululaba con lobuno y apasionado sentimiento.

Una mañana, al fin, tras haber preparado y revisado durante días sus provisiones y su escueto equipaje, aprendida la lengua de los Uma, estudiado el mapa de memoria, recorrida inútilmente la casa de arriba abajo por décima vez y agotadas todas las demoras que la pereza y el miedo a lo desconocido habían impuesto a su partida, Agua Fría decidió ponerse en camino. Le quedaba aún por cumplir el trámite más desagradable y enojoso: despedirse de la Gran Hermana. Golpeó la puerta de la habitación de Oxígeno y esperó un buen rato, pero del interior no llegó respuesta alguna. Entró entonces la muchacha en el cuarto con paso sigiloso; marchita y exangüe, la vieja yacía en la cama con los ojos cerrados, y su reseco y rígido cuerpecillo apenas hundía el inmenso colchón. Desde la última vez que se vieron, varias semanas atrás, Oxígeno se había deteriorado enormemente. Ahora apenas era un esqueleto recubierto de un pellejo retinto, porque, como sucede con las uvas, sus carnes parecían haber ido oscureciendo al consumirse. Se quedó la muchacha unos instantes a los pies de la cama, contemplando ese triste despojo con desagrado y una compasión indefinida.

—Gran Hermana, me voy —dijo al fin.

La vieja abrió los ojos; resultaba tan desasosegante como la resurrección de un cadáver.

—Debajo de la almohada... Tengo algo para ti... —susurró la anciana con voz tenue y silbante.

Venciendo una irrazonable repugnancia, Agua Fría

metió la mano bajo la almohada y extrajo un pequeño objeto circular. Era un disco de vidrio del tamaño de una moneda de oro, sobre cuya superficie palpitaba un vector verdoso y fosforescente.

—Es un reloj y una brújula electrónica... funciona incluso entre las nieblas de la nada... —explicó fatigosamente Oxígeno.

—Gracias... Será muy útil —dijo Agua Fría con torpeza—. Me voy, Gran Hermana.

La vieja suspiró, o quizá fuese un estertor. Sus ojos permanecían fijos en la muchacha pero estaban empañados y carecían de foco.

—Es duro esto... —musitó—. Sólo me alivia saber que voy a desaparecer antes de que el mundo desaparezca. Una vez muerta yo, por mí podéis pudriros todos...

Y, diciendo esto, Oxígeno sonrió torcidamente y cayó en un sopor quieto y malsano. Ésas fueron las últimas palabras que la muchacha escuchó a la Gran Hermana.

Tardó Agua Fría varios meses en llegar hasta las Rocas Negras y cuando al cabo avistó el imponente macizo montañoso el verano se encaminaba ya hacia su fin. En su ruta hacia el este la muchacha había seguido más o menos la línea de la costa, que se desplomaba de modo constante hacia el sur. Se trataba del mismo océano que, mucho más arriba, se convertía en el Mar Helado de la tundra; pero aquí, en una latitud más cálida, sus aguas no se congelaban nunca. Era un mar bronco y espeso, del color del mercurio, y por las noches se le oía respirar con poderoso jadeo de fiera. Contra esa costa desolada se apretaba el macizo de las Rocas Negras, peladas y torturadas montañas de pizarra y basalto que, durante el día, parecían oscuras como la tinta, pero que por las noches, a la luz de la luna, relucían como plata pulida. Hacia el sur, hacia el interior, tras atravesar hileras e hileras de formidables riscos, las Rocas Negras daban paso a un sistema montañoso más suave, fértil y templado: la cordillera en donde se encontraba Renacimiento. Si sus cálculos era correctos, se dijo Agua Fría, se encontraba relativamente cerca de Mo. Pero las colosales cumbres constituían una barrera infranqueable. A las Rocas Negras sólo se podía acceder desde la costa, descendiendo, como ella lo había hecho, por el confín del Norte. Era un territorio aislado y remoto, un rincón olvidado del mundo.

Gracias al mapa de Urr, Agua Fría descubrió el sendero casi imperceptible que ascendía por las estribaciones de las Rocas Negras. Tres días y tres noches empleó la muchacha en su subida a las montañas por la vereda zigzagueante. Aquí y allá, árboles chaparros y batidos por el viento se aferraban a las peñas de modo inverosímil; muflones, cabras salvajes y unas criaturas delicadas parecidas a los venados se escabullían con agilidad al advertir su presencia. Era un lugar terrible pero hermoso.

Al atardecer del cuarto día la muchacha coronó una meseta que se encontraba a mitad de la ladera. Con las espaldas protegidas del viento por el muro de montañas, la meseta poseía una vegetación más rica. Al poco de haber entrado en terreno llano, y en medio de un macizo de arbustos espinosos, Agua Fría se dio de bruces con un muchacho Uma. Apenas si debía de tener trece años; iba desnudo, a excepción de un taparrabos de piel, y la parte anterior de su cabeza estaba afeitada y decorada con los mismos arabescos de alheña que Agua Fría había visto en Urr. Llevaba en la mano una jabalina cimbreante y era evidente que se encontraba siguiendo el rastro de algún animal.

—Espero que tengas buena caza —saludó Agua Fría

cortésmente en lengua Uma, con una sonrisa alentadora.

Pero el muchacho se la quedó mirando con ojos espantados y, dando media vuelta, salió corriendo.

Agua Fría prosiguió su camino por la cada vez más amplia y definida vereda y al poco desembocó en una vasta terraza limpia de vegetación. Al fondo, en el farallón de piedra, se abría la inmensa boca de una gruta. Aquí y allá, mujeres y niños Uma salían huyendo a su paso embargados de un pavor que el uso por Agua Fría de su lengua no parecía sino incrementar. Había llegado ya la muchacha a la mitad de la explanada cuando observó que se le aproximaba lo que parecía ser un comité de recepción: un grupo de veinte o treinta personas apiñadas y recelosas. Curiosamente, todos eran hombres y sin duda guerreros, puesto que venían armados con sus delgadas jabalinas, y al frente caminaba un anciano adornado con collares de hueso. Debía de ser el jefe de la guardia, se dijo Agua Fría.

El grupo se detuvo con aire expectante a pocos metros de la chica. El viejo de los huesos se adelantó unos pasos y saludó, serio y solemne.

—¿Quién eres? ¿Qué buscas? —preguntó el anciano.

—Me llamo Agua Fría y vengo de muy lejos. Vengo en son de paz: sólo quiero conocer al gran pueblo Uma.

Un murmullo de desaprobación y escándalo recorrió las filas de guerreros. El viejo alzó la barbilla con gesto ofendido.

—¡Mujer, cómo te atreves a hablarme sin bajar la mirada!

—¿Sin bajar la mirada? —repitió la desconcertada Agua Fría.

—¡Soy el jefe Bala! —insistió el viejo, aún más furioso.

Algo estaba saliendo mal, algo se le escapaba, se dijo

Agua Fría ansiosamente. A pesar de todos sus esfuerzos, la muchacha no había conseguido que el taciturno Urr le hablara de las costumbres de su pueblo. Era como si, de algún modo, al criado de Oxígeno le repeliera hablar con ella. Le había enseñado la lengua y dibujó escrupulosamente el mapa, como su ama le ordenó; pero, más allá de esas obligaciones, todos los avances amistosos de la muchacha se habían estrellado en su mutismo. Y ahora Agua Fría no sabía en qué se estaba equivocando, qué era lo que los Uma esperaban de ella. En un arranque de intuición, la muchacha hizo una profunda reverencia ante el anciano.

—Me siento muy honrada de conocerte, noble jefe...

A Bala pareció complacerle ese gesto y su ira se amainó un tanto. Animada por ese pequeño éxito, Agua Fría se apresuró a jugar una nueva baza.

—Soy amiga de Urr. He pasado el invierno con él.

—¿Urr? —se sorprendió Bala—. ¿Urr vive? Creíamos que había sido devorado por los gatos salvajes.

—Vive y está bien. Se encuentra a tres lunas de aquí, hacia el noroeste. Regresará pronto —dijo Agua Fría, convencida de que la muerte de Oxígeno no había podido demorarse mucho—. Fue él quien me enseñó vuestra lengua.

—¿Nuestra lengua? —repitió el jefe con extrañeza.

Naturalmente, pensó Agua Fría: qué estúpida soy, los Uma no saben que existen otros idiomas en el mundo. El término «lengua» que empleaba Urr, sospechosamente parecido al mismo vocablo que se empleaba en el idioma del imperio, debía de ser un invento del propio Urr, una manera de adaptarse verbalmente a las nuevas circunstancias de su vida con Oxígeno.

—Digo que fue él quien me habló de la existencia del poderoso pueblo Uma —rectificó Agua Fría.

El viejo se la quedó mirando con curiosidad.

—¿Eres mujer de Urr?

¿Ella mujer de Urr? Agua Fría reprimió una sonrisa.

—No. No, jefe Bala, sólo soy amiga, amiga de Urr y del pueblo Uma. Quisiera pasar un tiempo con vosotros. Te ruego que me conduzcas ante tu... —se detuvo un momento, indecisa; ahora se daba cuenta de que Urr no le había enseñado cómo se decía gran sacerdotisa o reina—. Ante la gran jefa de la tribu.

Nuevos murmullos entre los guerreros.

—¿Gran... jefa? —repitió el viejo.

—Sí, o como vosotros la llaméis. Llévame ante la mujer que manda en el pueblo Uma.

Los hombres rieron y golpearon alegremente el suelo con sus jabalinas.

—No entiendo lo que dices —respondió el anciano—. Yo mando. Yo soy el jefe Bala. Soy el gran jefe Bala de los Uma.

De manera que estaban gobernados por un hombre. En realidad no resultaba extraño, teniendo en cuenta lo primitivos que eran. Agua Fría volvió a hacer una profunda reverencia.

—Bien, gran jefe Bala. Te pido permiso para pasar un tiempo con vosotros. Seré útil y me ganaré el sustento.

El anciano achinó los ojos y se rascó la cabeza. Sus largos cabellos grises también estaban adornados con pequeños huesos de animales.

—Eres mujer pero llevas armas. ¿Por qué? —preguntó al fin.

—Es una larga historia —suspiró Agua Fría.

—Aunque son armas de juguete, como para un niño —se burló Bala, señalando el carcaj—. Son unas lanzas muy pequeñas.

—No son lanzas. Se llaman flechas. Mirad.

Sacó la muchacha una de las saetas y montó el arco.

Lanzó una ojeada alrededor, buscando un blanco. Entre las ramas de un árbol cercano estaba posado un grueso palomo salvaje. No le complacía la idea de matar por pura exhibición, pero, puesto que los Uma era un pueblo guerrero, deseaba impresionarles; así demostraría, además, que podía cazar y autoabastecerse, que no iba a ser una carga para ellos. Apuntó cuidadosamente, tensó el arco y disparó. La flecha surcó el aire y al instante el palomo cayó al suelo en un revuelo de plumas y sangre. Un clamor consternado se alzó del grupo de guerreros, que retrocedieron unos pasos, despavoridos, blandiendo nerviosamente sus lanzas. Bala, que se había encogido sobre sí mismo como un animal asustado, controló con antigua disciplina de líder sus impulsos de fuga y se mantuvo inmóvil en el sitio.

—¡Matas! —gimió el anciano jefe—. ¡Eres mujer y matas!

—Sí, ya sé que no es común y que la Ley sostiene que no es posible, pero... —intentó explicar Agua Fría, impresionada por el efecto que su disparo había causado.

—¡Eres mujer y matas! —repitió Bala, sin escucharla—. ¡No es decente, no es bueno, traerá desgracias! No te queremos con nosotros. ¡Márchate del pueblo de los Uma!

Y, diciendo esto, el viejo se tapó la cara con las manos, como si pensara que la muchacha fuera a desaparecer por el mero hecho de no verla. Horrorizada ante el cariz que había tomado la situación, Agua Fría se arrojó de hinojos ante el jefe.

—¡Oh, Bala, sé misericordioso conmigo! Perdóname si he hecho algo inapropiado. Vengo de lejos y no conozco vuestras leyes. Déjame quedarme con vosotros: sois mi última esperanza. Haré lo que vosotros queráis, me adaptaré a vuestras costumbres, obedeceré cuanto me digas.

Se desabrochó la correa del carcaj y lo arrojó, junto con el arco, a los pies del anciano.

—No volveré a disparar flechas, si así lo deseas. No me eches, Bala, te lo ruego.

Pero el anciano jefe permanecía callado y con la cara cubierta, tan quieto como una oscura talla de madera. Un joven guerrero se desgajó del grupo y avanzó cautelosamente con pasos felinos; se agachó junto a Bala y tocó con un dedo trémulo y curioso la punta de una flecha. Era un muchacho espigado y musculoso, vestido, como todos los demás, con un sencillo taparrabos de cuero; pero, a diferencia de los otros, sus tobillos estaban ceñidos por varias hileras de huesecillos enfilados en un fino cordón. Agua Fría tuvo una idea.

—Gran jefe Bala, si permites que me quede con vosotros puedo enseñaros a construir arcos y a disparar con ellos. Es un arma poderosa.

El viejo entreabrió los dedos y la muchacha pudo atisbar, allá al fondo, el brillo de su mirada parda.

—No toques nada, Zao —gruñó Bala.

Y el joven guerrero dio un respingo y se retiró inmediatamente. El anciano bajó las manos y se irguió, ceñudo y orgulloso.

—Eres una mujer extraña —dijo pensativamente—. Vistes de un modo extraño, tienes una cara extraña, hablas extrañamente y te comportas como no se comportaría ninguna mujer. ¿Qué buscas entre nosotros? ¿Por qué quieres vivir aquí?

—Gran jefe, mi pueblo se está muriendo. Una enfermedad que no conocemos está acabando con la caza, con los árboles, con las cosas. Mira allí, jefe Bala, aquella nube oscura...

Y la muchacha señaló la línea del horizonte, junto al mar mercurial, allí donde las brumas de la nada estaban deshaciendo los perfiles del mundo.

—Es la nube de la muerte, jefe Bala. Cada vez es más grande y devora todo lo que toca. Mi pueblo casi ha desaparecido ya dentro de ella.

El anciano cabeceó aprobadoramente:

—Sí, ya habíamos visto la mala nube, y también nos preocupa —masculló.

—He venido hasta aquí porque me han contado que el pueblo Uma es tan poderoso que la nube de la muerte aún no le ha herido. Quiero aprender el secreto de vuestra fuerza, y quizá pueda salvar así a mi pueblo.

Bala cerró los ojos y calló, y también callaron los guerreros, y las mujeres que se habían ido congregando en derredor, y los niños, un increíble enjambre de niños pequeños. Toda la tribu Uma aguantó la respiración mientras el gran jefe reflexionaba. Al cabo el anciano carraspeó y clavó en Agua Fría una mirada severa.

—Tendrás que comportarte con decencia. No cazarás, no matarás y mantendrás siempre una actitud obediente y humilde ante los hombres. Educarás a mis guerreros en el uso de la lanza pequeña, cuando yo lo diga. Cocinarás para mi hijo Zao, que aún no tiene mujer, y él cazará para ti: será un buen entrenamiento para él. Ahora vete con las mujeres y que ellas te enseñen tu sitio.

Dicho lo cual, Bala dio media vuelta y se alejó con sus hombres, mientras la aturdida Agua Fría era rodeada por una bulliciosa horda de mujeres y cien manos, pringosas, morenas y deliciosas manitas infantiles, recorrían su cuerpo e investigaban sus extrañas ropas.

Era difícil, muy difícil. Al principio, Agua Fría, temblando de ira y de impotencia, solía escaparse al monte en compañía de *Bruna* para intentar recuperar la calma en la verdosa soledad del bosque. Pero luego sucedió lo de Urr, que no fue sino el comienzo de una larga y humillante agonía, y a partir de entonces Agua Fría ya no se atrevía a quedarse sola y procuraba mantenerse siempre más o menos cerca de Bala. Lo cual no siempre resultaba posible. Era difícil, muy difícil.

Ahora entendía la muchacha por qué Urr se había mostrado tan reservado y reticente, por qué parecía repugnarle el hablar con ella. ¡Los Uma creían que las mujeres eran seres inferiores! Urr, apresado por la hipnosis, se había visto obligado a enseñarle la lengua, pero no podía soportar que una hembra se dirigiera a él desde una posición superior. Por eso, desde que Urr regresó a las Rocas Negras, unos días después de la llegada de Agua Fría, había estado acosándola, persiguiéndola, hostigándola. Sin duda la odiaba.

Y la odiaba pese a no recordar apenas nada de su trance hipnótico. Tal y como Agua Fría había supuesto, Oxígeno, antes de morir, había velado sus recuerdos. Sabía Urr que había pasado varios inviernos en un lugar mágico y extraño, al amparo del hambre y de los fríos, pero no recordaba qué le había llevado allí ni qué le forzó a quedarse. Guardaba una vaga imagen de la Gran Hermana, así como de Agua Fría, con quien sabía que había compartido su refugio algunos meses. Pero para Urr los años transcurridos bajo la hipnosis se fundían en un magma impreciso, como los recuerdos fugitivos de un profundo sueño. De su dilatado cautiverio sólo había traído una mente confusa y uno de los soles interiores de la casa de Oxígeno, una esfera opalina de vidrio que había arrancado y transportado hasta las Rocas Negras con transida veneración y que ahora, para desesperación de Urr y pese a todas las plegarias y ofrendas que le hacía, se obstinaba en no encenderse. Aun así, el guerrero persistía en su adoración sin límites a la esfera lechosa y apagada. Era una criatura simple, un hombre de fe.

No recordaba Urr apenas nada, pero en algún recóndito e inalcanzable lugar de su memoria debía de llevar profundamente inscrito su largo historial de agravios. Porque desde un primer momento se mostró reivindicativo y brutal con la muchacha. Como si su cuerpo, ya que no su memoria, supiera oscuramente que Agua Fría había jugado algún papel en el oprobio de su esclavitud. Cuando ordenaba desdeñosamente a la muchacha que le sirviera comida, le rascara la espalda o le avivara el fuego; cuando la insultaba o incluso le pegaba aduciendo que no había mostrado la suficiente humildad o diligencia, parecía estarse cobrando viejas humillaciones que él mismo ignoraba. Agua Fría, como mujer que era, estaba obligada a obedecer las órdenes que cualquier hombre de la tribu le diese. Habitualmente los guerreros dejaban en paz a las mujeres ajenas y se limitaban a mandar en las propias, en sus esposas, en sus hermanas, en sus hijas. Pero Urr perseguía a Agua Fría con un sinfín de encargos fastidiosos y ella, según las leyes de la tribu, estaba imposibilitada de rebelarse. La primera vez que Urr le pegó, Agua Fría, con la oreja aún ardiendo por el golpe, hubo de recurrir a toda su disciplina sacerdotal para no fulminarle con la mirada hipnótica, y pensó que su situación ya no podía ser más humillante o más injusta. Pero se equivocó. Dos semanas más tarde, mientras ella deambulaba melancólicamente por el bosque, Urr cayó sobre su espalda y, tras derribarla, la penetró. Fue todo tan rápido que la muchacha ni siquiera hubiera podido hacer uso de la hipnosis, de haberlo pretendido. Cuando Urr se levantó y se alejó orgullosamente entre los árboles, Agua Fría quedó aún tendida un largo rato, dolorida y sin aliento, con la mente embotada y la boca llena de las hojas secas del otoño. A partir de entonces la muchacha procuró no alejarse de la cueva. No era sólo Urr: otros guerreros la rodeaban contemplándola con avidez de animales en celo. En la escala social de los Uma, ella no era nada, no era nadie; estaba desprotegida e indefensa.

Los Uma no eran sino una tribu perteneciente a un pueblo primitivo que vivía diseminado por las Rocas Negras, pero no tenían conciencia de formar una unidad cultural y racial con las comunidades vecinas, con las que a veces guerreaban y a veces comerciaban e intercambiaban mujeres. La tribu, compuesta de unos ochenta adultos y más de un centenar de niños, adoraba al sol y a la luna, al fuego y al agua, a los bosques, a las tormentas y a los animales que cazaban. Adoraban, en fin, a todo aquello de lo que dependían para su subsistencia. Sus ritos eran complicados y herméticos, por lo menos para las mujeres, que no estaban autorizadas a acercarse al fondo de la cueva, allí donde, en medio de las tinieblas más espesas, los guerreros ejecutaban raras liturgias y realizaban las pinturas sagradas. Existía además un santuario supremo, las Piedras Dormidas; estaba situado en algún lugar de las montañas y toda la tribu acudía allí una vez al año, en primavera. Pero esto Agua Fría sólo lo sabía por referencias. Por lo que le contaban las mujeres junto al fuego.

Poseían los Uma un rígido esquema jerárquico, una escala en cuyo extremo superior estaba Bala y en el inferior las mujeres, que a su vez se organizaban en rangos entre sí, dependiendo de si estaban emparentadas con guerreros más o menos poderosos. Agua Fría, extranjera y extraña, sin un padre, un hermano o un marido que le otorgaran dimensión social, se encontraba situada en el extremo más bajo de la escala. Lo ignominioso de su posición se atemperaba con la tutela que Bala le dispensaba. Gracias al amparo del jefe, Agua Fría podía dormir en la zona de la cueva perteneciente a Bala y alimentarse con lo que el soltero Zao cazaba. A cambio, Agua Fría tenía que ayudar a las mujeres del jefe en la cocina, el acarreo de agua, la limpieza, la recolección de frutos y raíces comestibles, el majado de tubérculos, el curtido de pieles y demás tareas domésticas, en general fatigosas y pesadas. Pertenecía, pues, al hogar de Bala, y eso la protegía; pero no pertenecía del todo, y la ambigüedad de su posición la colocaba a veces en situaciones de fragilidad extrema. Se le había prohibido terminantemente llevar el arco y las flechas, que sólo tocaba en el transcurso de las clases que, todos los amaneceres, impartía a los guerreros más jóvenes. Y no podía dirigirse a ningún varón sin mantener la postura del decoro, con la cabeza inclinada y los ojos bajos. Los hombres, rudos y torpes, se comportaban como pueriles diosecillos. Los veía llegar al atardecer de regreso de sus cacerías, pavoneándose con las piezas cobradas. Fingían ignorar a las mujeres y a los niños que se arremolinaban en torno a ellos, pero hablaban entre sí a grandes gritos, comentándose los pormenores de la caza, para que todas las hembras, incluso la más sorda o más lejana, pudieran enterarse de sus méritos. Los Uma eran un pueblo tan primitivo que glorificaban la violencia. A Agua Fría le llevó unos cuantos días comprender que, cuando Bala se escandalizó de que ella matase, no lo hizo porque considerara la violencia una actividad bárbara e inferior, como proclamaba la Ley, sino porque creía que era demasiado noble y elevada para ella.

Era difícil, muy difícil. Por las noches, la agotada Agua Fría se dejaba caer en su lecho de pieles y hojas secas e imaginaba a Urr preso de su poder hipnótico y sometido a primorosas vejaciones: arrastrarse por el suelo, ladrar como un perro o servirle *él* a *ella* la comida... cosa que, en definitiva, había estado haciendo el guerrero en casa de Oxígeno durante muchos meses. Soñaba Agua Fría venganzas refinadas y se dormía con las mejillas húmedas de lágrimas. Para despertarse horas después, aún cansada, y enfrentarse a un nuevo e insoportable día. Trabajo y obediencia, ésa era la dura rutina cotidiana. Trabajo y obediencia y evitar, en lo posible, la saña de Urr. Cada jornada era una larga travesía poblada de peligros; y la docilidad con que Agua Fría se veía forzada a aceptar la humillación iba embruteciéndola y dejándole el ánimo aterido. De cuando en cuando, tras la cena, Bala le hacía sentarse junto al fuego y le preguntaba por las costumbres de su pueblo. A veces también acudía Dogal, el hijo mayor del jefe, que ya estaba casado y vivía, por lo tanto, en otra parte de la cueva. Pero era Zao, el hijo pequeño, quien más curiosidad mostraba por ese ancho y remoto mundo que ella representaba. Zao debía de ser más joven que ella, casi adolescente, pero su cuerpo era el de un hombre adulto, alto y de músculos potentes y ligeros. Se acuclillaba Zao junto a Agua Fría y escuchaba durante horas a la muchacha, abriendo mucho sus diminutos y relucientes ojos ante la colosal visión de un mundo inmenso, con otros mares, otras montañas, otros bosques, con pueblos insospechados que no vivían en cuevas y que hablaban palabras imposibles. Esas veladas plácidas, en las que ella se encontraba cobijada y segura, eran los únicos momentos de placer y sosiego.

Transcurrían los días, el invierno había empezado a espolvorear de nieve las cumbres de las Rocas Negras y Agua Fría no encontraba respuesta a sus preguntas. No lograba entender cuál era el secreto de la vitalidad de los Uma. Por más que se esforzaba, sólo veía ante sí un pueblo primitivo, brutal y arbitrario, del que dudaba que pudiera extraerse ninguna enseñanza provechosa; y empezó a sospechar que Oxígeno se había equivocado y que el viaje hasta las Rocas Negras había sido un fracaso. Todas las noches, mientras rumiaba en su lecho los agravios recibidos, pensaba en marcharse al día siguiente, antes de que el invierno bloqueara los caminos. Pero no tenía a donde ir y, por otra parte, si abandonaba a los Uma, todas las indignidades vividas carecerían de sentido y no serían más que un atroz y gratuito envilecimiento. Así que siempre optaba por quedarse, desasosegada por la duda.

Una noche, cuando Agua Fría dormía junto a las brasas y disfrutaba soñando que volaba, las mujeres la despertaron con brusca premura. Daa, la esposa de Dogal, el hijo mayor del jefe, se había puesto de parto. Medio dormida aún, la muchacha fue a buscar agua, tal como le habían ordenado. La noche era fría y una luna llena muy baja, casi al alcance de la mano, escupía una luz lívida y helada. La mitad de la tribu estaba en pie; los hombres más próximos al hogar de Daa se habían alejado y, junto con Dogal, conversaban en voz baja en pequeños corrillos. Daa, rodeada por cuatro o cinco mujeres, respiraba afanosamente. Había apartado la manta de piel; sudaba, y su enorme y tenso vientre brillaba con el reflejo del fuego recién avivado. Las mujeres reían, contaban historias, se pasaban entre sí media calabaza con un delicioso cocimiento de hierbas aromáticas. Y la parturienta se mojaba los labios en la infusión e intervenía a veces en la risueña charla. De vez en cuando sus rasgos se crispaban, se aferraba a las mantas, gemía un poco; entonces las mujeres la acariciaban y canturreaban cancioncillas rituales. El tiempo pasaba y la luna caminaba por el cielo.

Al cabo Daa se incorporó torpemente y se puso en cuclillas, sostenida por debajo de los brazos por las demás mujeres. Cantaban ahora todas, una canción obsesiva y rítmica que se adaptaba a los jadeos cada vez más rápidos de la parturienta. Formaban un grupo compacto y palpitante, un solo cuerpo disparado hacia el clímax; el ritmo se aceleraba, las voces subían, los pies de las mujeres golpeaban el suelo. Daa gritó, y fue como si también ella estuviese cantando. De entre sus piernas surgió un bulto oscuro e informe; Daa lo sujetó con ambas manos y tiró hacia fuera. Ahí estaba, ahora bien visible: un niño, un ser humano. Diminuto y ensangrentado, viscoso y recubierto de grasa. Apenas una pizca de carne pringosa y, sin embargo, definitivamente vivo.

Agua Fría dejó escapar el aliento que, sin darse cuenta, había estado reteniendo en los últimos momentos. Se sentía mareada, casi desconcertada ante el prodigio. Nunca había asistido a un parto; hacía muchos años que en su mundo no nacía un solo niño. Contemplaba ahora a la criatura y le parecía imposible que en tan poca cosa pudiera caber una existencia entera; los odios y los afectos, la generosidad y la traición, el miedo y la risa. Se apresuraban las mujeres a cumplir los pasos previstos con sabios y hábiles gestos: cortar el cordón, lavar al bebé, limpiar a la recién parida. Pero Agua Fría permanecía inmóvil, deslumbrada y absorta.

—Se llamará Bopal —dijo Daa, porque las mujeres poseían el único privilegio de nombrar a sus hijos.

Era eso, reflexionó Agua Fría. Era eso lo que amedrentaba a los hombres Uma, lo que les hacía someter a sus mujeres a una abyecta situación de dependencia: el poder de los vientres femeninos, el don creador de sus entrañas. La fuerza y la vida. La humanidad se gestaba en el cálido océano interior de las mujeres, en una turbulencia de sangre y de grasa, de agüillas y humores primordiales. Las hembras Uma, aun siendo tan primitivas como eran, poseían el misterio esencial de la existencia. ¿Adónde iba a ir Agua Fría, para qué marcharse de las Rocas Negras? Sólo aquí guardaba el mundo aún algún futuro. Contempló a Daa y al niño y le pareció estar viendo el principio mismo de los tiempos. La fuerza, la vida.

En la mañana de un día que parecía ser tan rutinario como cualquier otro, Agua Fría se vio forzada a salir al bosque en busca de bayas comestibles. Había sido una orden del propio Bala, aquejado de un repentino capricho culinario, y la muchacha no pudo negarse. Pero ahora se apresuraba a llenar el cesto lanzando nerviosas ojeadas a la espesura, temerosa de sufrir un nuevo asalto de Urr o de algún otro guerrero de la tribu. Había llovido durante toda la noche, aunque al amanecer se despejó; de los árboles y matorrales caían diminutas gotas que los esporádicos rayos del sol hacían brillar y que llenaban el aire con su rumor líquido. Había llenado ya la muchacha el pequeño canasto y se disponía a regresar cuando los ladridos de *Bruna* la llenaron de alarma. Se dirigió hacia la perra, que hociqueaba empeñosamente junto a unas grandes rocas, y, apartando los arbustos, comprobó con alivio la causa de su excitación: se trataba de un osezno, un osezno muerto. Era un bello animalito, rollizo y pequeño; en su suave peluche no se advertía herida alguna, pero sus ojos estaban abiertos y vidriados y su lengua colgaba, exangüe, bajo el reseco hocico.

—No es más que un osezno muerto, boba —dijo Agua Fría a su perra—. No hay de qué asustarse. Venga, vámonos.

Pero *Bruna* seguía ladrando agudamente y temblaba como una hoja, el rabo entre las piernas, las patas delanteras firmemente clavadas en el suelo, como aprestándose a un ataque.

Agua Fría intuyó el peligro antes de poder comprenderlo. Lo supo por el repentino silencio del bosque, o quizá por una vibración casi imperceptible de la atmósfera. Se irguió, tensa y expectante. Los matorrales frente a ella se abatieron estruendosamente y apareció la osa. Erguida sobre sus patas traseras, vieja, enorme. Rugiendo de un modo pavoroso y batiendo el aire con sus grandes zarpas. En un instante, con prodigiosa agilidad para su formidable envergadura, el animal se abalanzó sobre Agua Fría. La muchacha pudo ver sus colmillos parduscos, sentir el calor y la fetidez de su aliento. Sólo alcanzó a pensar: me va a matar. Y, en ese justo instante, *Bruna* se interpuso y se lanzó sobre la osa. Feroz y diminuta, envuelta en el clamor de sus propios ladridos, la perra hincó sus colmillos en una de las patas traseras de la bestia. La osa bramó de dolor y de sorpresa y se revolvió pesadamente. Ahora, se dijo Agua Fría. Ahora podría haberla matado, de poseer algún arma consigo. Pero no tenía nada, nada. Echó a correr, gritando, hacia la cueva, perseguida por el terrible estruendo de la lucha: los rugidos de la fiera, los ladridos de *Bruna*, el restallar de la hojarasca. Luego oyó un agónico y agudísimo gemido de la perra, seguido por los bramidos de la osa y por un gañir que se fue apagando. Agua Fría entró en la explanada sin aliento.

—¡Un oso! ¡Un oso me ha atacado!

Unos cuantos guerreros salieron corriendo en la dirección que la muchacha indicaba, mientras ella se dejaba caer, exhausta y atontada, frente a la entrada de la cueva, insensible a las preguntas de las mujeres, ahogada de aprensión, con el lamento de *Bruna* aún retumbando en sus oídos.

Los guerreros regresaron poco después. La osa había escapado y un par de hombres se habían quedado siguiéndole el rastro para asegurarse de que no volvería a ser un peligro inmediato para la tribu. El último guerrero que salió de la espesura era Zao. Traía entre sus brazos un oscuro fardo; se acercó a Agua Fría y lo depositó ante sus pies con gesto sombrío. Era *Bruna*. Pobre y vieja *Bruna*, con el costillar desgarrado y las vísceras asomando por la horrible herida de su flanco. Apenas era un guiñapo ensangrentado de pelos pardos y canosos, pero su cabeza estaba intacta: el fino hocico siempre frío y esos ojos humanos y cálidos, ahora entornados, a los que la muerte aún no había vaciado de expresión. Agua Fría le acarició temblorosamente el lomo: todavía estaba tibia. Ansiosamente, febrilmente, la muchacha clavó su Mirada Preservativa en el cadáver de la perra. La mirada no servía para los seres humanos, desde luego, y seguramente tampoco funcionaría con un animal. Pero Agua Fría lo intentó con toda su voluntad, con toda su disciplina, con su energía más profunda. Visualizó a *Bruna* viva y retozante; la imaginó en su tibieza animal, en la aspereza de su lengua, en el olor de su pelambrera. Se agotó en el esfuerzo y la perra seguía ahí, yerta y destripada. Agua Fría alzó los ojos y contempló a Zao, cabizbajo junto a ella; a Bala, a Dogal, a Urr, a los demás guerreros. Y sintió que un torbellino de furia se apoderaba de ella, que un incendio de odio la abrasaba.

—Si me hubieseis dejado llevar armas... ¡Si me hubieseis dejado llevar armas! —gritó roncamente en su propia lengua.

Y fulminó a Zao, y a Bala, y a Dogal, y a Urr, con la mirada hipnótica. Paralizó primero a todos los guerreros, y luego a las aterradas mujeres, e incluso a los niños. Aullaba Agua Fría, entregada a su rabia, mientras atrapaba a los estupefactos Uma con el fuego frío de sus ojos, ciega de dolor, poderosa y loca, vengándose, en la muerte de *Bruna*, del duelo de tantas otras muertes, la de su madre, de Pedernal, de Respy, de su propia inocencia; de las muchas y lacerantes pérdidas, de la arbitrariedad de la desdicha. Y del jadeo de Urr mientras cabalgaba sobre ella y el sabor a detritus otoñal y a ignominia que le dejó en la boca. Y cuando hubo aprisionado a todos, menos a unos pocos niños, ancianos y mujeres que huyeron gimiendo a la espesura, se dejó caer de nuevo junto al cadáver de *Bruna*, agotada, ahíta de rencor, vacía.

Permaneció Agua Fría así durante horas, sin moverse, velando el sueño interminable de su perra, rodeada por el petrificado bosque humano de los Uma, mujeres y hombres congelados en posturas diversas, aquél mientras enarbolaba la lanza, éste con gesto sorprendido y en cuclillas, esa mujer con las mejillas aún mojadas por unas lágrimas que el suave viento iba secando. Quietud y silencio. El sol subió por el arco del cielo y luego volvió a bajar, dibujando sombras caprichosas en los rígidos cuerpos. Un escarabajo salió de un agujero junto a la rodilla de Agua Fría y se arrastró pesadamente por la arena; en la mórbida calma, la muchacha pudo escuchar su tenue patalear metálico. Un bebé comenzó a lloriquear dentro de la cueva con un balido desolado y débil. La brisa se fue afilando con la proximidad del crepúsculo: era un aire fino y helado que hacía flamear los mantos de los Uma y enredaba sus lacios cabellos. Tanta furia y tanta venganza para nada. *Bruna* hedía y en la estancada atmósfera palpitaba la presencia contenida de un gemido.

Fueron recobrando la movilidad gradualmente, de uno en uno, a medida que se disipaban los efectos del trance, mientras el sol, muy oblicuo ya, encendía las copas de los árboles con un reflejo del color de la sangre. Muchos de ellos, entumecidos por la prolongada quietud, caían al suelo al recuperar su libertad y allí, ovillados y doloridos, clavaban sus aterrorizadas miradas en la muchacha. Estaban tan asustados y confusos que, en un primer momento, no se atrevieron a hacer nada. Arrastrándose o trastabillando torpemente, los Uma se fueron reuniendo en un rincón de la explanada, a una prudencial distancia de Agua Fría. Los niños lloraban, las mujeres gemían y los hombres hablaban entre sí con nerviosos susurros. Era una situación excepcional, el acontecimiento más extraordinario de toda la historia de la tribu. La noche cayó y los Uma encendieron hogueras: no osaban regresar a la cueva, ante cuya entrada seguía sentada Agua Fría. Ahí estaba, perfectamente inmóvil, débil y derrotada por la inutilidad y la desesperanza; pero los Uma la creían dañina y poderosa.

Del interior de la caverna volvió a salir el lamento de un bebé, que fue contestado, en el improvisado campamento Uma, por dolientes gritos de mujeres. El llanto del niño, monótono y fatigado, se fue abriendo paso en la embotada conciencia de Agua Fría. La muchacha se puso en pie, para gran alarma de los Uma; entró en la cueva, recogió al gimoteante y abandonado Bopal y salió con el niño entre los brazos. La tribu se estremeció de pánico al ver que la muchacha venía hacia ellos; empuñaron los guerreros sus lanzas, retrocedieron las mujeres abrazando a sus críos. Pero Agua Fría se dirigió en derechura hacia Daa, quien, más angustiada por su hijo que por su propia seguridad, se había adelantado algunos pasos, y le entregó el bebé.

—Lo siento —murmuró Agua Fría.

Y luego regresó cansinamente a la entrada de la cueva y volvió a sentarse junto a *Bruna*.

Estalló entonces entre los Uma un clamor de comentarios, un frenesí de discusiones. Pasado algún tiempo, las voces callaron y una delegación de la tribu, provista de humeantes antorchas, se acercó titubeante a la muchacha. Era Bala, el gran jefe. Venía acompañado por Dogal y Zao, sus dos hijos, y escoltado por cinco hombres escogidos entre los guerreros de más mérito. Se detuvieron a unos pasos de ella, solemnes y tensos. Llenos de miedo y, sin embargo, sostenidos por la responsabilidad de su deber social, por el amor a la tribu, por el imperativo de la supervivencia. Venían a ella con el convencimiento de que podían morir en el encuentro, pero traían la cabeza orgullosamente alta y esa fiereza en la mirada de quien cree estar cumpliendo con su destino.

—Lo siento —repitió Agua Fría con voz átona.

Tras unos instantes de silencio, Bala habló:

—Eres mala. Eres peligrosa. Has querido matarnos.

—No, no he querido mataros. No deseo haceros ningún daño. Me enfurecí, perdí la cabeza, me comporté mal. Pero sólo os he dejado inmóviles durante algún tiempo, no pretendía nada más que eso. Lamento haberos asustado; pero fijaos bien, no hay ningún herido, estáis todos enteros y sanos. Si hubiera deseado mataros podría haberlo hecho fácilmente cuando no podíais defenderos.

—Eres una bruja, un demonio —insistió Bala—. ¿Cómo, si no, ibas a poder hacernos morir en vida?

—No estabais muertos. Sólo paralizados. Y no soy una bruja ni un demonio. Soy una persona como vosotros. Pero en mi mundo sabemos cosas que vosotros no sabéis. Yo sé la manera de paralizar a las personas. Se llama hipnosis, y es un conocimiento que se aprende, como vosotros aprendéis a hacer lanzas o a seguir el rastro de los osos. Con la hipnosis, yo puedo dominar la voluntad de una persona y dejarla quieta, o bien obligarla a hacer lo que yo quiera... No sé si entendéis lo que os estoy diciendo... Ya sé que es complicado. Pero no es brujería, Bala. Es un conocimiento, como lo del arco y las flechas. Oh, perdóname, Bala. Perdonadme todos. Me he portado mal, lo sé. Merezco un castigo. No lo volveré a hacer.

—No puedo perdonarte. No puedo perdonar lo que

no entiendo. Eres demasiado peligrosa. Tendrás que irte. No te queremos aquí.

Agua Fría se dobló sobre sí misma y gimió.

—No me eches, Bala. Estoy dispuesta a aceptar el castigo que me impongáis. ¡Y no volveré a hacerlo, os lo juro! Además, puedo seros útil. Si lucháis contra otra tribu, usaré la hipnosis contra ellos. ¡Seréis un pueblo invencible!

Bala calló, pero por sus ojos cruzó un relámpago de ambición bélica, de gloria guerrera.

—¿Puedes enseñarnos ese poder? —preguntó al fin.

Agua Fría recapacitó un momento.

—Creo que no —contestó al fin con honestidad—. Es un aprendizaje demasiado largo y complicado.

—Entonces no es un conocimiento, como tú dices —se irritó el gran jefe—. No es como el arco y las flechas. Mis guerreros están aprendiendo a usar las lanzas pequeñas. ¿Por qué esto no?

—Podemos intentarlo, gran jefe. Pero estoy segura de que no dará resultado. A mí me ha llevado media vida llegar a dominar este conocimiento. Y antes hay que aprender muchas otras cosas, cosas de mi mundo que vosotros no sabéis.

Bala arrugó el ceño, sumido en esforzadas reflexiones. A su lado, Zao la miraba absorto, casi se diría que maravillado. Su pecho y sus brazos aún estaban manchados con la sangre reseca de *Bruna*. Pobre Zao, que había tenido la afectuosa gentileza de traerle el cadáver destrozado de la perra. Y, sin embargo, había sido al primero que había paralizado.

—Tendré que reunir el consejo para decidir qué hacemos contigo —gruñó Bala—. ¿No volverás a utilizar tu conocimiento contra nosotros?

—Jamás —respondió Agua Fría enfáticamente.

—¿Y aceptarás lo que el consejo decida sobre ti... sea lo que sea?

—Sí, lo aceptaré.

—Júralo por la luz y el calor del sol.

—Lo juro por el sol que nos da la vida —dijo Agua Fría.

Pero sabía que mentía. No estaba dispuesta a aceptar un castigo mutilatorio y mucho menos una sentencia de muerte. Volvería a usar la hipnosis frente a los Uma para defender su vida, si era necesario. En realidad, todo lo que les estaba diciendo era un engaño. Y, sin embargo, los Uma la creyeron. Así de inocentes eran, así de nobles y de íntegros.

—Espera aquí hasta que acordemos tu destino —ordenó Bala.

Y la comitiva dio media vuelta y regresó junto al resto de la tribu.

El consejo se mantuvo reunido durante toda la noche, mientras los niños dormitaban en torno de las hogueras y las mujeres atendían con sumisa expectación las deliberaciones de los guerreros. Arrebujada en un manto de piel, lejos de los fuegos y tiritando, Agua Fría alcanzaba a entender, de cuando en cuando, el contenido de las acaloradas discusiones. Un sector de la tribu, encabezado por Bala y Zao, proponían perdonarla y mantenerla con ellos, sometida a control y tras recibir un castigo disciplinario. Pero otra parte de los Uma, capitaneada por Urr, pedía la muerte de la muchacha.

—Es un peligro para nosotros. Es nuestra enemiga, ¡lo sé! —bramaba Urr, alertado por su memoria inconsciente—. ¡Su poder será siempre una amenaza!

Y los guerreros se miraban entre sí, atemorizados y confundidos, sin saber qué postura tomar. La noche se iba consumiendo entre farragosos debates, mientras la escarcha cubría la tierra con una costra fina y rechinante. Al alba ya, cuando el cielo negro se había desteñido en un gris sucio y melancólico, los agotados guerreros pidieron la opinión de las mujeres, dada la excepcionalidad del caso. Pudorosas y humildes, manteniendo la cabeza baja y la postura del decoro, las hembras Uma fueron musitando sus respuestas, breves e inaudibles para Agua Fría. Pero Daa, la esposa de Dogal, el hijo mayor del jefe, habló con voz temblorosa pero nítida:

—Es fuerte y es sabia, pero no había utilizado antes su fuerza contra nosotros. Ha aceptado día tras día las órdenes y los castigos de Urr sin rebelarse, cuando ahora hemos visto que podía haberle matado en vida en cualquier momento. No nos ha hecho daño, aunque podía hacerlo. Ahora llora y nos pide perdón, y yo la creo. Quizá ayer hizo lo que hizo porque estaba enferma. Enferma de pena. Ya sé que no es más que una humilde y miserable mujer, pero viene de muy lejos y conoce cosas que nadie conoce. Quizá podamos aprender algo de ella.

Daa iba a añadir algo más, pero Urr la interrumpió con violencia.

—¡Fuerte y sabia, sí! ¡Ésa es la prueba de su culpa! ¿Dónde se ha visto una mujer fuerte y sabia? La extranjera sólo puede ser un demonio disfrazado de mujer. Nos ha humillado, ha humillado a todos los guerreros, ha humillado al gran jefe, y ése es un delito penado con la muerte. Si no acabamos con ella ahora, su poder nos esclavizará para siempre.

Estallaron de nuevo los murmullos y las discusiones. Bala se puso fatigosamente en pie y ordenó callar. La luz del naciente día era ya lo suficientemente clara como para poder ver las columnas de vapor que salían de sus narices y su boca.

—Urr tiene razón: nunca se habían visto antes mujeres fuertes y sabias. Pero tampoco se habían visto las malas nubes que están comiéndose el mar al pie de las montañas. Nuestro pueblo ha vivido en estas rocas desde que los dioses del sol y de la tierra crearon el mundo, y siempre hemos encontrado agua, cobijo y comida. Pero ahora todo está cambiando y suceden cosas terribles que no comprendemos. Quizá los dioses se hayan enfadado con nosotros. Siento el fin de nuestro pueblo en mis huesos, del mismo modo que el cervato ventea la muerte en el olor a gato salvaje, aun sin conocerlo. El mundo está lleno de nuevos peligros, y la extranjera parece saber más de estos peligros que nosotros mismos. No me parece prudente prescindir ahora de su presencia y de sus extraños conocimientos.

—¡No es que ella sepa más del peligro! —rugió Urr—. ¡Es que ella *es* el peligro! Las malas nubes y ella llegaron casi al mismo tiempo.

—Durante más de una luna la muchacha se ha calentado con mi fuego, ha preparado mi comida, me ha servido el agua que he bebido. Confío en ella. Sé que no quiere hacernos ningún daño. Está asustada, como nosotros, por todo lo que no conoce —repuso calmosamente el viejo; y luego, alzando la voz, proclamó en tono solemne—: El gran jefe Bala ha decidido. Bala os dice: perdonaremos a la mujer y la mantendremos con nosotros. No podrá volver a usar su conocimiento contra los Uma y, en castigo a su falta, durante una luna entera deberá traer el agua para todos los miembros de la tribu. Nadie cazará para ella en ese tiempo, sino que se verá obligada a...

—¡No lo acepto! —gritó Urr, poniéndose en pie de un salto—. Reclamo mi derecho a la lucha sagrada.

Un murmullo de consternación recorrió la tribu. También Agua Fría se estremeció: sabía lo que eso significaba, porque lo había oído en las viejas leyendas que las mujeres se contaban. En los asuntos graves, y tras consulta del consejo, el gran jefe tomaba siempre todas las decisiones concernientes a la situación y al futuro de la tribu, y era obligatorio obedecerle. Pero, en circunstancias extremas, un guerrero disidente podía pedir la lucha sagrada, en cuyo caso el jefe debía entablar un combate a muerte con el demandante. Si el guerrero ganaba, no sólo imponía a la tribu su criterio sobre la cuestión debatida, sino que además establecía una nueva dinastía de liderazgo, convirtiéndose en jefe de los Uma. Bala provenía de una antigua estirpe de jerarcas: su padre, su abuelo, su bisabuelo y su tatarabuelo habían ostentado antes que él el mando de la tribu, y lo habían hecho con tal responsabilidad y ponderación que los Uma se sentían confortables y seguros bajo el firme peso de su tutela dinástica. Hacía tanto tiempo que nadie ejercía el derecho a la lucha sagrada que la existencia de este trágico combate parecía limitarse a las narraciones históricas, a las leyendas de un pasado remoto que los Uma se contaban, por las noches, en torno a las crepitantes hogueras. Pero ahora Urr había desafiado a Bala. A muerte. Y Bala era demasiado viejo.

—Acepto el reto. Yo pelearé por mi padre —contestó Zao con voz ronca.

Podía hacerlo, puesto que era heredero directo del gran jefe. Estremecidos y desolados, los Uma dieron por terminado el consejo y se aprestaron a cumplir los preparativos para el gran combate, que habría de celebrarse al amanecer del día siguiente. Las mujeres cargaron con los adormilados niños y regresaron a la cueva para cocinar el desayuno y los hombres salieron al monte a buscar unas raíces oleaginosas con cuyo aceite, de propiedades mágicas, untarían ritualmente el cuerpo y las armas de los combatientes, para que los dioses dieran la victoria a aquel que tuviera en sus manos la felicidad y la prosperidad de los Uma. Para este pueblo simple e inocente, acostumbrado a rutinas estrictas, no había desdicha ni amenaza mayor que la de la incertidumbre. Y ahora el mundo entero parecía haber caído en un vértigo de locas mudanzas, con nieblas que devoraban los mares, mujeres con poderes nunca vistos y guerreros reclamando la lucha sagrada. Era el caos. Los Uma se preparaban para el combate como quien se prepara para un funeral, mientras Agua Fría enterraba a *Bruna* y ayunaba durante todo el día, sintiéndose ahogada de culpa y miserable.

Los Uma se fueron reuniendo en la explanada cuando todavía era de noche, entre el ominoso retumbar de seis grandes tambores que eran ceremoniosamente golpeados con pesadas mazas por los hombres más viejos de la tribu. Todos, mujeres, hombres y niños, llevaban pintada en la cara una gruesa línea negra, hecha con grasa y hollín, que nacía en la frente, cubría la nariz y acababa en la barbilla. Formaba parte del ritual de duelo y era un símbolo de pesadumbre ante la próxima e inevitable muerte, fuera ésta la que fuese. Se sentaron primero los guerreros, formando un amplio semicírculo y enarbolando con solemnidad sus flexibles lanzas. En las filas de atrás, desordenadamente, se colocaron las mujeres y los niños. Las madres mandaban callar a sus adormilados hijos y en la explanada reinaba un silencio sombrío. Era un amanecer frío y sin viento; en el rocoso suelo brillaban pequeños charcos de agua congelada, dura como un vidrio. El cielo, aclarado ya por un sol aún invisible, pesaba sobre sus cabezas como una plancha de plomo. Nadie había dirigido la palabra a Agua Fría. Sentada en un rincón junto a la entrada de la caverna, hambrienta y entumecida, la muchacha escuchaba embrutecidamente el lento latir de los tambores. Era el sonido mismo de la desdicha.

Bala, que había permanecido largo rato con la cabeza entre las manos, alzó la mirada y levantó su lanza. El redoble se detuvo. Los contendientes salieron de la cueva. Iban completamente desnudos y sus cuerpos relucían por la aplicación del aceite mágico. Llevaban el rostro limpio y sin la marca de la línea negra, pero sus genitales habían sido embadurnados con el tinte de hollín. El frío y la tensión les hacía tiritar ostensiblemente; en una mano llevaban la lanza, en la otra un mazo de madera endurecida al fuego. Urr era más fuerte, más voluminoso, más pesado, pero Zao poseía la agilidad y la resistencia de la juventud. Se acercaron los dos a Bala y permanecieron de pie frente a él, muy serios y erguidos, con el empaque algo deslucido por el perceptible temblor de sus rodillas y el castañeteo de sus dientes. Bala se levantó y, tras abrazarles ritualmente, les ordenó que se colocaran en ambos extremos del amplio semicírculo. Cuando los guerreros estuvieron en sus posiciones, a unos veinte metros de distancia el uno del otro, el gran jefe alzó su lanza y la arrojó al centro del espacio acotado. Allí quedó la jabalina, hincada en el suelo, vibrando. Ésa era la señal. El combate había comenzado.

Al principio apenas se movieron: se encogieron sobre sí mismos y dieron pequeños pasos hacia un lado y hacia otro, escudriñando el comportamiento del enemigo. Comenzó a llover. Ya se había hecho completamente de día, pero el cielo estaba tan nublado que la luz era pobre y turbia. Las gotas de agua se adherían a la piel engrasada de los contendientes, dibujándoles un extraño sarpullido. Luego la lluvia arreció y empezó a desteñir la tintura negra. Era una lluvia torrencial, cegadora y ruidosa. Zao y Urr bailaban erráticamente en el semicírculo, acercándose el uno al otro poco a poco, y el diluvio del fin del mundo les chorreaba barbilla abajo.

Entonces Urr arrojó su lanza. El venablo silbó en el aire y Zao, cogido por sorpresa, no acertó a esquivarlo enteramente: la hoja se le enterró en el hombro izquierdo. Trastabilló el muchacho con el impacto; saltó la sangre y los Uma gritaron. Blandiendo la maza, Urr se abalanzó sobre su contrincante con un aullido de furia y de triunfo. Pero, con agilidad nacida de la desesperación, Zao se arrancó la lanza y, dando un formidable brinco lateral, esquivó la embestida. Se detuvieron de nuevo, jadeantes, contemplándose el uno al otro a dos o tres metros de distancia. La lluvia lavaba la herida del muchacho y por su flanco izquierdo caían regueros de un agua rosada. Al ser herido, Zao había perdido la maza, pero aún tenía la jabalina. Era bueno con la jabalina y Urr lo sabía; por eso se había detenido a unos metros de él, hosco y desconfiado, con la maza agarrada con ambas manos. A Urr le convenía que el muchacho perdiera sangre, que se debilitara; por eso empezó a dar vueltas en torno a él, como una fiera paciente y carroñera, sin detenerse ni acercarse. También Zao sabía que cada momento contaba en su contra y acechaba el instante preciso para ensartar a su enemigo. Pero tenía que ser un tiro infalible, porque sólo disponía de esa oportunidad. Urr, que le aventajaba con mucho en envergadura, hubiera sido siempre un oponente difícil en el cuerpo a cuerpo; pero ahora, herido como estaba, no podría sobrevivir si caía en sus manos. Giraba Zao sobre sí mismo, sin perder la cara al enemigo, mientras el hombro le ardía y el brazo izquierdo se le convertía en un frío e insensible madero. Me va a matar, pensó súbitamente con un espasmo de terror. Y luego se dijo: «No». E imaginó cómo la punta de su jabalina se abriría paso en el vientre de Urr, cómo le traspasaría y le arrebataría la vida.

Sintió un odio sin límites hacia Urr, una emoción caliente y básica que le hizo revivir y recuperar parte de sus fuerzas. Entonces percibió en sus pulsos, como en las buenas cacerías, el momento del tiro: ese instante justo en el tiempo y en el espacio en el que el hierro ha de encontrarse inevitablemente con su víctima. Y arrojó la lanza. Pero en el momento de soltarla resbaló en el suelo encharcado; cayó de costado y la jabalina, torcido su impulso en el último instante, erró por un amplio margen el blanco propuesto. Urr dio un salto y descargó la maza sobre el muchacho. Zao rodó sobre sí mismo y esquivó el golpe por muy poco, mientras la maza crujía horriblemente contra el suelo. Levantaba ya Urr de nuevo la pesada estaca cuando el muchacho palpó algo duro bajo su mano: era la lanza de su enemigo, la que él se había arrancado del hombro instantes antes. Cegado por el dolor y la lluvia, confuso y aturdido, Zao alzó la jabalina y Urr se ensartó en ella. La hoja le entró por la base del cuello; saltó un chorro de sangre y el hombre boqueó un instante, asfixiado y atónito, antes de desplomarse como un fardo sobre el muchacho. Estaba muerto. La herida había resultado fulminante.

Un rumor semejante al viento, mezcla de alivio y pesadumbre, recorrió las filas de los Uma. Inmediatamente se escucharon, lúgubres y agudos, los gemidos de los familiares de Urr. Lloraban no sólo la muerte del hombre, sino su propio destino. Porque, según las normas de la tribu, si el aspirante fracasaba, sus parientes se veían obligados a abandonar el pueblo, condenados al olvido y al destierro de por vida. Las mujeres de Urr, sus hijos, su hermano, su anciana madre, todos permanecían postrados en el suelo, golpeando sus pechos y cubriendo sus cabezas con el negruzco lodo. Nadie les consolaba, nadie les dirigía la palabra, nadie posaba tan siquiera sus ojos sobre ellos. Porque, con la muerte de Urr, habían muerto todos para la tribu.

Pero de todo esto Agua Fría fue consciente más tarde. En un primer momento sólo fue capaz de pensar que Zao había vencido y estaba vivo. Corrió hacia él sin saber que corría y la fuerza de sus emociones la hizo tan rápida que llegó al muchacho antes que nadie. Empapada y tiritando, Agua Fría intentó apartar el pesado cuerpo de Urr. Pero no pudo. Se dejó caer entonces de rodillas junto al muchacho y acarició tímidamente su cabeza.

—Oh, Zao...

El chico sonrió débilmente y Agua Fría sintió que esa sonrisa la atrapaba y que en su cabeza estallaba un incendio. Zao había sido herido por ella. ¡Zao había matado por ella! El haber sido causante de una muerte le resultaba atroz: su razón gemía y se espantaba. Y, sin embargo, de lo más profundo de su ser surgía un sentimiento oscuro y abisal, el eco de una memoria sepultada, una satisfacción salvaje. Como si ese rito de sangre hubiera sellado un pacto ancestral entre Zao y ella, un contrato bárbaro y remoto. Eso era lo más turbador, lo más insoportable: el conflicto entre el horror y el reconocimiento, entre la repugnancia y el placer. Zao había matado por ella, se repetía Agua Fría; y su mente se desgarraba y de sus entrañas surgía un monstruo. Pero ya habían llegado Dogal y otros guerreros junto a Zao, ya apartaban el cadáver de Urr, ya levantaban al muchacho, empujándola a ella a un lado con bruscas maneras. Quedó Agua Fría sola en mitad de la explanada, bajo la lluvia. Los Uma habían deshecho ya el semicírculo y se dirigían a sus quehaceres. Los deudos de Urr acudieron a recoger el cadáver; llorando y lamentándose, comenzaron a reunir sus escasas posesiones y a prepararse para la marcha. Agua Fría les contempló consternada; movida por un impulso súbito, corrió hacia Bala, que permanecía aún sentado en un extremo de la explanada, pálido y taciturno.

—¡Oh, Bala, por favor, gran jefe! —imploró la muchacha, postrándose de rodillas ante el viejo—. ¡No eches a la familia de Urr! Las nieves están próximas, morirán...

Bala dio un respingo, como si le hubieran sacado de un profundo trance. Volvió lentamente el rostro hacia Agua Fría: tenía los ojos ribeteados de rojo y parecía haber envejecido en las últimas horas.

—Las cosas son como son. No hagas más daño del que ya has hecho —contestó el anciano con voz pastosa.

Y, levantándose cansinamente, se alejó hacia la cueva. Ni siquiera volvió el rostro cuando se cruzó con la triste comitiva de los expulsados. Eran una docena de personas, entre niños y adultos; estaban empapados por la lluvia y se tambaleaban bajo el peso de los fardos de provisiones, los atados de mantas de piel, los cestos con sus calabazas, sus piedras de pulir, sus vasijas de madera, sus útiles de hueso. Arrastrando a los críos y a los ancianos y acarreando el cadáver del guerrero envuelto en un cuero, la familia de Urr se internó, sin mirar hacia atrás, en la espesura, la soledad y el invierno.

Volvían a sonar los tambores, ahora con un ritmo más rápido.

Ya lo había dicho Bala, ante toda la tribu, el día que Urr murió:

—La muchacha se quedará con nosotros. No volverá a usar su poder, salvo que el consejo se lo ordene para defendernos de nuestros enemigos. Como castigo a su falta, durante toda una luna traerá el agua para toda la tribu. En ese tiempo nadie cazará para ella y deberá alimentarse de las sobras que consiga. No le será permitido hablar ni nadie hablará con ella, salvo para reclamarle sus deberes. Cumplido su castigo, cuando la luna cambie, mi hijo Zao la convertirá en su mujer. Ésta es la decisión de Bala y así será.

No le habían sorprendido a Agua Fría las palabras del jefe ni su destino conyugal. Sentía, de un modo turbio y angustioso, que su vida pertenecía a Zao desde que el guerrero había arrebatado la de Urr. Y había placer en el reconocimiento de esa dependencia que la sangre había sellado. Placer y dolor, desesperación y gozo. Sentía por Zao algo que no había sentido antes: el deleite de la sumisión y el odio por experimentar ese deleite. Zao era el otro, el enemigo. Un atractivo abismo destructor. Quizá toda esa confusión no fuera sino amor, pero Agua Fría se sentía profundamente enferma.

Había cumplido su castigo con entereza, contenta de apurar una penitencia con la que aliviar el peso de su culpa. Pasó mucha hambre, porque los Uma no desperdiciaban nada y, por las noches, tras hacer su humilde ronda de rapiña por los fuegos de la tribu, apenas si conseguía reunir unos cuantos recortes de las endurecidas tortas de nueces y algunos huesecillos a medio roer enterrados entre las cenizas. Pero con todo, lo más duro de soportar fue algo que Bala no había mencionado: no se le permitió dormir en el hogar del jefe durante toda la luna y hubo de improvisar un lecho en un rincón frío y sombrío, apartado de todas las hogueras. Las noches se le hacían interminables; tiritando bajo la manta de piel, escuchaba el chillido de los murciélagos y pensaba obsesivamente en la familia de Urr, abandonada a su suerte entre los hielos. Porque habían caído ya las primeras nevadas y el mundo era un lugar solemne e inhabitable. Cuando la muchacha salía muy de mañana para traer el agua, la boca de la cueva estaba cubierta con las huellas frescas de las alimañas. Para entonces, por fortuna, Agua Fría ya no se veía obligada a alejarse, puesto que le bastaba con llenar los cuévanos de nieve.

Volvían a sonar los tambores, ahora con redoble de fiesta.

La luna había cambiado la noche anterior y, durante todo el día, los Uma habían estado inmersos en los bulliciosos preparativos de la boda. Se asaltaron los depósitos de comida y las mujeres cocinaron un sinfín de platos deliciosos: carne seca con miel, tortas de harina de higos, raíces dulces peladas y tostadas en las brasas. Los hombres, mientras tanto, dispusieron el nuevo hogar de Zao en el lugar de la cueva que Bala le había adjudicado, un rincón ni demasiado bueno ni demasiado malo, como correspondía a su doble y contradictoria condición de joven guerrero e hijo del jefe. Limpiaron y alisaron el suelo con escobillas de mimbre, compusieron un mullido lecho con hojas secas y mantas de piel, apilaron una buena cantidad de leña para la hoguera y depositaron, uno a uno, sus regalos para la nueva casa: cestillos trenzados, platos de madera, agujas y cuchillos de hueso, puñales de piedra pulida e incluso alguna punta metálica de lanza, un tesoro que se procuraban de cuando en cuando, por medio del trueque o del saqueo, de los pueblos de la llanura, que dominaban el secreto del hierro.

Una vez dispuesto el hogar y entregado el ajuar aparecieron los ancianos, teñidos de alheña y recién rasurados, que, con movimientos rituales y precisos, construyeron la cámara nupcial en torno al lecho: un bastidor rectangular de madera del que pendían cuatro grandes lienzos de cuero curtido. La cámara nupcial se mantendría durante siete días con sus siete noches, aislando a la nueva pareja del resto de la tribu; un tiempo prudente y necesario, consideraban los Uma, para que el espíritu de la esposa se desligara de su antiguo hogar y echara raíces en los dominios de su nuevo dueño.

Nadie había comido nada en todo el día, por ayuno ritual y porque se reservaban para el banquete; pero el hambre y el cansancio no enturbiaban las risas y las bromas mientras se engalanaban para la fiesta. También Agua Fría fue debidamente acicalada: todo su cuerpo fue lavado con nieve y frotado con hojas aromáticas. Pese a sus protestas, le afeitaron la mitad anterior de la cabeza y cubrieron su frente, sus manos y sus pies con las delicadas geometrías de una alheña roja como la sangre. A la caída de la tarde, con los tambores retumbando, los Uma se reunieron en torno a una inmensa hoguera encendida en medio de la cueva. En el centro estaba sentado Zao con el pecho tintineante de collares de huesos.

Bala fue a buscar a Agua Fría. La muchacha había estado durmiendo en su hoguera, de modo que el viejo jefe era el encargado de entregarla. La cogió firmemente de la mano y, atravesando el círculo, la hizo sentar frente a Zao. La tribu comenzó a cantar una salmodia rítmica sostenida por los tambores. El anciano alzó un cuenco de madera y, tras dar un largo trago, se lo pasó a Agua Fría, que apenas lo probó: era un bebedizo caliente confeccionado con agua, miel y el jugo de una raíz de propiedades intoxicantes. Luego le tocó el turno a Zao, que tomó una buena cantidad. Estaba más pálido y delgado, aún convaleciente de su herida.

El viejo jefe hizo una seña y los Uma empezaron a pasarse grandes cuencos llenos a rebosar de la misma cocción. Todos bebían de ella y a los niños pequeños les mojaban los labios. Bala volvió a alzar el recipiente, volvió a ofrecérselo a Agua Fría y a Zao; el ritmo de la canción se aceleraba, en medio de un aturdimiento de tambores. La gigantesca hoguera desprendía un calor insoportable; muchos de los presentes empezaron a despojarse de sus ropas; cantaban y golpeaban el suelo, enardecidos y embriagados, y el fuego hacía brillar sus cuerpos sudorosos. Bebieron y cantaron hasta consumir el contenido de los cuencos; entonces Bala alzó el brazo y el bullicio cesó. El anciano indicó a Agua Fría que se levantara, cosa que ésta hizo, sintiéndose lánguida y considerablemente mareada.

—Muchacha: a partir de ahora no vengas a mi hoguera, que estará apagada para ti —recitó Bala solemnemente—. No me pidas que cace para ti, porque ya no puedo alimentarte. Mis ojos no te ven y mis brazos no pueden defenderte. De ahora en adelante perteneces a Zao. Él cuidará de ti y tú le honrarás, porque es tu dueño.

Y, tras declamar la fórmula habitual, el anciano empujó suavemente a la muchacha hacia Zao y se volvió de espaldas, tapándose los ojos con las manos según la costumbre. La aturdida Agua Fría titubeó un instante; frente a ella estaba Zao, que también se había puesto en pie: hermoso y aterrador, joven y fiero. La muchacha dio un paso hacia él. Sabía, porque ya había asistido a un acto semejante, que el joven debía ahora golpearla y conducirla a la cámara nupcial. No era sino la representación de un viejo rito: no se esperaba que la golpeara con dureza, y comúnmente la ceremonia se despachaba con la pantomima de una ligera bofetada, símbolo del poder del nuevo amo y de la dejación de ese padre vuelto de espaldas y ciego ya para su hija. Miró Agua Fría a Zao y vio sus ojos encendidos con el resplandor de la hoguera. Eran unos ojos febriles, conmovidos por emociones que la muchacha no pudo descifrar. Dio otro paso hacia él. Y súbitamente todo se nubló y un trueno estalló dentro de su cabeza. Alzó la cara, atontada: estaba en el suelo. Zao le había pegado un puñetazo tan fuerte que la había derribado. El lado izquierdo de su cara ardía y palpitaba, pesado como una piedra; se lamió el labio y le supo a sangre. Cobarde, pensó. Animal. Y, aún a gatas, se abalanzó contra él rugiendo de rabia. Zao la abofeteó, la golpeó, la pateó, y ella seguía debatiéndose. Sabía que el muchacho le había pegado tan fuerte porque le tenía miedo, porque temía su poder y su diferencia y quería dejar bien claro, ante toda la tribu, que él era capaz de dominarla; y sabía también que resistirse no haría sino empeorar su situación. Pero no podía evitarlo: combatía por algo más que por orgullo: por un oscuro instinto de supervivencia. Forcejeó hasta que no pudo más, hasta quedar casi inconsciente. Ovillada en el suelo, advirtió entre nieblas que Zao la cogía en brazos y escuchó el lejano bramido de la tribu, que volvía a cantar y a gritar dando por terminada la ceremonia. Así, en brazos del muchacho, como en un mal sueño, entró en la cámara nupcial. Zao la depositó suavemente sobre el lecho. Agua Fría se quejó. Le dolían los riñones, el estómago, la cara. Respirar era un suplicio.

Zao la miraba preocupado, frotándose torpemente sus grandes y magulladas manos.

—¿Tienes sed? —preguntó.

La muchacha no contestó. Tras un instante de duda, Zao le mojó los labios con un poco de agua.

—¿Quieres comer algo? —dijo nerviosamente, señalando los ricos platillos que les habían preparado.

Agua Fría calló y cerró los ojos. Le costaba mantenerlos abiertos: seguramente estaban inflamados.

Entonces Zao suspiró, contrito, y comenzó a acariciar muy suavemente las mejillas de la muchacha, mojadas de sangre y de lágrimas. Y cuando sus manos temblorosas arribaron a las proximidades de la boca, Agua Fría, veloz como una víbora, mordió el dedo pulgar de Zao y apretó con todas sus fuerzas hasta que sus dientes se encontraron con el hueso.

Habían transcurrido ya seis días y Agua Fría se hallaba casi restablecida. Todas las mañanas el muchacho salía de la cámara y regresaba trayendo la comida que su madre les había preparado; también se ocupaba de encender el fuego, pese a ser éste uno de los deberes de la mujer. Claro que Agua Fría estaba demasiado magullada para poder hacerlo.

Zao había lavado y cuidado sus heridas y la había atendido en todo momento con solícita eficacia. Pero no se habían vuelto a hablar desde la primera noche, y tampoco a tocar, a menos que fuera estrictamente necesario. El tiempo transcurría triste y tenso, en la modorra de la convalecencia. Y, por las noches, junto a la espalda tibia del muchacho, Agua Fría deseaba estar muerta y no sabía en realidad por qué.

La mañana de ese sexto día Zao se había ido temprano y tardaba más que de costumbre en regresar. Aburrida y nerviosa, Agua Fría se atrevió a ponerse en pie y a salir de la cámara. Recorrió la cueva, saludó a las mujeres, jugueteó un poco con los niños. Zao no estaba dentro de la gruta. Regresó a su hogar, confusa y fatigada; avivó el fuego y comenzó a preparar su primera comida conyugal. Pero Zao no regresaba. Transcurrió así toda la mañana y buena parte de la tarde, mientras Agua Fría se sentía asfixiar en el encierro de los muros de piel.

El sol debía de estar ya cercano al horizonte cuando el bastidor de madera crujió y Zao entró en la cámara. Traía puestas sus botas y su mejor manto de piel, y tanto sus cabellos como sus ropas estaban húmedos y cubiertos de escarcha. Con él entró el olor del invierno, de la nieve y los bosques. Agua Fría le contempló, ceñuda; y entonces sucedió algo inusitado: el muchacho sonrió. Se arrodilló ante ella y, metiendo la mano dentro de su manto, sacó un bulto informe y tembloroso que tendió hacia Agua Fría. Era un lobezno, un cachorro gimoteante y aterrado. Alzó la cabecita, clavó en la muchacha unos ojos desconsolados y amarillos y lanzó un ridículo gruñido.

—¡Es precioso! —exclamó Agua Fría cogiendo el lobato.

Sus manos rozaron las de Zao; en el pulgar era todavía claramente visible la marca de sus dientes, una herida amoratada y de feo aspecto. Cuando le mordió, Zao no hizo nada, ni siquiera gritar. Tan sólo sujetó su barbilla para liberar el dedo; y luego se pasó la noche acunando su mano, como quien acuna a un niño pequeño.

El animalillo se enroscó en el regazo de Agua Fría, apreciando visiblemente su acogedora calidez. Era una tibia bola peluda, con un hocico húmedo y sensible, un hocico tan negro como el de *Bruna*. Agua Fría alzó la cara: Zao la estaba mirando y sonreía. Oh, ¿qué pasaba?, ¿qué estaba pasando? La muchacha sentía unos irrefrenables deseos de llorar. Pero no podía, no debía permitírselo. No llores, se decía, mientras Zao la acariciaba con sus manos tan frías como carámbanos, no llores o perderás la batalla, el pelo del muchacho desprendía un tenue vapor y su piel estaba húmeda y salada, no llores o nunca más volverás a ser libre, y el manto caía, goteaba la escarcha, las piernas se enredaban, las lágrimas corrían por sus mejillas. O nunca más volverás a ser libre, mientras sus vientres se buscaban y el cachorro roncaba apaciblemente junto al fuego.

258

La Gran Hermana tenía razón: de algún modo los Uma poseían un secreto poder frente a la muerte. Desconocían la Mirada Preservativa, pero la sustancia de su mundo no parecía alterarse cuando, cargados con todos sus recuerdos, desaparecían para siempre en el pozo de la muerte verdadera. En el transcurso del largo y blanco invierno fallecieron tres personas, dos hombres y una mujer, los tres bastante ancianos. Agua Fría presenció sus agonías, asistió a los duelos. Murieron como animalillos, con la resignación ante el dolor de quien lo considera inevitable; sus cuerpos luchaban contra el fin, pero sus mentes no parecían formularse ninguna pregunta. Morían callados y pacientes, y en el entorno no se percibían variaciones: la gruta seguía manteniendo la misma solidez, idénticos perfiles y relieves. Ni siquiera en el momento mismo del tránsito se advertía agitación alguna en la materia, esa leve y fugaz irisación en la superficie de las cosas tan característica de las muertes verdaderas. En la calma de estas muertes dulces, si es que la muerte podía serlo, la muchacha se admiraba de la soberbia impasibilidad del mundo.

Una impasibilidad no compartida por la tribu. Porque los Uma apreciaban la vida, y sus duelos, a diferencia de sus muertes, no eran en absoluto resignados. Los deudos lloraban, se mesaban los cabellos, se cubrían los rostros con barro. Tras lavar el cuerpo del difunto lo enterraban en la boca de la cueva, bajo la nieve, a la espera de que, con el deshielo, pudiera realizarse el rito funerario. Iban acumulándose los cadáveres en la explanada y el mundo de los Uma permanecía intacto.

Fuera, en cambio, la realidad se derretía. Más allá de la cueva, más allá de la explanada y de la linde próxima del bosque, las brumas de la nada rondaban como un depredador hambriento. Abajo, al pie de las abruptas laderas, el plomizo mar desprendía un borroso vapor de inconsistencia, y en la costa, desdibujada en parte, las olas batían furiosamente contra la niebla.

Pero los Uma vivían de espaldas al mundo, ciegos a todo signo de catástrofe, abrigados en su rutina habitual, como si en la repetición estuviera el secreto de la vida eterna. Era un invierno más, parecían decirse tozudamente, tan largo y desalentador como cualquier invierno. Era la época de las manufacturas, de los trabajos artesanos; tallaban, pulían y cosían, confeccionaban mantas, armas o utensilios de cocina. Limpiaban pequeños huesos y los enfilaban en tendones finos para hacer collares. O machacaban piedras y raíces para elaborar tinturas rituales; y por las noches, en torno a los fuegos, se narraban historias legendarias. Agua Fría no se cansaba de escucharles, absorta, aprendiendo a conocer a los Uma a través de sus héroes y sus cuentos. A pesar del frío, de la falta de luz y del perpetuo encierro; a pesar de que las provisiones disminuían alarmantemente y habían tenido que empezar a racionarse, las noches aquellas eran sin duda hermosas, con el lobezno a los pies, dócil y cariñoso como un perro porque crecía en la ignorancia de ser lobo, y con Zao, sobre todo con Zao, perezoso y sensual, con el que Agua Fría a veces se reía, a veces se peleaba y siempre se amaba furiosa y febrilmente. Mientras estaba en sus brazos, la muchacha olvidaba el agónico crepitar del mundo.

Pero a la mañana siguiente volvía a sentirse invadida por la angustia. Salía entonces a la boca de la cueva y se esforzaba en hacer un inventario del paisaje, anotando mentalmente las nuevas mordeduras, las pequeñas conquistas del decaimiento: una rama desdibujada, una roca con el color vidrioso. Un día encontró a Bala acuclillado en la entrada de la gruta. Se sentó junto a él calladamente y durante un rato contemplaron en silencio el horizonte helado. El anciano jefe permanecía impasible, arrebujado en varias mantas. Su perfil, empalidecido por el frío, parecía tallado en un bloque de mármol.

Miró Agua Fría la masa sombría del bosque, azulada por el reflejo de la nieve. Miró la explanada, blanca y escarchada y ocultando en sus entrañas los cadáveres de los tres ancianos. Miró el perfil de las montañas, tembloroso e inestable, herido por las brumas. Los árboles languidecían y las rocas parecían de cristal.

—El mundo se borra, Bala —susurró Agua Fría.

El viejo jefe suspiró audiblemente.

—Es el mundo, entonces. Tenía la esperanza de que sólo fueran mis ojos.

Volvió suavemente el rostro hacia ella. A la clara luz diurna, Agua Fría observó que sus pupilas estaban nubladas, cubiertas por el velo de los años. La muchacha extendió una mano y la pasó ante los ojos del hombre, que parpadeó ligeramente. Bala se estaba quedando ciego.

—Y, sin embargo, sabías que las cosas se estaban deshaciendo... —dijo Agua Fría.

—No hace falta ver. Lo oigo. Lo huelo. El mal está en el aire.

Callaron un buen rato, tiritando debajo de sus mantas.

—Y tú, muchacha, que vienes de tan lejos y conoces secretos de los que los Uma nunca oyeron hablar, ¿no sabes qué podemos hacer contra la mala nube? —dijo Bala.

Su voz sonaba extraña, crispada e implorante al mismo tiempo. Muy desesperado debía de hallarse el viejo jefe para que, siendo como era el gran Bala, se rebajase a solicitar consejo y ayuda de una mujer.

—No, gran jefe. No lo sé.

Y el anciano entornó sus ojos opacos y volvió a suspirar:

—Mala cosa, muchacha. Mala, muy mala.

Pasó el invierno y llegó el deshielo con un torrente de lodos. El aire olía a fermentación vegetal y la tierra comenzaba a asomar la cabeza por entre los montículos de nieve sucia y desleída. Y, junto a los islotes de barro, emergieron también los cadáveres de los tres viejos Uma. Cuando transcurrió al fin la primera noche sin helar, Bala proclamó que había llegado el momento de realizar los ritos funerarios.

Era una ceremonia muy importante, el único oficio de difuntos que se celebraba en todo el año. Aquellos que morían en verano eran envueltos en un cuero curtido y enterrados cerca de la cueva, para que la podredumbre purificara sus restos a la espera de la próxima ceremonia anual. Cada primavera, cuando Bala marcaba el día del evento, los deudos excavaban la explanada y sacaban los despojos de sus seres queridos, envolviéndolos en un cuero nuevo teñido del color de la sangre. También se adornaban con pieles semejantes los cadáveres de los fallecidos durante el invierno, pero éstos contaban con la inconmensurable ventaja de mantenerse intactos, conservados por el abrazo de la nieve. Morir en invierno se consideraba un buen augurio: todos deseaban llegar enteros a la sagrada morada. En esta ocasión, y además de los tres viejos Uma conservados bajo el hielo, había cuatro muertos estivales más, cuatro paquetes de roídos despojos apretadamente envueltos en cueros brillantes.

Aunque los deudos eran los principales protagonistas de la jornada, en la ceremonia participaba todo el pueblo. El rito de difuntos tenía una honda repercusión en la vida tribal y era el símbolo del final del mal tiempo. Las celebraciones acababan con un gran banquete en el que se consumían los restos de los alimentos almacenados para el invierno. A partir de entonces los guerreros tendrían que volver a cazar y a pescar, aunque el espíritu de los hielos les hubiera engañado y cayeran nevadas tardías, cosa que había sucedido en más de una ocasión. Pero los Uma consideraban que eso formaba parte de la eterna y colosal batalla entre el espíritu del sol y el espíritu de los hielos, que siempre se resistía a abandonar la tierra. Y pensaban que ellos, dando públicamente por vencido al invierno, ayudaban al sol en su combate. Por eso resultaba tan importante celebrar apropiadamente el rito de difuntos, que era, al mismo tiempo, un rito de vida y de renacimiento. Así lo percibía Agua Fría mientras se dirigía en procesión, con los demás, hacia las Piedras Dormidas, el recinto de los enterramientos y sumo santuario. Cruzaban los Uma el bosque en callada y solemne fila, tiznadas sus caras con la línea negra funeral y con los cadáveres presidiendo la marcha, y a su alrededor la maleza estallaba en un rumor bullente de animales e insectos, en los turbulentos chasquidos de los procesos de la materia orgánica. El estruendo de la vida despedía a los muertos.

Iban despacio y emplearon casi toda la mañana en el camino. Al fin, al filo del mediodía, coronaron el risco más cercano a la cueva, un monte chato y pedregoso. Ahí arriba, protegidas las espaldas con las escarpadas laderas de otras montañas más altas, estaban los santos lugares. Al principio Agua Fría no advirtió nada especial: no era más que una meseta pelada, con parches de nieve y pequeños montículos. Hasta que Bala se detuvo frente a uno de esos montículos y cuatro de los guerreros más fornidos corrieron una pesada losa que se hallaba en su boca. Era una puerta, se admiró Agua Fría; y, al ser retirada, dejaba una oquedad rectangular que permitía el paso de un ser humano ligeramente encorvado. El viejo jefe y los deudos encendieron entonces unos grandes hachones resinosos y se introdujeron, cargando los cadáveres, por el oscuro hueco. Transcurrió cierto tiempo, durante el cual la tribu permaneció en el exterior, callada y atenta. Al cabo salió Bala y les hizo una señal para que pasasen. Fueron entrando en grupos de ocho o diez, ordenadamente y en silencio.

Agua Fría se agachó y se introdujo en el agujero, que era en realidad un estrecho pasillo de muros de piedra. Lo primero que percibió fue el olor, rancio y ligeramente dulzón, ni del todo desagradable ni del todo desconocido. Y de pronto se encontró en una vasta cámara subterránea. Era un recinto trapezoidal, con la altura de dos mujeres y espacio para casi un centenar de personas. Agua Fría se irguió y parpadeó, asombrada. El suelo era de tierra apisonada, liso y seco. Los muros eran enormes losas de piedra, tan perfectamente talladas y pulidas que no sobresalía ni una sola arista y encajaban las unas en las otras como las muelas encajan en la mandíbula. El techo estaba compuesto por tres colosales bloques de roca, también tallados con igual regularidad y exactitud. En medio de la cámara, dos pilares rectangulares de granito parecían sujetar la techumbre. Junto al segundo pilar, sobre el suelo, estaban alineados los siete nuevos muertos de la tribu, pero alrededor se veían los marchitos y polvorientos restos de otros cadáveres más antiguos. Los deudos se mantenían pegados a los muros con los hachones encendidos y la luz de las teas sacaba chispas del granito pulido.

Los Uma que habían entrado con Agua Fría se habían postrado de rodillas en el suelo; algunos depositaban ante sí pequeñas ofrendas, como un puñado de avellanas o el colmillo de algún animal; otros parecían simplemente meditar en callado recogimiento. Pero la muchacha era incapaz de hacer otra cosa que admirar la magnificencia de ese recinto subterráneo. Nunca, ni siquiera en su sofisticado mundo, había visto construcción megalítica tan perfecta: tan sólo el Talapot podía comparársele en desmesura y en belleza. Y, sin embargo, los Uma eran un pueblo pobre, ignorante y primitivo. Una tribu bárbara que carecía prácticamente de todo y que, sin embargo, había sido capaz de este verdadero prodigio arquitectónico. Las Piedras Dormidas eran, con mucho, la culminación de la cultura Uma; reunían lo mejor de su saber, de su arte y de su técnica. Y todo ese colosal y doloroso esfuerzo lo habían hecho no para mejorar sus condiciones de vida, sino en un rito tribal frente a la muerte. Agua Fría inspiró profundamente y entonces identificó el olor de la cámara: era un aire rancio y corrompido, semejante al del Círculo de Tinieblas del Talapot.

Cuando salió de nuevo al exterior, achinando los ojos bajo el sol, la muchacha contempló la meseta con sobrecogimiento: ahora sabía que esas gibas de tierra, esos montículos diseminados que se veían alrededor, era antiguos sepulcros como el que acababa de visitar. Durante siglos y siglos, generación tras generación, los Uma habían trabajado hasta la extenuación en la construcción de estas soberbias cámaras. Por la muerte. O quizá fuera mejor decir contra la muerte. Agua Fría se daba cuenta de su error: había creído que los Uma morían como animales, sin conciencia de su agonía. Pero ahora comprendía que la existencia entera de la tribu era una batalla contra el fin. Lo mismo que la de todos los otros pueblos del planeta. La vida de los humanos, en definitiva, no era sino un desesperado y siempre fracasado combate contra la muerte. Cada cual luchaba como podía, como sabía. Fue por la muerte, o contra la muerte, por lo que su mundo, el mundo de Agua Fría, inventó a los sacerdotes. Y los sacerdotes inventaron el Cristal y la Ley contra la muerte, como los Uma inventaron sus cámaras subterráneas y su ritual sagrado. Todos se esforzaban y todos perdían.

Regresaron cantando y tocando los tambores, como

era habitual, pero Agua Fría se sentía incapaz de participar en la alegría general. Tampoco Bala parecía contento. Caminaba callado y taciturno, sin prestar atención al sonoro crepitar de la primavera en la maleza. Y los profundos pliegues de su rostro parecían decir: ese ensordecedor piar de pájaros, ese inconsciente chirriar de los insectos, ese blando rumor de las hierbas tiernas al desplegarse, quizá sean los últimos sonidos de la última de las primaveras de esta tierra.

Tampoco *Omán*, el lobezno que Zao había regalado a Agua Fría, parecía comportarse normalmente. *Omán*, crecido ya hasta la frontera de su edad adulta, llevaba varios días especialmente inquieto y unas cuantas noches aulladoras. Ahora, mientras regresaba por el perfumado bosque junto a Agua Fría, corría excitadamente de un lado a otro del camino, gimiendo y jadeando como un animal enfermo. La muchacha intentó calmarle, acariciarle; pero el lobezno se escabulló de entre sus brazos y desanduvo el camino, internándose en la espesura.

Agua Fría se separó de la comitiva y fue tras él, llamándole dulcemente por su nombre, rebuscando con ansiedad entre los matorrales. Empezaba a perder ya las esperanzas de encontrarle cuando le vio, erguido en mitad de la vereda, con el lomo erizado y las orejas tiesas. Se acercó lentamente a él y el animal clavó en la muchacha sus ardientes ojos amarillos. Agua Fría se detuvo; había algo distinto en esa mirada: una determinación, quizá, una desesperación tremendamente humanas. El cachorro la contempló así durante unos instantes y luego volvió grupas y comenzó a alejarse. Primero despacio, volviendo la cabeza de trecho en trecho; después cada vez más de prisa, como ansioso de desprenderse de su pasado, hasta terminar convertido, lobo al fin, en una fugaz masa de pelos grises perdiéndose velozmente entre las rocas. *Omán* había dejado de ser *Omán*: se marchaba para no volver jamás. Agua Fría sabía que el cachorro se iba para reproducirse; que la primavera le había emborrachado con el olor de la vida y de las hembras. También él iba a cumplir su destino y participar en la ciega lucha de su especie contra la muerte. Que era, en realidad, lo que ella debía hacer. Marcharse con los suyos. Combatir las brumas de la nada hasta el final.

La claridad con que esta idea se había formulado en su cabeza la dejó anonadada. Unos años antes, en Renacimiento, Agua Fría había conseguido aún engañarse y convencerse a sí misma, durante cierto tiempo, de que podía permanecer en la colonia de los renegados para siempre. Pero ahora la muchacha ya no era ni libre ni inocente: se debía a su propio pasado. Estaba lastrada por el peso de la memoria, que es un huésped doloroso y exigente. Ahora sabía que no era posible hallar cobijo frente a las brumas de la nada. Que los espejismos no existían. Que no podía quedarse por más tiempo en las Rocas Negras mientras alrededor la vida se acababa.

Los Uma, ingenuos y primitivos, poseían sin duda el inquietante don de morir de muerte verdadera sin afectar por ello la cohesión del mundo. Pero Agua Fría no sabía utilizar ese poder. No sabía de qué modo podía insuflarse en las borrosas cosas la perseverancia que los Uma ponían en la existencia. Tenía que regresar a Magenta. Tenía que volver al Talapot. Ya lo había dicho la Gran Hermana: sólo Océano, la Gran Sacerdotisa, había tenido acceso a los Anales Secretos y conocía el principio de las cosas. Sólo ella sabría cómo aprovechar el don de los Uma. Tenía que ir al Talapot y conseguir la colaboración de la Gran Sacerdotisa. Voluntariamente o a la fuerza. Por solaridad frente al cercano fin o por medio de las armas. No había otro camino posible hacia el futuro. Agua Fría apretó el paso hasta alcanzar la comitiva y buscó a Bala. Y cuando estuvo frente a él hizo una reverencia inútil ante sus ojos ciegos y le dijo en voz baja pero firme:

—Gran jefe, creo que ha llegado el momento de irse. Te ruego que convoques el consejo.

Las hogueras ardieron durante toda la noche y, al amanecer, los guerreros habían enronquecido con las largas discusiones y sus cabellos olían a humo y a resina. Nunca se había tratado antes, entre los Uma, un tema de semejante trascendencia.

Acordaron al fin que la participación en la expedición sería voluntaria y se presentaron dos docenas de guerreros, prácticamente todos los jóvenes, incluidos Dogal y Zao, los hijos del jefe. Esto provocó cierto conflicto, porque Bala estaba viejo y ciego y los ancianos de la tribu se resistían a permitir la marcha de los dos herederos. Pero el gran jefe puso fin al debate:

—Si no tienen éxito, pronto no habrá ningún pueblo Uma sobre el que gobernar.

Y su actitud melancólica, más aún que la dureza de sus palabras, llenaron de tribulación a los guerreros.

Abandonaron la seguridad de la explanada una mañana lluviosa, tras muchos besos y llantos por parte de las mujeres y temblorosos carraspeos por parte de los hombres. La partida se componía de veintitrés personas, con Dogal como caudillo, y Agua Fría era la única mujer entre todos ellos. Puesto que los tiempos se acababan y el viejo orden estaba agonizando; puesto que las cosas ya no eran más como debían ser, a la muchacha se le permitió llevar el arco y las flechas y usar el arma, para caza y combate, como si fuera un hombre.

Al principio cruzaron oblicuamente las Rocas Negras

hacia el suroeste, en unas etapas agotadoras por lo abruptas y escarpadas, con la respiración dolorosamente apretada por la altura y en compañía de los buitres y las águilas. Estaban terminando ya la zona montañosa cuando uno de los guerreros se despeñó en un paso difícil: cayó rodando ladera abajo y se rompió una pierna. Pero, ante la tesitura de una muerte cierta si se quedaba atrás, se entablilló con la ayuda de un par de jabalinas y prosiguió la marcha sin perder el ritmo ni quejarse. Los Uma eran un pueblo estoico y resistente.

Alcanzaron al cabo el terreno llano y desde allí Agua Fría pudo ver, a lo lejos, la cordillera en donde estaba enclavado el valle de Renacimiento: panzonas montañas, verdosas y ubérrimas, mordidas por el cáncer de la bruma. Las dejaron a la espalda, porque ellos marchaban siempre hacia el suroeste, dirigidos por la sofisticada brújula que la muchacha había recibido de la Gran Hermana.

Allí, en la llanura, encontraron los primeros pueblos. Todos ellos abandonados y devorados por el polvo y el olvido. No eran más que unas aldeas miserables y ahora, además, sus humildes muros de adobe apenas si se mantenían en pie. Pero constituyeron una inagotable fuente de sorpresas para los primitivos Uma, que no se cansaban de admirar las construcciones, los toscos lechos de madera, los utensilios metálicos y los cántaros finamente trabajados con ayuda del torno y endurecidos en un horno cerámico. Las puertas y las toscas contraventanas, sobre todo, parecían embelesarles: se entretenían haciéndolas girar sobre sus goznes y llenando de chirridos el silencio.

Muchos de los cacharros de barro que encontraban mostraban la típica cenefa ocre de los norteños; sin duda estas aldeas recibían sus abastecimientos desde la costa, desde el norte, porque al sur comenzaba el feroz desierto de piedra, cortándoles la comunicación con la metrópoli. Agua Fría se preguntó hacia dónde habrían huido, en su desesperación, los habitantes de estos pueblos: hacia la costa, también abandonada, o hacia el corazón ardiente del desierto. Fueran en una u otra dirección, debió de ser un éxodo cruel.

También Agua Fría y los Uma tendrían que atravesar esa inmensidad de piedra calcinada. Pero ella conocía el camino y poseía una brújula. Con ayuda de la brújula no podían tardar más de dos semanas en alcanzar el oasis de Kaolá, la minera del agua; y después otras dos semanas para llegar a Aural. Ellos sobrevivirían al infierno rojo.

Pero ya no era rojo. Cuando llegaron a la linde del desierto y el horizonte se abrió sobre ese territorio torturado, Agua Fría se sobresaltó al ver el mortecino color que presentaba. Era, sin duda, el mismo desierto de piedra que Respy y ella habían cruzado cinco años antes: la misma tierra sedienta y llagada por el sol, el mismo paisaje febril de pesadilla. Pero ahora no relucía como un carbón al rojo. Ahora el paisaje era pardo, las rocas pardas, el polvo pardo; incluso las sombras eran pardas, sin su ominosa profundidad de antaño. Era un territorio sucio y marchito, un horizonte exangüe. El desierto había perdido su esencia abrasadora, su grandiosa maldad; y al parpadear, por el rabillo de los ojos, las superficies parecían temblar de insustancialidad.

De hecho, empezaron a encontrar grandes zonas sepultadas por la niebla; parecía que los territorios más despoblados de vida, tanto humana como animal y vegetal, sucumbían antes al empuje de la nada. La primera vez que se enfrentaron a una de estas franjas brumosas, los Uma, obcecados y supersticiosos, se negaron rotundamente a entrar en ella. Perdieron un día entero discutiendo en las lindes de la «mala nube», hasta que la muchacha, desesperada, se internó por sí sola entre la niebla. Detrás de ella fue Zao, porque la amaba; y detrás Dogal, porque él era el jefe y el heredero y no podía permitir que su hermano menor mostrara mayor coraje que él. Y al cabo, en fin, titubeantes, frotando con medroso nerviosismo sus talismanes confeccionados con colmillos de fieras, el resto de los guerreros se fue zambullendo en el magma insonoro y plomizo. Estaban muy asustados, pero, para sorpresa de Agua Fría, parecían adaptarse a la bruma mucho mejor que ella, quizá porque los Uma carecían casi por completo de imaginación y eran, por lo tanto, inmunes a los terrores abisales de la geometría, a las angustias de un entorno sin coordenadas espaciales. Al poco tiempo se movían con la misma facilidad con la que bucearían en una poza de aguas turbias. Así atravesaron varios agujeros que la nada había horadado en el desierto.

Un atardecer, cuando el sol se hundía ya entre las piedras, avistaron a lo lejos una extraña mancha. Era del color gris del plomo, sin brillo y sin contornos definidos. Agua Fría sólo reconoció el lugar cuando ya se encontraban casi encima: era el oasis de Kaolá. Pero el jugoso parque vegetal de antaño se había reducido enormemente; y las palmeras, única especie de árboles que parecía haber sobrevivido, eran ahora tan grises como si fueran de metal, o como si un fuelle gigantesco las hubiera recubierto de cenizas.

Se internaron en el oasis con cautela; en el suelo, desmochados y resecos, estaban los oscuros muñones de lo que antaño fueran árboles frutales. Ni un pájaro piaba entre las hojas de las enlutadas palmeras; ni un escarabajo se escurría entre las arenas yertas y lunares. Sólo se escuchaba el rumor del agua, un tintineo refrescante y cercano. Guiándose por el sonido llegaron a la acequia y allí, sentada junto al pozo, descubrieron a Kaolá, enflaquecida y harapienta, con los cabellos enmarañados y el rostro cubierto por costras de mugre. Agua Fría, que no guardaba un buen recuerdo de Kaolá y había pensado conseguir el agua, en esta ocasión, por la hipnosis o por la fuerza disuasoria de sus guerreros, se quedó paralizada por la sorpresa.

—Kaolá... —susurró quedamente.

La mujer alzó la cabeza y, al descubrirles, dio un brinco animal y prodigioso y cayó de pie detrás del pozo, empuñando amenazadoramente sus hachas de oro y contemplándoles con unos ojos en los que ardía la locura.

—Es mío... Es mío... El pozo es mío... —barbotó ferozmente.

—Tranquilízate, Kaolá... No queremos hacerte ningún daño —dijo Agua Fría en la lengua del imperio.

La mujer se apartó el enredado cabello de la cara y se irguió un poco:

—¿Me conoces?

—Sí, tú eres Kaolá, la gran Kaolá, minera de agua...

La mujer soltó un bufido parecido a un sollozo y se dejó caer de rodillas al suelo.

—¡No me mires! La gran Kaolá ha muerto. Si conociste a Kaolá, márchate ahora mismo, te lo ruego...

Y se apretaba las sienes entre los puños. Las hachas de oro, que aún llevaba en las manos, parecían unos objetos extrañamente nobles y limpios junto a su mugriento pelo.

—¿Qué ha pasado, Kaolá? ¿Dónde está tu gente?

—Primero empezaron a morir las flores —dijo la mujer con voz monocorde—. Luego el huerto se secó, aunque yo lo regaba todos los días. Entonces mis hombres dijeron que querían regresar a Aural. Intenté impedirlo, pero eran muchos y estaban asustados. Se fueron desierto a través, una mañana. Sólo permanecieron dos conmigo, los más antiguos, los más fieles. Yo les he dado todo,

todo. Eran pura escoria y yo les hice ricos y poderosos. Pero se fueron todos y sólo quedaron dos, los más viejos, los más cobardes. Después los frutales se murieron. Un amanecer me levanté antes que nadie y descubrí que no quedaba ningún pájaro. Entonces regresé y maté a los dos hombres mientras aún dormían para que no pudieran abandonar mi oasis. Ahora mis palmeras son grises porque ha empezado ya la noche eterna. Son las palmeras de la noche.

Y se calló, gimiendo quedamente.

—Escucha, Kaolá —dijo Agua Fría, asqueada y conmovida por el relato—. Escucha, no se trata tan sólo de tu oasis. El mundo entero se está acabando. Nosotros vamos a Magenta para luchar contra la bruma. Vente con nosotros. Si te quedas aquí morirás muy pronto.

Kaolá se puso en pie de un brinco y sacudió amenazadoramente sus hachas doradas.

—¿Irme yo? ¿De aquí, de mi oasis, de mi paraíso? ¡Yo soy la gran Kaolá, minera de agua, y todo lo que veis me pertenece, lo he creado yo misma de la nada! —bramó orgullosamente, señalando el entorno con un majestuoso ademán de su brazo esquelético.

Y luego miró en derredor y contempló el oasis. Las sucias y lastimosas palmeras, el mortecino suelo. La chispa de locura se extinguió en sus ojos; se irguió, serena y rotunda.

—No. No me voy. Y no voy a dejaros utilizar mi agua. Tendréis que matarme.

Y sin más aviso, dando un alarido escalofriante, Kaolá saltó por encima del pozo y se abalanzó blandiendo sus armas sobre los Uma. Los sorprendidos guerreros, que no habían entendido la conversación, esquivaron su primera carga a duras penas; jamás habían combatido contra una mujer y se sentían confundidos. Ágil como una alimaña,

273

Kaolá se volvió sobre sí misma y atacó de nuevo, enterrando una de sus hachas en el brazo del guerrero más cercano, quien, en un movimiento reflejo de defensa, la ensartó con su jabalina. Cayó Kaolá al suelo agarrada a la vara de la lanza y, tras un ligero espasmo, murió de inmediato: la hoja debió de partirle el corazón. Así, yacente y rota, la desnutrida Kaolá parecía muy frágil, muy pequeña. Y su sangre, roja y brillante, ponía el color de la vida en el marchito oasis, en la arena sombría.

Cruzaron el desierto en el tiempo previsto y llegaron a Aural bajo un sol implacable que, sin embargo, parecía repartir sombras y no luz, un extraño efecto óptico que quizá se debiera al desaliento que parecía haberse instalado en los objetos, a ese aspecto desteñido que mostraban las cosas. También Aural había sido abandonada. Siendo como era una gran ciudad, la soledad resultaba aquí más amenazadora y enfermiza que en los pequeños pueblos, potenciada por la ostentación de los edificios: amplias mansiones con escalinatas y columnas, pórticos colosales, fachadas ridículas con bajorrelieves de leones rampantes. Eran las casas de los ricos, de los que habían triunfado en la cruel batalla del dinero, símbolo de poder de una ciudad prepotente y maligna en la que había corrido en abundancia el oro y la sangre. Y aquí estaban ahora los palacios, sucios, desconchados, con los vidrios rotos, cáscaras vacías de la ambición humana.

Se tomaron su tiempo para recorrer la ciudad, porque los Uma estaban maravillados con la magnificencia del lugar, con los altos edificios de tres o cuatro plantas, con los suelos de mosaico pulido y brillante, con las arañas de cristal tintineantes capaces de sustentar más de cien velas; con los muebles, los espejos, las túnicas multicolores de fino tejido. Hicieron acopio de un botín tan enorme que iban tambaleándose por las calles bajo el peso de su rapiña y, sobrepasados por tanta exquisitez, cuando veían un objeto que les resultaba apetecible tiraban lo que llevaban entre las manos para poder hacer sitio al nuevo juguete. Agua Fría, mientras tanto, escogió un lugar para dormir y recogió algunas provisiones. Estaba preocupada: la Cordillera Blanca, que antaño se levantaba a las espaldas de Aural, había sido engullida por la niebla del olvido y, puesto que las aguas de la ciudad se alimentaban fundamentalmente del deshielo, la muchacha temía que los depósitos estuvieran vacíos. De modo que, al caer la tarde, se encaminó con un puñado de excitados y emperifollados Uma a los depósitos.

Éstos eran cuatro, tan grandes como lagos pequeños, concentrados al oeste de la ciudad y rodeados de altos y poderosos muros. Escalaron las fortificaciones del primero y entraron en el recinto, que abarcaba un par de casas, huerta y almacenes. El depósito se encontraba todavía medio lleno, pero el agua, turbia y llena de limo, hervía de insectos. Por fortuna encontraron una pequeña fuente, limpia y clara, con la que llenar los pellejos. Estaban aún a mitad de la operación, porque el caudal era escaso y el proceso lento, cuando las pestilentes aguas del depósito se agitaron y emergió frente a ellos una mujer madura, gorda y desnuda. Llevaba los ralos cabellos trenzados con cadenas de oro y los brazos cubiertos de ricos brazaletes.

—Estáis cogiendo agua de nuestro depósito... —gruñó la aparición; y después sonrió pedantemente, mostrando una boca mellada—. Pero no importa. Os la regalamos. Tenemos mucha, mucha.

—¿Tenéis? ¿Quiénes sois? Creí que Aural estaba abandonada.

—Somos las dueñas de todo esto —señaló el mamarracho orgullosamente con un amplio ademán de su ensortijada mano; su piel estaba arrugada como una pasa por la larga permanencia bajo el agua.

La muchacha escudriñó el recinto del depósito, pero no pudo ver a nadie.

—Somos las reinas del oro y del agua —canturreó la mujer—. Cuando la cordillera empezó a borrarse y ya no vinieron más los mercaderes, las gentes se marcharon. Estúpidos. Ahora somos ricas, inmensamente ricas. Hace años nos trataban mal, muy mal. La vida. Las gentes. Los guardias púrpura. Nos metieron en la cárcel. Nos pateaban en la calle. Creían que nunca llegaríamos a nada. Pero ahora somos las más poderosas del imperio. Mira, ¡oro! —Y agitaba sus tintineantes brazaletes—. ¡Y agua! —Y se arrojó, chapoteando como una vieja foca, en el estanque fétido y verdoso.

Sacó de nuevo la cabeza y sus arrugados y gruesos mofletes retemblaron con una sonrisa.

—Podéis coger toda el agua que queráis: os lo permitimos magnánimamente. Pero tened cuidado con nuestro enemigo.

—¿Vuestro enemigo?

—Es un hombre malo. Vive en el último depósito. Antes era pobre y malo y ahora es rico y malo. ¡Y está loco! —exclamó la mujer, poniendo los ojos en blanco.

Dicho lo cual se internó en el depósito con torpes brazadas y allí quedó flotando boca arriba: un fláccido tripón blanco, moteado de limo, emergiendo como un islote de entre las aguas.

A la mañana siguiente, cuando se disponían a abandonar Aural, advirtieron otra presencia humana: un hombrecillo de edad indefinida, cojo y encorvado, que les espiaba al precario abrigo de una esquina. Cuando, terminados ya los preparativos, enfilaron hacia la salida de la ciudad, el hombre abandonó su escondite y les siguió a prudente distancia. Iba cubierto con la más inverosímil colección de gemas preciosas y, repentinamente enrabietado e iracundo, comenzó a arrancarse las pesadas joyas y a lanzárselas, como quien lanza piedras, al grupo de los Uma. Les escoltó así hasta el límite de la ciudad, babeando de furia, insultándoles truculentamente con maldiciones ininteligibles, arrastrando su pierna seca por el polvo y arrojándoles, sin acertar jamás, las gruesas sortijas, los collares opulentos, los brazaletes de rubíes centelleantes.

La gran Cordillera Blanca había sido hendida, en toda su anchura, por una vasta franja neblinosa, y esta catástrofe, paradójicamente, les facilitó mucho el camino, puesto que apenas tardaron dos jornadas en cubrir un trayecto que, montaña arriba, hubiera sido mucho más largo y fatigoso.

Emergieron de la bruma a la llanura, ilimitada y yerma, y el terreno, que siempre fue pobre, parecía ahora más miserable, con los campos sin cultivar y las malas hierbas creciendo pardas y raquíticas. Años atrás, cuando Agua Fría recorrió estos mismos secarrales con la caravana, empleó en el trayecto mucho tiempo; pero ahora, libres de obligaciones mercantiles y ligeros de peso, fueron mucho más rápido. En apenas tres semanas salieron de los abandonados y solitarios llanos y empezaron a atravesar el cordón de ciudades que rodeaba Magenta. Allí se encontraron con los primeros habitantes: ancianos de ojos espantados dejados atrás por sus familias, mujeres y hombres de expresión huidiza que deambulaban sin destino aparente por las ruinosas calles. Tan alicaídos estaban, tan fuera de la realidad y los sentidos, que ni siquiera parecieron prestar atención al abigarrado y exótico grupo que formaban Agua Fría y los guerreros. Fue allí, en medio de tanto desaliento, cuando la muchacha descubrió que estaba embarazada. Un prodigio inaudito, o quizá una macabra broma del destino, como el feto cegado por membranas que había visto en Lulabay. Pero no, el hijo de Zao tenía que ser un niño sano. Una pizca de vida luchando con tenacidad contra el decaimiento.

A medida que iban avanzando encontraban más y más gente, en una multiplicación vertiginosa. En los alrededores de Magenta el gentío era ya denso y sofocante; cientos de personas ocupaban los caseríos, los campos, los caminos; dormían a la intemperie o en improvisadas tiendas, encendían fuegos con los tablones de las cercas o las contraventanas de las casas y arrasaban, como una plaga de langostas, los cultivos de la zona, degollando a todo animal doméstico. Habían venido desde todos los confines del imperio, perseguidos por el miedo y por las nieblas; había robustos norteños de coleta trenzada, mujeres amarillas de las islas del Sur, bárbaros tatuados del confín del Oeste. Aquí estaban todos, mucho de ellos armados hasta los dientes, turbulentos, desconfiados, asustados y hambrientos, ávidos de milagros, buscando ansiosamente una autoridad a la que poder seguir ciegamente para salir del caos. Arropados por tan formidable muchedumbre entraron en Magenta, cuyas puertas, arrancadas de los monumentales goznes, ya no cuidaba nadie. Porque en la ciudad reinaba la más terrible confusión. Las gentes dormían, malvivían y agonizaban en las abarrotadas calles, y en las aceras se mezclaban los desdichados vivos con yertos cadáveres que nadie se había ocupado en retirar.

Magenta permanecía más o menos intacta, sólida en sus superficies y volúmenes, pero el color de las cosas era también aquí pálido y sin lustre, como si los objetos se estuvieran desangrando lentamente de su sustancia. En el aire, por los rincones, sobre las murallas, flotaban jirones casi translúcidos de la bruma letal. Se escuchaba por doquier una ensordecedora algarabía, gritos, llantos, discusiones, cánticos religiosos, juramentos blasfemos y soflamas. En una plaza, una mujer vestida con la túnica gris de penitencia anunciaba estentóreamente el fin del mundo y predicaba la mortificación y el sacrificio, mientras sus seguidores, roñosos y famélicos, se azotaban las espaldas con ramas de espino o se golpeaban los dedos con piedras. Más allá, un hombretón de aspecto brutal enarbolaba una pesada espada manchada de sangre y pedía mercenarios para un ejército privado. Y, unas cuantas calles más arriba, un puñado de mujeres y hombres asaltaban el depósito de alimentos de algún rico. Agua Fría se detuvo a contemplarles; eran un grupo pequeño pero disciplinado y bien armado. Y entonces les reconoció: eran sus antiguos compañeros, los renegados de Renacimiento que habían optado por abandonar el valle. Se acercó jubilosamente a ellos y estaban saludándose y abrazándose cuando una manita tironeó con impaciencia de su cinto. La muchacha miró hacia el suelo y descubrió a Torbellino. Iba vestida con una coraza y un casco de acero, todo primoroso y diminuto, y, sonriendo ampliamente, le tendió los brazos.

—¡Torbellino! —exclamó la muchacha, alzándola en volandas y estrechándola contra su pecho con afecto.

Y la enana rió y le rogó que la depositara sobre el suelo:

—¡Estás arruinando mi reputación, Agua Fría! —bromeó con un gruñido amistoso.

Torbellino era la capitana del grupo de renegados, apenas una docena de personas. Habían terminado ya el saqueo y Agua Fría y los Uma se marcharon con ellos. Rápidamente, para no despertar la codicia ajena con las provisiones recién requisadas, los renegados cruzaron las callejas de Magenta y se dirigieron a su refugio. Habían montado su cuartel general en una antigua escuela, un edificio amplio que habían fortificado con barricadas y que permanecía bajo la vigilancia de otros cinco renegados. La aulas servían de almacenes y estaban asombrosamente bien provistas; en los patios, transformados en establos, se alineaban varias decenas de camellos y caballos. Un verdadero lujo en ese mundo empobrecido y hambriento.

—Es increíble todo lo que tenéis aquí... —dijo Agua Fría, admirada ante tanta opulencia.

—A decir verdad, no es sólo mío —respondió la enana, algo contrita.

Y le explicó la situación a la muchacha. Entre los muchos cabecillas que surgían espontáneamente de las masas, sólo uno, un hombre que se autodenominaba el Negro, tenía verdadera relevancia. El Negro había sido, al parecer, capitán de la Guardia Púrpura en Bilis, la segunda ciudad del imperio, al suroeste del país. Había llegado a Magenta nimbado ya con el prestigio del rebelde y con sus propias tropas de renegados, más o menos bien armadas, a las que se habían sumado en seguida muchos otros, ansiosos de ampararse en el orden y la aparente certidumbre que el antiguo capitán representaba. El Negro no poseía ningún conocimiento especial: si peleaba contra los sacerdotes era porque, oscuramente, les consideraba culpables del caos reinante, y su disciplinada mente militar abominaba del desorden. Si bien no era un hombre cultivado, sí era, en cambio, astuto, tenaz y carismático. Acostumbrado a la drástica ley de los cuarteles, gobernaba su improvisado ejército con mano de hierro, castigando las desobediencias a sus órdenes con una inmediata ejecución. Dentro de la desesperada situación que se vivía, el Negro resultaba casi providencial: era el único poder organizado en la ciudad. Los renegados de Renacimiento se habían unido también a él, aunque, gracias a sus conocimientos y sus poderes especiales, habían conseguido una posición privilegiada, manteniéndose como escuadrón cerrado y relativamente independiente. Era para el ejército del Negro, para el depósito general de víveres, para lo que habían asaltado el almacén, porque Torbellino había sido encargada de la intendencia. Mientras tanto, el grueso de las fuerzas del Negro llevaba varios días librando una feroz batalla en la explanada del Talapot. Combatían contra el último batallón de guardias púrpura, a los que las sacerdotisas habían sin duda hipnotizado para que lucharan hasta la muerte. Si guardaban silencio, dijo Torbellino, quizá pudieran escuchar el fragor del enfrentamiento. Y callaron todos y, efectivamente, más allá de la algarabía de la calle cercana, podía oírse un rumor sofocado, como de mar golpeando una playa; un tenue entrechocar metálico, como el sonido que producen algunos insectos al refrotar sus élitros.

Fue entonces cuando Agua Fría se decidió. Tenía que encontrar a Océano antes de que el Negro asaltara el palacio. Tenía que hablar con la Gran Sacerdotisa antes de que ésta escapara o de que la muchedumbre la matase. Entraría con los Uma en el Talapot, utilizando el mismo pasadizo secreto por el que había escapado seis años antes. Aún guardaba la llave, colgada de un cordón de cuero de su cuello. La tocó mecánicamente, y le pareció que el frío metal quemaba sus dedos.

Torbellino les proporcionó un salvoconducto para que pudieran llegar hasta el Talapot, ya que la empinada calzada de acceso al palacio estaba controlada por las tropas del Negro. Iniciaron el ascenso de noche, en las escasas horas de tregua que la oscuridad imponía a la larga y cruenta batalla. La mitad de los mástiles que flanqueaban el sendero estaban rotos o habían sido arrancados de cuajo; y en aquellos que aún seguían en pie no ondeaba bandera alguna. De vez en cuando, una pareja de soldados malencarados les daba el alto y se veían obligados a mostrar el salvoconducto. Los hombres hacían girar el papel torpemente entre sus sucias manos sin entender lo escrito, pero, tranquilizados al ver el sello del Negro, les dejaban pasar sin importunarles. Muchos de ellos tenían fuertes acentos dialectales y algunos apenas si hablaban la lengua del imperio. Eran gentes venidas de lugares remotos, habían sobrevivido al hambre y a la violencia y poseían un aspecto feroz y atrabiliario.

Agua Fría contempló la luna creciente, una esquirla de plata temblorosa que colgaba del cielo, y suspiró recordando la última vez que había hecho ese mismo trayecto, diez años atrás, en compañía del sombrío Humo de Leña. Entonces era de día y el sol hacía brillar los colores del mundo. Las banderas ondeaban ruidosamente en los mástiles, mientras los guardias púrpura, imponentes en sus ropas de gala, se esforzaban en resistir con gallardía los empujes de la muchedumbre, de aquel festivo torrente de mujeres y hombres, tan intactos aún, tan inocentes. Como la propia Agua Fría lo era entonces. Se recordaba a sí misma, ensangrentada con sus sangres primeras, aún niña, aún crédula; herida por la súbita muerte de su madre pero pensando todavía que aquello no era sino un zarpazo pasajero y cruel de la desgracia y que, con el tiempo, el mundo volvería a ser lo que antes era, del mismo modo que las aguas de un lago se serenan tras la caída de una piedra. Pero el mundo nunca volvió a ser el mismo. Porque la muerte de su madre no era sino el principio de la infinita pérdida, el comienzo de ese imparable decaer que era el vivir. Aquella Agua Fría frágil, crédula e ignorante ya no existía; se había perdido en algún impreciso momento del pasado, junto con el recuerdo de Pedernal, la vida de Respy, la fe en el futuro, el cálido aliento de *Bruna* y su dedo meñique de la mano izquierda. Todo ello quedaba atrás, sumergido en el lago abrasador de la nostalgia. Y por delante no había sino esta ascensión entre tinieblas y el agónico temblor del universo.

En la explanada reinaba un silencio absoluto, esa calma enfermiza y opresiva que se adueña de los lugares en donde ha habido un exceso de alaridos y lamentos. La noche era muy oscura y eso favorecía los planes de Agua Fría, puesto que para alcanzar los muros del Talapot estaban obligados a cruzar un amplio espacio descubierto. Por doquier, arropados en las tinieblas, yacían los cadáveres de los combatientes en la batalla: hombres degollados, mutilados, crispados en su postrer espasmo; y la sangre reseca que había manado de sus heridas se confundía ahora con sus sombras. Así avanzaron Agua Fría y los Uma a través de la explanada: deslizándose de uno en uno, como felinos, al abrigo de los cuerpos de los muertos.

Recorrieron una y otra vez la base del palacio sin que la muchacha atinara a descubrir el exacto lugar de la puerta secreta. Las piedras ensamblaban entre sí a la perfección y todas parecían ser inamovibles. Estaba tentando la muchacha una vez más una de las losas megalíticas que, según su recuerdo, debía de caer más o menos sobre la entrada del pasadizo, cuando la puerta principal del Talapot se abrió con retumbar de trueno y salió un tropel de guardias púrpura que se abalanzó violentamente sobre ellos. Al otro lado de la explanada se alzó un bárbaro clamor de aullidos y redobles metálicos: eran los soldados del Negro, que se aprestaban para la lucha. Parecía que la batalla iba a recomenzar con varias horas de antelación a lo previsto. Entonces, mientras los Uma se enfrentaban ya a los primeros guardias, la losa de la base cedió sin un solo chirrido y dejó al descubierto una estrecha oquedad por la que salió una bocanada de aire frío. Agua Fría se deslizó al interior y, a tientas, palpó los primeros peldaños. Se lanzó escaleras arriba, en la oscuridad, medio gateando. Detrás de ella, con el eco de sus pasos confundiéndose con el golpeteo del corazón de la muchacha, subía Zao.

PARTE IV

EL CORAZÓN DE LAS TINIEBLAS

Subieron y subieron durante mucho tiempo, resbalando en los húmedos y roídos peldaños. Estar de nuevo en las pétreas entrañas del Talapot le producía a Agua Fría una emoción violenta y singular: asfixia, angustia, miedo. Pero, también, un extraño reconocimiento del pasado y la sensación de estar completando al fin un deber inconcluso, de saldar una cuenta largo tiempo pendiente. Era el final del camino.

Subieron y subieron hasta que la mano de Agua Fría chocó contra una superficie metálica: era el portón del pasadizo. Se quitó la llave del cuello y, a tientas, la introdujo en la cerradura. Escuchó con alivio el chasquido del mecanismo al descorrerse y, tirando de la hoja hacia sí, abrió la puerta fácil y silenciosamente. Lo habían conseguido: estaban dentro del Talapot, en el almacén del Círculo de Tinieblas. Escudriñó la habitación antes de entrar: parecía vacía. En una esquina, sobre el suelo, ardía una lámpara de aceite, y su débil llama iluminaba pobremente la estancia. Todo era igual y, sin embargo, todo parecía haber cambiado. El almacén estaba sucio y descuidado; varios armarios tenían abiertas sus puertas y el interior revuelto, como si hubieran sido sometidos a un saqueo torpe y presuroso. Desperdigados por el suelo se veían algunos uniformes manchados y rotos de la Guardia Púrpura, libros chamuscados y desgarradas mantas. También hasta aquí había llegado el caos. Sigilosamente, de puntillas, Agua Fría entró en la habitación.

Primero escuchó, a sus espaldas, un sordo resoplido que le erizó el cabello. Giró sobre sí misma velozmente y les vio frente a ella: dos sacerdotes de mediana edad que, empuñando dagas curvas, se disponían a atacarla. Dio la muchacha un paso atrás y se dispuso a paralizarles con la mirada hipnótica, pero en ese instante Zao la empujó y se interpuso entre ella y los hombres. Todo fue tan rápido que el grito de Agua Fría resonó inútilmente en el vacío: el guerrero ensartó a uno de los atacantes con su lanza y el otro sacerdote hundió su gumía en el cuello de Zao. Un chorro de sangre saltó de la herida y el muchacho se desplomó en el suelo como un muñeco roto. Agua Fría fulminó al sacerdote con la hipnosis y se dejó caer junto al cuerpo de Zao.

—¡Idiota, idiota, estúpido! —sollozó abrazándose a él, manchándose con su caliente sangre—. ¡Yo no necesitaba tu ayuda! ¿Por qué tenías que empeñarte en defenderme? Oh, Zao, Zao, por qué lo has hecho...

Pero el muchacho ya no podía escucharla. Ahí estaba, con su hermoso cuerpo desmadejado y fláccido y ese horrible agujero en la garganta. Agua Fría acunó entre sus brazos al cadáver, aullando de dolor y sin importarle el poder ser oída. Zao había matado por ella y ahora había muerto por ella, cerrando así el ciclo bárbaro y absurdo de su existencia. Sus relaciones habían estado marcadas por la muerte, por la sangre, por una ofrenda de violencia. Nunca habían llegado a ser amigos, Zao y ella: siempre fueron elementos opuestos que se atraían fatalmente en su extrañeza. Universos en lucha. Nunca habían llegado a ser amigos, pero estaban unidos por algo animal, indefinible. Recordaba ahora Agua Fría esos momentos mágicos, después de hacer el amor, o en un paseo por el bosque, o junto al fuego, cuando atinaban los dos a reír por las mismas cosas y llegaban a creer, por un fugaz instante, que se entendían mutuamente. Un espejismo de amorosa identidad que se desvanecía después en la desconfianza, en el malentendido, en el brusco entrechocar de sus voluntades contrapuestas. Ahora la muerte había congelado a Zao en su misterio, en una lejanía definitiva. Y, sin embargo, llevaba un hijo de él. Toda esa violencia, todo ese desencuentro, había sido paradójicamente capaz de crear vida.

Agua Fría sorbió sus lágrimas, volviendo en sí y haciéndose súbitamente consciente de la precariedad de su situación. Tenía que salir de allí antes de que la descubrieran; y antes de que las tropas del Negro se apoderaran del palacio. Pensaba ofrecer a la Gran Sacerdotisa la posibilidad de huir: le propondría el amparo de los Uma y el suyo propio a cambio de que respondiera a sus preguntas. Tenía que encontrar a Océano cuanto antes. Se arrancó de los brazos de Zao con doloroso esfuerzo y miró a su alrededor; el sacerdote hipnotizado la contemplaba desde el encierro de sus paralizados músculos con unos ojos desencajados por el terror. Sopesó la posibilidad de atravesarlo con su lanza y cobrarse así la muerte del muchacho, pero su condicionamiento milenario contra la violencia le impidió llevar a cabo su venganza. Se puso en pie y, sin mirar atrás, salió del cuarto. No cogió la lamparilla, pues temía que la luz la delatase, y se zambulló en el oscuro pasillo fiándose de su antiguo entrenamiento y su memoria.

El acceso al Círculo Interior, al eterno corazón de las tinieblas, estaba en un amplio vestíbulo que se abría junto a la biblioteca. Hacia allí se dirigió Agua Fría, a tientas por los enrevesados pasadizos, por las grandes y abandonadas salas, palpando su camino, como antaño, con la punta de sus dedos. Poco a poco volvía a ella el recuerdo, la disciplinada facilidad, la concentración de antes. No tuvo problema alguno para encontrar el corredor que conducía hacia la sala de lectura, que, como siempre, estaba iluminada. Se detuvo en el recodo del pasillo, oteando el rectángulo de luz para verificar si la bibliotecaria estaba dentro. Pero no estaba. La habitación se encontraba vacía. Súbitamente, un brazo elástico y robusto se enroscó como una serpiente en torno a su cuello.

Agua Fría ahogó un grito y se aferró a la manga de su invisible atacante. El brazo apretaba y apretaba, cortándole el aliento; la muchacha advirtió, consternada, que el agresor vestía una túnica azul cobalto. Era una de las temibles sacerdotisas del Círculo Interior, contra las que su poder hipnótico no servía para nada. Estoy perdida, pensó Agua Fría; y forcejeó desesperadamente, intentando zafarse. Pero la sacerdotisa poseía una fuerza inusitada. De un seco tirón, medio en volandas, arrastró a la muchacha hasta la biblioteca, cerrando la puerta detrás de ellas. Y entonces, inclinándose sobre su oído, susurró:

—Vaya, Agua Fría: no pensé que volvería a verte.

Esa voz, se dijo la muchacha con sobresaltada incredulidad. ¡Esa voz grave y familiar!

El brazo se aflojó en torno a su cuello y Agua Fría giró lentamente sobre sí misma y se encaró a su atacante. Sí, ahí estaba, perfectamente reconocible pese a todo el tiempo transcurrido. Había crecido, sus rasgos eran ahora más duros y vestía incongruentemente la túnica de las sacerdotisas cobalto. Pero no cabía la menor duda de que era él.

—¡Pedernal! —farfulló entrecortadamente.

Y se arrojó a sus brazos.

—Creí que habías muerto, ¡creí que habías muerto! —repetía torpemente, mientras le acariciaba, le palpaba, le besaba, eufórica y aún atónita.

Pedernal sonreía con envaramiento, como incomodado por la desbordante efusividad de la muchacha.

—Pero dime, ¿cómo conseguiste salvarte? ¡Oh, Pedernal, estoy tan contenta de verte! Déjame que te mire... —dijo atropelladamente Agua Fría, dando un paso hacia atrás.

Quizá no estaba más alto que cuando le dejó, pero sí era mucho más corpulento. Se había convertido en un hombre: la línea de su mandíbula era cortante y seca y había perdido la delicadeza de antaño: dos profundos pliegues enmarcaban su boca con un rictus amargo.

—Oh, Pedernal, tienes aspecto de haber sufrido mucho... —se lamentó la muchacha, cogiéndole las manos.

Pedernal dio un paso atrás y se soltó, pero no fue lo suficientemente rápido: Agua Fría alcanzó a ver su mano izquierda. O lo que antaño fue su mano: se la habían amputado de raíz a la altura de la muñeca y ahora no era más que un pobre muñón amoratado.

—¡Qué horror! ¿Qué te han hecho? —exclamó.

Pedernal sonrió secamente.

—Pudo haber sido peor. Lo del sacerdote que se escapó con nosotros fue mucho peor, te lo aseguro.

—Pero, no entiendo... ¿Cómo conseguiste que...? ¿Por qué estás vestido de sacerdotisa? —tartamudeó Agua Fría.

—Cuando te torturan, haces lo posible por detener el suplicio... y yo lo hice —dijo Pedernal sombríamente—. Escoges, si es que se puede llamar escoger al deseo animal de escapar del dolor. Y yo escogí. No fue tan difícil, después de todo.

—No te comprendo, ¿qué...?

—¡Tú hubieras hecho lo mismo! —gritó Pedernal, su rostro súbitamente crispado y congestionado—. ¿Quién eres tú para juzgarme? Tú te fuiste...

—Pero, Pedernal, ¿qué te sucede? No sé de qué me hablas, no te entiendo...

El hombre empezó a pasearse por el cuarto con nerviosas zancadas.

—Palabras. Sólo querían de mí palabras. Las palabras no hacen daño, ¿no es así? Así es que hablé. En la explanada. Delante de todo Magenta. El día que me cortaron la mano. Pero a los demás les hicieron cosas peores. Mucho peores. Eran siete, incluido el sacerdote. Yo no tuve la culpa. Sólo hablé. Me amputaron la mano. Escogí.

Agua Fría calló, confundida y horrorizada, siguiendo con la mirada el frenético caminar de Pedernal. Al cabo el hombre se detuvo y pareció recomponer su ánimo. Se volvió hacia ella y sonrió con frialdad.

—Cuando ya has decidido en qué orilla estás, cuando has escogido, la vida resulta mucho más sencilla. Un hombre joven y con ambiciones, que sabe a quién tiene que obedecer, puede hacer una buena carrera fácilmente. Sobre todo en momentos turbios como éste. Han muerto muchos sacerdotes, y apenas quedan sacerdotisas del Círculo Interior. Por eso, y dado que domino el secreto de la hipnosis, me concedieron la túnica cobalto. Soy el primer varón que ha obtenido semejante privilegio: el mundo debe de estarse acabando, desde luego. En fin, como verás, he sabido aprovechar bien las circunstancias. He sabido hacer méritos. En conjunto se puede decir que mi vida ha sido todo un éxito.

Agua Fría se acercó a él, profundamente conmovida.

—Todo eso se ha acabado, Pedernal. Ya se ha acabado. Escucha, tengo veinte guerreros conmigo. Te sacaré del Talapot. Tenemos que ver a Océano. He estado visitando a la Gran Hermana y... Es muy largo de explicar, pero creo que la Gran Sacerdotisa puede saber la manera de detener el deterioro del mundo. Tienes que ayudarme. Tienes que confiar en mí. Condúceme discretamente a la presencia de Océano y quizá consigamos terminar con esta pesadilla.

Los ojos de Pedernal brillaron oscuramente y su boca tembló.

—Yo no sé si quiero terminar con lo que tú llamas «esta pesadilla». Soy poderoso. Vivo muy bien. Me ha costado mucho llegar a donde estoy. Creo que no eres ni siquiera capaz de imaginar el precio que he tenido que pagar por todo ello.

—Pero ¿qué estás diciendo? —se asombró la muchacha—. ¡Vuelve a la realidad, Pedernal! No hay futuro, ya no hay futuro para ninguno de nosotros si no conseguimos hacer algo, y pronto, que detenga la decadencia de las cosas. No te preocupes: yo te ayudaré, te protegeré. Te sacaré del Talapot. No te abandonaré nunca. ¡Somos amigos! Pero antes tengo que hablar con la Gran Sacerdotisa. Llévame ante Océano, Pedernal.

El joven frunció el ceño y bajó la cabeza, pensativo. Cuando la volvió a levantar sus ojos eran oscuros como pozos.

—Está bien —dijo el hombre—. Veré lo que puedo hacer. Espérame aquí y no hagas ruido.

Y se marchó, dejándola desasosegada e inquieta. La biblioteca, en donde ella había pasado tantas horas, se mantenía exactamente igual que antes, con los pupitres astillados y las baldas repletas de desvencijados y antiquísimos libros. Pero sobre las baldosas, sobre los asientos y las mesas, se extendía ahora una gruesa capa de polvo, como si la habitación no hubiera sido usada en mucho tiempo. Y los impacientes paseos de Agua Fría despertaban ese polvo dormido y levantaban diminutas tormentas. Al cabo, tras lo que pudo ser un instante o un milenio, el pomo de la puerta giró y apareció de nuevo Pedernal. Pero no venía solo.

—¡Piel de Azúcar! —exclamó la muchacha.

Porque era ella, la terrible Piel de Azúcar, la sacerdotisa cobalto del collar de oro, imbatible en la hipnosis, cruel y poderosa. Venía acompañada por dos robustos sacerdotes que se abalanzaron sobre la muchacha, desarmándola y sujetándola firmemente con sus manos duras como el hierro.

—Me alegra ver que me reconoces, pequeña —sonrió Piel de Azúcar—. Siempre reconforta comprobar que no te olvidan.

Agua Fría se volvió hacia Pedernal, que, cruzado de brazos, la contemplaba con indiferencia.

—¿Por qué? —balbució.

—Te lo he dicho, Agua Fría. Yo he escogido —respondió el hombre.

—Cómo has podido hacerlo, cómo has podido traicionarme... —barbotó la muchacha con la voz ronca por el dolor y el miedo.

Pedernal se encogió de hombros.

—¿Traicionarte? Yo sólo me debo lealtad a mí mismo.

—¡Estás cometiendo un error fatal! —gritó Agua Fría—. El mundo se acaba, pero antes que el mundo se acabará el imperio. El Talapot está a punto de caer, los rebeldes os degollarán a todos...

—Lo dudo —respondió él con una sonrisa despectiva—. Somos sacerdotes del Círculo Interior, inmensamente poderosos. Esa chusma hambrienta y miserable es incapaz de enfrentarse a nosotros. Jamás se atreverán a hacernos nada.

—Estás loco... Eres un canalla... Estás enfermo... Oh, Pedernal, qué has hecho... —gimió Agua Fría.

—No te lo tomes así, pequeña —terció Piel de Azúcar—. ¿No querías ver a la Gran Sacerdotisa? Pues eso es precisamente lo que vamos a hacer: llevarte ante ella.

Era el corazón de las tinieblas. Se lo habían explicado así y ella lo había creído. Durante años había temido el Círculo Interior, ese espacio íntimo y hermético sepultado en las entrañas del palacio. En sus pesadillas lo había imaginado estrecho y asfixiante, revestido en suelos y paredes con terciopelo negro, tan frío y oscuro como una noche austral. El Círculo Interior, le habían dicho, era un territorio sin retorno; un lugar en donde jamás había brillado luz alguna. Por eso, cuando Agua Fría llegó ante el austero portón que comunicaba con el Círculo Interior, desarmada y con el ánimo sumido en la extrema debilidad del prisionero, sintió un ataque de pánico y el vértigo de quien va a ser empujado a un precipicio. El portón se abrió; los dos robustos sacerdotes se quedaron en el umbral, despidiéndose con una respetuosa reverencia, y Agua Fría, escoltada por Pedernal y Piel de Azúcar, entró con las piernas temblando en el infierno. La hoja se cerró a sus espaldas con un leve chasquido. El mundo se borró y sólo quedó la oscuridad.

Entonces se abrió una nueva puerta frente a ellos y de ella salió un chorro de luz resplandeciente. Aturdida y deslumbrada, Agua Fría fue conducida a empujones hacia el otro lado del umbral: estaban en un largo corredor con habitaciones a los lados, la misma disposición arquitectónica de las demás dependencias del palacio. Pero ahí acababa la semejanza con el resto del Talapot. Los muros, los materiales, los colores, la luz, todo era allí distinto. Incluso el aire parecía más limpio, más suave; tibio y agradablemente seco, con una brisa tenue y refrescante. Suelos y muros eran de color verde claro, tersos y brillantes como un vidrio pulido, y los techos parecían incandescentes y emitían un resplandor opalino y regular que bañaba hasta los más recónditos rincones. El corazón de las tinieblas había resultado ser el lugar más luminoso en el que Agua Fría hubiese estado nunca.

Atravesaron corredores y puertas, habitaciones vacías y salas repletas de extraordinarias máquinas, vastos almacenes de provisiones capaces de alimentar Magenta durante varios años, piscinas interiores, paneles cubiertos de luces parpadeantes ante los que se afanaban viejas sacerdotisas cobalto, húmedos jardines de apretada y exuberante vegetación. En el corazón de las tinieblas había flores.

Llegaron al fin a una sala de dimensiones regulares, ocupada casi en su totalidad por una cama circular y gigantesca provista de un dosel con radios de oro que representaba a no dudar la Rueda Eterna.

—Ya hemos llegado —dijo Piel de Azúcar—. Aquí te abandonamos, pequeña. Te verás a solas con la Gran Sacerdotisa.

—¡Pedernal! —imploró Agua Fría una vez más.

Pero el hombre bajó la cabeza.

—No te preocupes —dijo la sacerdotisa—. Ten por seguro que volverás a vernos.

Y desaparecieron los dos, envueltos en el siseante revuelo de sus amplias túnicas cobalto.

La muchacha se abalanzó sobre la puerta e intentó abrirla, pero, como era de temer, estaba cerrada por fuera. Contempló entonces con más detenimiento la habitación en la que se encontraba. Nunca hubiera podido imaginar que el *sancta sanctorum*, el trono de la Gran Sacerdotisa, tuviera una apariencia semejante. La estancia, verdosa y opalina como todas, estaba prácticamente desnuda. Aparte del lecho monumental, sólo había una pequeña mesa con frutas y dulces y una consola metálica cubierta de luces y palancas. Estaba escudriñando Agua Fría de cerca ese extraño aparato cuando escuchó una vocecilla meliflua a sus espaldas.

—¡Vaya, vaya, querida, no sabes lo que me alegra conocerte!

Por algún lado tenía que haber entrado, pero desde luego no lo había hecho por la puerta. Y, sin embargo, ahí estaba, al otro lado de la cama, pálida, marchita, elefantina, con el cráneo transparentándose bajo una maraña de ralos cabellos amarillentos y los ojos sumidos en un pozo de arrugas. Era la mendiga, la repugnante mendiga de las adivinanzas, aunque ahora no vestía pobres harapos, sino una inmensa túnica dorada.

—¡Tú! —exclamó Agua Fría—. No puede ser...

—¿Nos conocemos? —inquirió la mole con su gorjear de pajarito; y luego chascó la lengua y sus mejillas se agitaron—. ¡Ah, claro! Me viste cuando la muerte de tu madre. ¡No me lo recuerdes! Fue un abuso.

—Pero tú...

—Yo soy Océano, la Gran Sacerdotisa —dijo la estrafalaria criatura ahuecando la voz y levantando sus muchas barbillas—. Pero no es necesario que te posternes ni que hagas la ofrenda habitual. Estamos en la intimidad, querida. Siéntete como si estuvieras en tu casa.

Dicho lo cual, se encaramó con pesado bamboleo en una pequeña escalerilla que tenía junto a la cama y, dejándose caer sobre el lecho, se desparramó entre los cojines.

—Pero Oxígeno me dijo que era ella quien...

—¡Oxígeno! ¡No menciones en mi presencia a esa víbora! Mi hermana, mi propia y única hermana, sangre de mi misma sangre y, sin embargo, el más feroz y cruel de mis enemigos. Claro que una nunca se puede fiar de la familia. ¡No te fíes jamás de tu familia, querida niña! Son los más peligrosos, una fuente de pesar y conflicto incalculable. Bien lo sé yo, que me he visto obligada a ejecutar a alguna de mis hijas. —Una lágrima pugnó por emerger de los profundos pozos de sus ojos pero se evaporó antes de coronar los formidables montículos de grasa—. Pero el Cristal ha tenido a bien otorgarme, en compensación, una nieta ejemplar: Piel de Azúcar. Ella será la próxima Gran Sacerdotisa, desde luego.

—Ya no habrá otra Gran Sacerdotisa, Océano. El mundo agoniza —dijo Agua Fría.

—¿De qué estábamos hablando? Ah, sí: de aquel estúpido y torpe truco de la mendiga. Mi hermana se aprovechó de un pequeño descuido mío y se apropió momentáneamente de mi cuerpo para ir a verte. Un truco miserable de charlatán de pueblo. Pero fue la última vez que pudo hacerlo: me consta que ya no tiene órganos de repuesto, que ya no puede hacerse más trasplantes. Debe de estar vieja, ¡viejísima! Enferma y senil, débil y consumida. Confío en que se le hayan agusanado los remiendos. Claro que, con un poco de suerte, a lo mejor incluso ya se ha muerto. Haz feliz a esta pobre anciana, querida niña; dime que mi insoportable hermanita ha fallecido...

Agua Fría dudó un instante.

—Sí. Es cierto. Oxígeno ha muerto —dijo al fin.

Océano abrió su boca desdentada y dejó escapar un gorgoteo que debía de ser el remedo de una risa. Una agitación singular se adueñó de su voluminoso cuerpo: sus múltiples papadas, sus brazos colosales, la fláccida montaña de su vientre, toda esa masa de carne inútil y arruinada comenzó a trepidar y a estremecerse como una mal trabada gelatina a punto de fragmentarse en mil pedazos.

—¡Lo sabía! —exclamó, triunfal y sofocada, cuando pasó el terremoto de su júbilo y sus carnes se remansaron nuevamente—. Y, dime, ¿acaso sufrió mucho, blasfemó, se desesperó, gritó, se resistió a la muerte?

—No lo sé —contestó la muchacha, asqueada—. Yo no estaba allí. Pero no creo.

—Tú no estabas allí... Es una pena. Pero sí estás segura de que ha muerto...

—Sí.

Océano se repantigó en los almohadones y chascó la lengua.

—Lo sabía, aunque mis espías no me habían dicho nada. Claro que, últimamente, ni siquiera los espías trabajan ya como es debido. ¡Qué tiempos éstos, pequeña! No envidio tu juventud, querida niña: no me gustaría ser joven en un mundo como el de hoy. Pero ponte cómoda. Ven aquí, siéntate en la cama, junto a mí. ¿Quieres una frutita, un dátil, un dulce de miel? ¡Ven aquí, te digo! No seas tan tímida, mujer...

La Gran Sacerdotisa escudriñó atentamente el platillo de dulces y escogió uno con su manaza de giganta. Se lo metió en la boca y empezó a rechupetearlo con entusiasmo, sus carrillos hinchándose y deshinchándose como los de un gran batracio. En esto, al menos, se asemejaba a Oxígeno.

—Por lo que dices, parece que tú también eres consciente de que el mundo se acaba... —dijo Agua Fría con genuino interés—. De que las cosas han cambiado y el mundo no es eterno e inmutable, como dice la Ley.

—La Ley es el orden profundo y necesario de las cosas —declamó solemnemente la Gran Sacerdotisa, aunque la majestuosidad de su tono resultaba algo empañada por el líquido sonido de la masticación del dulce—. La realidad se acomoda al girar impasible de la Rueda Eterna. El mundo es un continuo: todo lo que es ha sido siempre así... y ésa es la norma.

La estrafalaria criatura guiñó pícaramente los ojos:

—Como ves, me conozco a la perfección la palabrería religiosa. Por algo soy la Gran Sacerdotisa, hija de Gran Sacerdotisa, nieta de Gran Sacerdotisa, continuadora de una estirpe larga y nobilísima... De modo que puedes creerme si te digo que todo eso no es más que una paparruchada sin sentido. Pura engañifa para almas cándidas.

El mundo cambia constantemente y no está regido por la necesidad, sino por el azar. Por el más insufrible, estúpido e inadmisible azar.

—Pero, entonces, sabiendo como sabes que las cosas son así, ¿cómo has sido capaz de mantener lo contrario? ¿Cómo has podido acusar de herejía y mandar al suplicio a tanta gente si sabías que estaban diciendo la verdad? —se indignó la muchacha.

La vieja chascó la lengua.

—Pareces tonta, querida. No es una cuestión de herejías ni de pureza religiosa. Es, como resulta obvio, un asunto de poder. Y no te escandalices tanto: a fin de cuentas, mi comportamiento ha sido absolutamente natural, elemental, orgánico. Ya sabes, en la naturaleza el pez grande siempre se come al chico; y cuando el pez grande envejece, los chicos unen sus fuerzas y le devoran los ojos y las aletas, condenándole así, ciego y sin capacidad para nadar, a una agonía terrible. El mundo es así de cruel y despiadado, y yo vivo en perfecta armonía con ese mundo. Además, no fui yo quien inventó la Ley ni el imperio. Fue el conjunto de los seres humanos el que, por debilidad o por avaricia, construyó a lo largo de los siglos el mundo en el que hoy vivimos. En realidad, la Ley también tiene su parte benefactora y altruista: un universo eterno y ordenado resulta mucho más consolador que esa atroz estupidez del ciego azar. Pero me aburre tener que estarte explicando lo evidente. Preferiría hablar de asuntos más divertidos y livianos. Por ejemplo, de la muerte de mi hermana. ¡Ja! La muy necia creyó que iba a poder conmigo. Pero yo destruí su maldita organización. No eran más que cuatro locos, un puñado de infelices visionarios. Capturé a sus agentes, corté sus enlaces... Fueron cayendo todos, uno tras otro, en manos del verdugo. Es decir, en manos de Su Eminencia Piel de Azúcar, futura Gran Sacerdotisa del imperio. Tú eres la última pieza de su plan, la única superviviente del movimiento. Y cuando acabe contigo no quedará nada del arrogante proyecto subversivo de mi hermana. Creo poder vanagloriarme de que mi victoria sobre Oxígeno ha sido total, absoluta, grandiosa.

Agua Fría se estremeció, amedrentada a su pesar por la condena a muerte implícita en las palabras de la vieja. Respiró hondo, se apoyó en su propio miedo y contestó con fingida entereza:

—Tú no has vencido a nadie, Océano. A nadie. El mundo se está acabando y hemos perdido todos. A no ser que conozcas la manera de detener el avance de las brumas.

Océano parpadeó, como desconcertada por la repentina violencia en el tono de la muchacha. Aflautó su vocecilla, aniñándola aún más:

—¿Y qué puedo hacer yo, querida muchacha, qué puede hacer una pobre anciana contra ese empeño del mundo en destruirse? Además, yo estoy vieja y enferma y de todas maneras moriré muy pronto. Qué me importa a mí que después este absurdo planeta sea devorado por la nada.

Y sonrió candorosamente.

Agua Fría resopló con desaliento. Entonces lo vio: era en la esquina derecha de la habitación, a espaldas de la vieja. Una zona levemente imprecisa, como una condensación de vaho. La muchacha parpadeó, pues la turbiedad era tan ligera que bien podía tratarse de un error de percepción. Pero no. Ahí estaba, bajo la clara luz del techo: un sutilísimo jirón de niebla ovillándose en el rincón del cuarto. Dentro del *sancta sanctorum*. En el luminoso corazón de las tinieblas. Incluso aquí, en el centro mismo del imperio, la destrucción tejía pacientemente su tela de araña.

—Mira eso, Océano. Detrás de ti. La niebla de la nada ya está empezando a devorar tu propia casa.

La vieja torció dificultosamente la cabeza y contempló el lugar. Un profundo suspiro agitó su pecho opulento.

—Es diligente, la condenada niebla... Es triste, sí, no voy a negarlo. Es triste asistir a la decadencia de un poderoso imperio. Tendrías que haberlo visto en todo su esplendor. Yo alcancé a conocerlo así, cuando era chica. El palacio del Talapot habitado por decenas de miles de personas... Con todos los pisos abiertos, los cristales intactos, los suelos relucientes, las molduras recién estofadas con fino pan de oro. Con el alegre tumulto de los numerosos aprendices y los hermosos cánticos litúrgicos a la caída del sol. Y el pueblo era crédulo y feliz y nos idolatraba. Sí, es triste. En realidad la decadencia comenzó hace muchos siglos, pero el acto final ha adquirido una velocidad vertiginosa.

—¿Por qué? —musitó Agua Fría.

—¿Por qué, qué, querida mía?

—¿Por qué comenzó la decadencia?

—Ah, ésa es una buena pregunta. Y habría que buscarle una buena respuesta. No sé, supongo que porque se rompió el equilibrio.

—¿Qué equilibrio?

—El que habían acordado los supervivientes... Las reglas del juego establecidas.

—Pero ¿qué supervivientes, qué reglas?

Océano resopló con gesto de fastidio.

—Los supervivientes, los que regresaron de las colonias exteriores. Y *no* me preguntes que qué son esas colonias, por favor... Antes de nuestro tiempo hubo un tiempo más antiguo. Otra civilización, un mundo diferente, muy técnico, rico en ingenios mecánicos. Tú has estudiado algunos de sus saberes en los Libros Secretos.

—Sí...

—Pues bien, ese mundo desapareció un día abruptamente, no me preguntes cómo. Poseían el secreto de una
energía muy poderosa, mil veces más fuerte que el fuego,
y quizá fuera eso lo que arrasó el planeta. Puede que se
tratara de un accidente, un fallo técnico. O un sabotaje, o
la consecuencia de una guerra. O incluso la caída de un
meteorito, no lo sé. En sus anales, los supervivientes sólo
se refieren a la Gran Catástrofe, sin especificar las causas
concretas. Los pobres infelices debieron de creer que un
hecho de semejante magnitud estaría siempre presente en
el recuerdo de las gentes y que no era necesario ser más
explícitos. No sabían nada de la fragilidad de la memoria
y de la capacidad humana para manipular la Historia.

Se detuvo, hurgó en el cestillo de los dulces con su rechoncho índice, escogió un par de ellos y se los metió en
la boca.

—En el planeta no quedó nadie vivo —farfulló—.
Pero en aquella era remota los humanos habían inventado
la manera de navegar por los cielos, lo mismo que se na-
vega en los océanos. En el espacio flotaban una especie de
enormes barcos llamados satélites artificiales, verdaderos
mundos en miniatura en los que vivían pequeñas comunidades de colonos. Después de la Gran Catástrofe, los colonos esperaron a que la tierra se enfriara y regresaron,
con todos sus animales y pertenencias, para construir un
mundo nuevo. Debían de ser criaturas nostálgicas. Aquí
sólo encontraron una tierra abrasada, fulminada... y un
montón de cristales. El inmenso brasero que había consu-
mido el planeta había dejado tras de sí un residuo sólido;
los habitantes, las plantas, los animales, los soberbios edificios y las sofisticadas máquinas se habían fundido, con-
densado y reducido, y en su lugar sólo quedaba esa estéril
cosecha de vidrios resplandecientes. Los colonos recogie-

ron los cristales, que no estaban repartidos uniformemente por la superficie del planeta, sino concentrados, quién sabe por qué caprichos físicos de la hecatombe, en tres o cuatro yacimientos, y los guardaron respetuosamente, como un memento de los muertos y del mundo perdido.

—Y así surgió la Ley y la adoración del Cristal... —musitó Agua Fría, fascinada.

—No tan de prisa, pequeña, no tan de prisa. Los mundos se hacen despacio, con cambios aparentemente imperceptibles... No, al principio nadie habló de adoraciones ni de dogmas. Eran pocos, eran gentes preparadas y cultas y tenían la inapreciable oportunidad de poder empezar desde cero. Ambicionaban construir un mundo perfecto y casi lo consiguieron, porque la realidad, aunque rebelde, termina por parecerse a nuestros sueños, si éstos se sueñan con la suficiente perseverancia. Durante muchos siglos el nuevo mundo creció y se desarrolló apaciblemente. Era una sociedad horizontal, sin jerarquías; las decisiones se tomaban de modo asambleario y los cargos ejecutivos eran desempeñados por riguroso turno rotatorio. Todos eran iguales entre sí, hasta el punto de que ni siquiera las mujeres tenían preeminencia alguna sobre los hombres. Y habían aprendido a controlar la técnica, a servirse de ella sin resultar esclavizados. Como ves, era un mundo feliz y aburridísimo.

Océano se detuvo y se enfrascó en la trabajosa tarea de despegarse con el dedo un residuo de dulce que se había quedado adherido a sus roídas muelas.

—¿Y qué sucedió? ¿Qué falló? —urgió Agua Fría con impaciencia.

—Sucedió que crecieron demasiado, y ahí empezaron los problemas. Al principio no existía la Mirada Preservativa; los colonos, que eran sin duda gentes románticas, establecieron desde el primer momento una sencilla ceremonia de muerte que implicaba el uso del Cristal, como emblema de la civilización perdida y recordatorio del nuevo mundo que pretendían construir. Con el tiempo, el ritual se fue complicando; desarrollaron la Mirada Preservativa y adjudicaron un adolescente a cada anciano, y unas cuantas generaciones más tarde descubrieron que las cosas se borraban si alguien fallecía sin haber completado la rutina. Ya te digo que la realidad acaba por adaptarse a nuestros sueños... y a veces también a nuestras pesadillas. Durante siglos el sistema funcionó perfectamente: todas las mujeres, todos los hombres disponían de cristales y de aprendices a los que traspasar la responsabilidad de sus memorias. Pero crecieron tanto, el mundo se pobló de tal manera, que llegó un momento en el que ya no hubo cristales para todos. De modo que se vieron en la necesidad de crear un comité que decidiera quién iba a recibir un cristal y quién no; quién podría perdurar en el recuerdo de su aprendiz y quién se vería condenado a la desolación de la muerte verdadera. Era la primera vez que se introducía un elemento de desigualdad en ese mundo igualitario, y resultó fatal. El delicado equilibrio se rompió; el comité de selección comenzó a adquirir un poder inmenso, y todo poder lleva en sí mismo el ansia de perpetuarse, la tentación de lo absoluto. En algún momento de los tiempos el comité se convirtió en una casta y se creó una religión para justificar los privilegios. Así apareció una Ley, así nació el imperio. Así surgimos nosotros, los reverenciados y venerables sacerdotes.

Océano hizo una pausa, chascó la lengua y se palmeó con satisfacción la amplia barriga.

—Los sacerdotes hicimos un pasado a nuestra medida y reescribimos la Historia del mundo. Conscientes de que el saber es la llave del poder, nos apropiamos de los conocimientos existentes. Los adelantos técnicos, los logros de nuestros antepasados, pasaron a ser patrimonio secreto y privado. Y el pueblo olvidó. El ser humano siempre olvida. Ésa fue la edad de oro del imperio.

Un rumor lejano interrumpió sus palabras: era un barullo de voces confusas, un retumbar de pies, quizá el arrastrar de pesados muebles por el suelo. Océano se irguió en el lecho, inquieta, arrugando el abombado y blanquísimo entrecejo. Pero el amortiguado estruendo había cesado y en el palacio volvía a reinar un denso silencio. La anciana se recostó sobre los almohadones y suspiró.

—¿Por dónde iba? Ah, sí: por nuestra época de gloria. Lamentablemente duró poco. Algo funcionaba mal en el imperio: las reglas del juego habían sido rotas, y por esa fisura se introdujo el caos. Llegaron las plagas, las hambrunas, la violencia; guerras intestinas y enfermedades endémicas. La mortandad se hizo muy elevada y por alguna enigmática razón la humanidad ya no era tan fértil como antes. La población descendió de un modo vertiginoso y pronto hubo nuevamente cristales para todos. Pero los sacerdotes no querían perder su posición y continuaron racionándolos. Poco después empezaron a faltar aprendices, porque ya no nacían niños suficientes. De esa época data el dominio de las mujeres sobre los hombres: en un mundo acosado por la esterilidad, la capacidad de las hembras de dar vida adquiere una enorme relevancia. Como ves, el protagonismo de nuestro sexo es un feliz acontecimiento relativamente reciente en el mar de los tiempos. Con todo, lo más importante del...

Muy cerca, justo al otro lado de la puerta, se escuchó un tumulto repentino: gritos, golpes, tintineos metálicos, el inequívoco fragor de una pelea. Océano se detuvo a media frase, con la boca abierta y el rostro crispado en un gesto de miedo y de sorpresa.

—¡Están aquí! ¡Aquí! ¡Esa chusma infame se ha atrevido a entrar en el Círculo Interior!

Jadeante y descompuesta, la Gran Sacerdotisa dio un manotazo a una de las palancas de la consola metálica y una puerta simulada se abrió silenciosamente en la pared, tras el dosel del lecho, dejando entrever un estrecho e iluminado pasadizo. Entonces la vieja se meció pesadamente sobre la cama, intentando tomar impulso para levantarse. Agua Fría se abalanzó sobre ella.

—¡No huyas, Océano, no te vayas! ¡Tienes que decirme qué debemos hacer para detener la destrucción del mundo!

La sacerdotisa manoteó, furiosa, desembarazándose de las suplicantes manos de la chica; era más fuerte de lo que la muchacha había creído.

—¡Y a mí qué me importa el mundo, estúpida! —masculló roncamente mientras el clamor del combate arreciaba al otro lado de la puerta.

Agua Fría cogió el pesado frutero metálico que había sobre la mesa y lo blandió encima de la cabeza de la anciana como si se tratara de una maza. Las fresas maduras, los melocotones, las lustrosas manzanas rodaron por la cama inundándolo todo con su aroma.

—¡Tienes que decírmelo! Tienes que decírmelo o te mato.

La Gran Sacerdotisa se quedó quieta y clavó sus hundidos ojillos en los ojos de Agua Fría. La muchacha sintió llegar la oleada del poder hipnótico, el invasor empuje de la fuerza. Se concentró, endureció su voluntad, atrincheró su mente y se dispuso a resistir. Durante unos momentos forcejearon así, en un feroz anudamiento de miradas. Y al cabo Océano cerró los párpados; sus poderes eran equiparables, no podían controlarse mutuamente.

—¡Estoy vieja, vieja y acabada! —gimió la Gran Sacerdotisa—. Hace tan sólo un año te hubiera fulminado en un instante...

—Dímelo... Dime qué debemos hacer —jadeó Agua Fría, enarbolando aún la copa.

—¡No lo sé! ¿Es que no lo comprendes? ¡No lo sé! —se desesperó Océano; lanzaba nerviosas ojeadas a la puerta, que retemblaba bajo las cargas de los atacantes.

—Escucha, he encontrado un pueblo primitivo que no conoce...

—¡Van a entrar! ¡Van a entrar y acabarán conmigo! —chilló Océano.

—¡Contéstame y te dejaré marchar! He encontrado un pueblo primitivo que no conoce la Mirada Preservativa y, sin embargo, cuando mueren de muerte verdadera su mundo no tiembla, no se borra, no desaparece... ¿Cómo lo logran?

—Quizá su sueño sea distinto al nuestro y su realidad sea, por consiguiente, también distinta. ¡Lo ignoro! Déjame ir...

—Pero, entonces, ¿no hay nada que hacer? —se acongojó la muchacha—. ¡No te creo, tú sabes la verdad y estás mintiendo!

—Golpéame si quieres. Aplástame la cabeza. Me pides respuestas imposibles, respuestas que nadie conoce. Quizá el proceso se detenga por sí solo, una vez derrumbado el imperio; o quizá haya que destruir los cristales, que son, a fin de cuentas, el espejo de lo que somos, la representación de nuestros sueños. O puede que no exista solución y que el mundo se desvanezca por completo, ¿quién puede saberlo? Yo te he dicho todo lo que sé. Ahora puedes matarme, si es que has caído tan bajo como para ejercer la violencia a pesar de ser una mujer.

Agua Fría dudó un instante, la copa aún levantada. Descargar el golpe y destrozar su cráneo. Machacar esa cabeza deleznable. Vengarse de tanto dolor y tantas muertes. Bajó el brazo y dejó caer el frutero al suelo. La puerta crujía sobre sus goznes, a punto ya de ceder.

—No. No puedo —musitó Agua Fría con abatimiento.

—¡Pues yo sí! —rugió la anciana.

Y se abalanzó sobre la muchacha, apresando su cuello entre sus manazas colosales.

—Yo voy a morir, pero tú también —jadeaba Océano—. Y al menos tendré el placer de destruir con mis propias manos la última esperanza de mi hermana...

Apretaba más y más, con un vigor insospechado para sus años, mientras Agua Fría sentía que la sangre se le agolpaba en la cabeza y sus pulmones ardían por la falta de aire. El mundo se borraba en una niebla roja y todas las células del cuerpo de la muchacha se estremecían en el supremo reconocimiento de la muerte.

La puerta saltó de su marco hecha astillas y un puñado de hombres irrumpieron en la habitación; rebeldes del Negro y guerreros Uma, con Dogal al frente. De un solo salto, ágil y preciso, Dogal llegó hasta la cama y, alzando su lanza manchada de sangre, la hundió en el pecho de la vieja. Océano chilló agudamente y soltó a Agua Fría; pero estaba tan inmensamente gruesa que la lanzada, que hubiera resultado fatal para cualquiera, se enterró en el cúmulo de sus grasas y no llegó a afectar ningún órgano vital. Rodó la sacerdotisa sobre sí misma en un atolondrado intento de escapar. Cayó al suelo y así, a gatas, bamboleante, enorme, con la jabalina aún clavada en su pecho monumental, intentó alcanzar el pasadizo. No llegó lejos: uno de los rebeldes saltó sobre ella y le hizo un profundo tajo en el cuello con su espada. Allí quedó Océano, la última Gran Sacerdotisa, estremecida por los estertores finales, con los ojos ya nublados, boqueando. Como un pez grande envejecido y ciego.

Tuvieron que abrirse paso, para descender del Talapot, entre una abigarrada marea humana: mendigos, soldados rebeldes, bandidos, campesinos desarraigados, ciudadanos famélicos. Invadían el otrora inaccesible palacio movidos por la curiosidad, la venganza o la codicia; y los viejos y polvorientos salones resonaban con sus gritos y sus pasos. Había algo obsceno en su avidez y en su torpe desorden: eran como aves carroñeras devorando un cadáver aún caliente. El aire del Talapot, estancado e intacto desde hacía milenios, se deshizo en el sofocado jadear de tanto pecho ansioso.

Cuando salieron a la explanada el sol estaba ya muy bajo. La noticia de la caída del palacio había llegado a todos los rincones y una densa muchedumbre, embriagada de esa delirante euforia que suele brotar en las masas desesperadas, se apretaba ante los muros. Soslayando los grupos más pendencieros y violentos, Agua Fría y Dogal se encaminaron hacia el Pozo Sagrado, junto al templo. La muchacha había decidido destruir los cristales, tal como sugiriera la Gran Sacerdotisa; a fin de cuentas, y aunque la medida resultara ser errónea, nada podría ya empeorar la extrema situación en que vivían.

Pero no habían cubierto aún ni la mitad de la explanada cuando un formidable estallido retumbó en el aire quieto de la tarde. Un único grito se elevó de todas las gargantas y, presas de pánico, las gentes se arrojaron al suelo. La tarde se oscureció súbitamente: del Pozo Sagrado se elevaba una espesa columna de humo, y un torbellino de ardiente polvo pardo hacía lagrimear los ojos y sofocaba los alientos. Poco a poco el humo se disolvió, el polvo empezó a posarse, el sol se asomó tímidamente tras el velo rasgado de los detritus flotantes. La muchedumbre comenzó a levantarse, recuperando el ánimo. Y un maravillado murmullo fue recorriendo la explanada, cada vez más denso, más poderoso, como el resoplido de un mar subterráneo. También Agua Fría miró hacia donde todos los dedos apuntaban y contempló el prodigio: a medida que se iba posando el polvo y que se recuperaba la visión, aparecían los rincones antaño devorados por la niebla. Pero ahora las brumas del olvido se habían ido y, allí donde habían estado antes aposentadas, se veía un mundo en ruinas: trozos de muralla reducidos a cascotes, árboles retorcidos y resecos. Eran, sin embargo, ruinas tangibles, sólidas, reales; maravillosas ruinas materiales firmemente ancladas a la existencia. La intuición de Océano era acertada. La pesadilla había terminado.

Estalló entonces por doquier una algarabía colosal: risas y lágrimas, cánticos y rezos. Agua Fría se encaramó al montículo en donde antes se encontraba el pozo. El brocal había volado y el hueco estaba cegado con enormes rocas.

—Ha funcionado, ¿eh, Agua Fría? Lo hemos conseguido —dijo una voz alegre junto a su codo.

La muchacha se volvió: era Torbellino. Estaba cubierta de polvo y parecía exultante.

—¿Has sido tú? —preguntó Agua Fría.

—¡Claro! ¿Quién, si no? Sólo yo poseo el secreto de la pólvora.

—Pero ¿cómo has sabido, cómo has podido adivinar que...?

—Recuerda que también soy telépata —le interrumpió con un guiño satisfecho la menudencia—. Te entendí, te oí. Y ahora tú y yo hemos salvado el mundo. Nos haremos inmensamente célebres por esto.

E hinchó jactanciosamente su diminuto pecho.

Unos gritos cercanos llamaron su atención. Junto a ellas, en la entrada del templo, se encontraba un hombre de mediana edad. Era muy moreno, con el cabello rizado como lana de oveja, los miembros cortos y robustos.

—Ese es el famoso Negro —indicó Torbellino.

Tenía un rostro inteligente pero despiadado, de rasgos filosos y voluntarioso mentón. Llevaba un puñal desnudo en su mano derecha y estaba rodeado por un puñado de recios soldados, quizá su guardia personal.

Los gritos provenían de un anciano pataleante y tembloroso que era sostenido en volandas por dos hombres. El Negro se acercó al viejo y, sin preámbulos, le degolló certera y limpiamente. No mostró el líder rebelde ni placer ni pesadumbre al matar al hombre, sino tan sólo esa terrible y sosegada frialdad de quienes cumplen con su deber y se complacen en la eficacia. Limpió el Negro el cuchillo con el borde de su capa y se volvió hacia sus hombres:

—Que os quede bien claro: todo aquel que sea sorprendido saqueando será inmediatamente ejecutado. Y ahora llevaos el cuerpo de aquí y prosigamos el trabajo.

Y siguió inspeccionando el traslado de los víveres del Talapot, que estaban siendo almacenados en el semiderruido templo para su posterior distribución. Era sin duda un hombre dotado para el mando, un líder nato; en él recaería, con toda probabilidad, la reestructuración del nuevo orden en Magenta. Y sería un orden impregnado por las características del Negro, tan viriles; un mundo disciplinado y duro, eficaz y desolador, carente de reflexión y sentimientos. El triunfo de la fuerza. Agua Fría se volvió hacia Torbellino.

—No sé si quiero hacerme célebre. No sé si este mundo va a gustarme. Creo que vas a poder gozar tú sola de toda la gloria.

—¿De veras? Oh, sería una pena —gorjeó la enana, entusiasmada—. Claro que, si deseas marcharte de Magenta, yo te puedo proporcionar buenas cabalgaduras y abundantes provisiones. Si es que quieres marcharte, desde luego...

Entonces la vio. Ahí estaba, merodeando por los alrededores del templo, atraída quizá por el olor de la comida. Un animal viejo y famélico, con el pelo canela apelmazado por la suciedad. Era una perra del mismo tamaño que *Bruna*, con su mismo vientre dilatado por los múltiples partos, las mismas orejas hirsutas, los tristes ojos caramelo, el delicado hocico. Era una perra que *tenía* que ser *Bruna*.

—*¡Bruna!* —gritó Agua Fría.

La perra alzó la cabeza y la miró. Durante unos instantes permaneció absolutamente quieta, contemplando fijamente a la muchacha con esa mirada doliente e inescrutable de las bestias. Luego movió el rabo con timidez, como si dudara sobre qué actitud se esperaba de ella.

—Oh, *Bruna*, ¿eres tú? —dijo Agua Fría, corriendo montículo abajo en dirección al animal.

Pero la perra también se movió, amedrentada y recelosa. Dio una pequeña carrera y se detuvo unos cuantos metros más allá, mirando a la muchacha con sus ojos profundos. Cuando Agua Fría avanzaba, también lo hacía ella, manteniendo siempre la distancia. El animal mostraba en el pecho el mismo rodal de pelos blancos que *Bruna* tenía, aunque carecía de su leve cojera. Tenía que ser *Bruna*, ¡tenía que serlo! Era tan semejante en todo... Quizá la Mirada Preservativa había funcionado con su perra, después de todo. Quizá la intensidad de su deseo logró materializar a *Bruna* en algún lugar remoto del imperio. Pero no, no era posible. Sus mentores del Talapot se lo habían dicho: la Mirada Preservativa carecía de propiedades sobre los seres vivos. *Bruna* había muerto años atrás, destripada por la osa. Y sin embargo...

Sin embargo, el famélico y asustadizo animal que ahora huía recelosamente frente a ella poseía una semejanza física con *Bruna* superior a cualquier razonable coincidencia. Agua Fría la seguía a través de la abarrotada explanada y le susurraba tranquilizadoras dulzuras, y la perra se mostraba cada vez más excitada: movía el rabo alentadoramente y permitió que la distancia se redujera un poco. Entonces, inmersa como estaba en la persecución del animal, la muchacha tropezó inadvertidamente con un mendigo encapuchado. El mendigo extendió los brazos de modo instintivo para protegerse del encontronazo; entre los mugrientos pliegues de su túnica emergió un brazo mutilado, un muñón horrendo. Agua Fría se detuvo en seco y, asiéndose de la manga del hombre, le impidió la huida. Quedaron frente a frente, contemplándose expectantes y en silencio en mitad de la algarabía de la explanada. Frente a frente de nuevo, Pedernal y ella.

Los ojos del muchacho centelleaban desde la penumbra de su capucha. Jadeaba, y su rostro tenía la fragilidad de antaño, la implorante crispación del miedo y la derrota. Agua Fría tragó saliva mientras el corazón le latía furiosamente dentro del pecho. Sin decir nada, sin hacer ningún gesto, dio un paso atrás y le dejó marchar.

Casi inmediatamente un grito restalló en sus oídos:

—¡Mirad, es una sacerdotisa! ¡Una sacerdotisa!

Unos metros más allá estaba Piel de Azúcar. También iba disfrazada con una vieja túnica, pero alguien le había arrancado la capucha dejando al descubierto su cabeza rapada, signo inequívoco de la Orden. Un anillo de feroces mujeres y hombres se formó rápidamente en torno a ella; Piel de Azúcar se revolvió como una serpiente y paralizó a muchos con su mirada hipnótica. Pero eran cientos y estaban hambrientos de venganza. Pronto una piedra golpeó el pelado cráneo de la sacerdotisa, dejando una marca irregular y sanguinolenta. Piel de Azúcar gritó y cayó al suelo, y la masa humana se cerró sobre ella como una marea letal entre escalofriantes alaridos. Agua Fría se estremeció y miró a su alrededor: no se veía rastro alguno de Pedernal. Pero un poco más allá, a una distancia aún prudente, estaba *Bruna*. O esa perra que merecía ser *Bruna*. Con medio palmo de lengua fuera de la boca y la cola batiendo el aire alegremente. Esperándola.

La muchacha regresó hacia el Pozo Sagrado en busca de Dogal, con la perra siguiéndole los pasos unos cuantos metros detrás de ella. Encontró al joven Uma reuniendo las provisiones que Torbellino le había dado y agrupando a sus guerreros. Habían muerto bastantes en la batalla y algunos estaban malheridos.

—¿Dónde te habías metido? —gruñó Dogal—. Nos vamos a casa. Como llevas en ti al hijo de Zao, de ahora en adelante serás mi segunda mujer y comerás en mi fuego. ¿Dónde están tus armas? Dámelas. Ya no las necesitas.

El hijo de Zao. Agua Fría posó sus manos sobre el vientre, que ya empezaba a abultarse. La tarde moría y el sol bañaba la explanada con un resplandor turbulento y rojizo. Era un sol de sangre, el mismo sol que, diez años atrás, había bautizado su iniciación y acompañado el fluir de su primera regla. Hoy aquellas sangres tempranas se habían transmutado en un misterio de células encadenadas, músculos livianos y huesecillos transparentes. Se habían convertido en la vida que latía y crecía dentro de ella. No quería regresar con Dogal. No quería quedarse en Magenta. En algún rincón del ancho mundo tendría que haber un lugar para su hijo y para ella.

—Gracias por tu ofrecimiento, Dogal, pero no voy a volver contigo. Lo siento.

El guerrero abrió los ojos de par en par, estupefacto.

—¿Que no vienes? ¡Cómo que no vienes! Llevas al hijo de Zao dentro de ti. A un guerrero Uma, de la estirpe de Bala. Tú volverás conmigo. Te lo ordeno.

—Tú no puedes ordenar nada, Dogal —respondió la

muchacha suavemente—. Yo no soy de tu gente... ni de tu mundo. Te agradezco mucho, a ti y a todo el valeroso pueblo Uma, la ayuda que me habéis prestado. Vuestro coraje, vuestra hospitalidad. Pero nuestras vidas son muy distintas, y será mejor para todos que nos separemos. Estoy segura de que Bala lo comprenderá. Presenta mis respetos al muy sabio y gran jefe.

Dogal la miró, consternado y confuso. Inocente. Bajó la cabeza, pensando quizá en los muchos portentos que había contemplado en su viaje a Magenta, en la vastedad de los caminos, en la insospechada rareza de las cosas. Tampoco la vida de los Uma volvería a ser lo que antes era. Dogal se irguió y sonrió tristemente.

—Está bien —musitó; y, borrada ya su sonrisa, en tono más vibrante y orgulloso, repitió—: Está bien, puedes quedarte.

Dicho lo cual, dio media vuelta apresurada y se alejó sin mirar hacia atrás, como temiendo que le traicionaran las emociones.

Agua Fría suspiró. Frente a ella, el Talapot levantaba su mole sombría; ya no era más que un inmenso cascarón vacío deslizándose hacia su destino de futura ruina. El aire del crepúsculo era una masa resplandeciente color cobre. «Te convertirás en Dios si no cierras los ojos de la mente», había dicho la mendiga, y Agua Fría comprendía ahora la enseñanza. Nunca más la tiranía de la Ley, nunca más el embrutecimiento de los dogmas: para ser libres, los humanos tenían que aspirar a la omnisciencia de los dioses. La voluntad y la razón creaban mundos.

Así transcurrían las eras, los milenios, en un hacerse y deshacerse de civilizaciones bajo el mismo sol rojo sangriento. Pero no era el repetitivo rotar de la Rueda Eterna, como decía la Ley, sino una concatenación de universos distintos. Todo cambiaba, todo latía, todo fluía. El futuro hacia el que ahora se encaminaba el planeta no estaba aún escrito; las sociedades que se construirían sobre las ruinas del imperio no habrían existido nunca antes. Era un nuevo y efervescente mundo en el que ella tendría que encontrar su propio espacio.

Algo caliente y húmedo rozó su mano. Agua Fría bajó los ojos: era la perra, que le lamía los dedos con tímido entusiasmo.

—Oh *Bruna*, mi pobre *Bruna*... —exclamó la muchacha.

Y acarició la cabezota del animal, que se restregó contra sus piernas gimiendo de estremecido gozo. Pobre y tripona *Bruna*, si es que era ella realmente; pobre y tripona criatura tan escuálida y vieja. Pronto moriría y esta vez sería sin duda alguna para siempre, porque ya no existía la Mirada Preservativa. Porque de ahora en adelante todas las muertes serían muertes verdaderas. Respiró hondo Agua Fría, deshaciendo la pesadumbre de su pecho. Y echó a andar, con la perra trotando alegremente a sus talones, hacia el sol incandescente e inmemorial. Hacia algún lugar remoto en donde se pudieran soñar los nuevos sueños.

ÍNDICE